KARIN JOACHIM
Bittertrauben

KOMPLOTT Die Kölner Tatortfotografin Jana Vogt ist mit ihrem Berufsleben alles andere als zufrieden. Daher überlegt sie als freie Fotografin noch einmal neu durchzustarten. Beim Wettbewerb einer rheinischen Weinzeitung gewinnt sie mit ihren Landschaftsfotografien die Teilnahme an einer Ausstellung in einem Weingut an der Ahr. Am Vorabend des »Tages der offenen Weinkeller« fährt sie mit ihrem Hund Usti nach Rech und wird während ihrer Ausstellungsvorbereitung im Weinkeller Ohrenzeugin eines Komplotts.

Neben der Rätselhaftigkeit des Gehörten gibt es ein weiteres Problem: Am nächsten Tag werden Scharen von Weinliebhabern in den Ort an der Ahr strömen. Sind diese in Gefahr? Wird es Jana gemeinsam mit dem Koblenzer Kriminalkommissar Clemens Wieland gelingen, das Verbrechen zu verhindern? Um Mitternacht liegt plötzlich ein Toter auf der Brücke über die Ahr. Und der Mörder scheint sich unter den Gästen des Weinguts zu befinden.

Karin Joachim wurde in Bonn-Bad Godesberg geboren und lebt seit über 20 Jahren im Ahrtal. Die studierte Germanistin und Anglistin leitete 14 Jahre lang das archäologische Museum Roemervilla in Bad Neuenahr-Ahrweiler und ist heute als freiberufliche Autorin und Lektorin tätig. 2016 erschien ihr erster Regionalkrimi »Krähenzeit« im Gmeiner Verlag.
Homepage der Autorin: www.karinjoachim.de
Autorenseite bei Facebook:
www.facebook.com/KarinJoachimAutorin
Autorenseite bei LovelyBooks:
www.lovelybooks.de/autor/Karin-Joachim/

Bisherige Veröffentlichungen im Gmeiner-Verlag:
Krähenzeit (2016)

KARIN JOACHIM
Bittertrauben
Kriminalroman

Die automatisierte Analyse des Werkes, um daraus Informationen insbesondere über Muster, Trends und Korrelationen gemäß § 44b UrhG (»Text und Data Mining«) zu gewinnen, ist untersagt.

Bei Fragen zur Produktsicherheit gemäß der Verordnung über die allgemeine Produktsicherheit (GPSR) wenden Sie sich bitte an den Verlag.

Personen und Handlung sind frei erfunden.
Ähnlichkeiten mit lebenden oder toten Personen
sind rein zufällig und nicht beabsichtigt.

Besuchen Sie uns im Internet:
www.gmeiner-verlag.de

© 2018 – Gmeiner-Verlag GmbH
Im Ehnried 5, 88605 Meßkirch
Telefon 0 75 75 / 20 95 - 0
info@gmeiner-verlag.de
Alle Rechte vorbehalten
1. Auflage 2018

Lektorat: Sven Lang
Herstellung: Mirjam Hecht
Kartengestaltung: Benjamin Arnold
Umschlaggestaltung: U.O.R.G. Lutz Eberle, Stuttgart
unter Verwendung eines Fotos von: © Visions-AD/fotolia.com
Druck: Zeitfracht Medien GmbH, Industriestraße 23,
70565 Stuttgart
Printed in Germany
ISBN 978-3-8392-2194-5

In Erinnerung an Lina

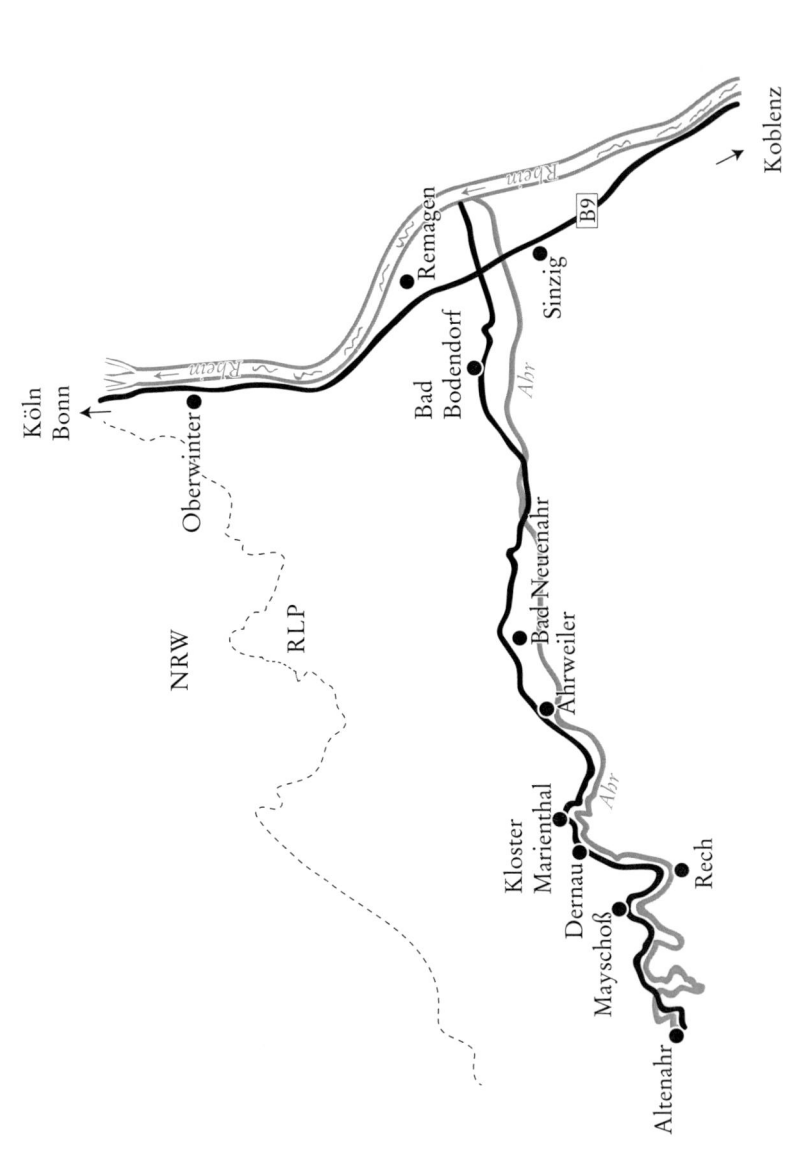

PROLOG

1984

Verlegen malte der Junge mit seiner Schuhspitze Muster in den Staub. So eine Frechheit!, dachte er. Was bildete er sich nur ein?

»Du wirst es nie zu etwas bringen«, wiederholte der Freund, der einige Jahre älter war als er selbst, und sich neben ihm auf die Bank fläzte. »Schau dich doch nur an. Deine Klamotten sind so was von nicht cool.«

Er schluckte. Natürlich hatte er recht, seine Klamotten waren nicht cool. Verstohlen blickte er auf die Nike-Turnschuhe seines Freundes.

»Ja, da guckst du. Die sind in Amerika gerade voll im Trend!«

Er senkte verlegen seinen Kopf. Immer wenn er mit seinem Freund zusammen war, fühlte er sich klein. Konnte so jemand überhaupt ein Freund sein, der ihm immer das Gefühl gab, nichts wert zu sein? Ständig nörgelte er an seinen Klamotten herum. Auch wenn seine Turnschuhe nicht der Hit waren, so trug er sie doch gerne. Aber so richtig beneidete er seinen Freund um dessen Walkman.

»Willst du mal hören?«

Gönnerhaft reichte er ihm den Kopfhörer. Auf seinem Gesicht zeichnete sich ein überhebliches Grinsen ab.

»Darf ich?« Fast zitterten seine Hände, als er den Kopfhörer entgegennahm.

Dann hörte er zum ersten Mal diese Musik, die ihm wie aus einer fernen Welt zu kommen schien. In seiner Umgebung hörten die Leute ganz andere Musik als diese.
»Wie heißt der Sänger?«, fragte er schüchtern.
»Michael Jackson.« Sein Freund wurde ungeduldig. »Nun gib schon wieder her!«
Eine Weile saßen sie stumm nebeneinander. Sein Freund fuchtelte selbstbewusst mit den Händen herum und wippte mit den Füßen im Takt der Musik, die durch den Schaumgummi der Kopfhörer nur als ein blechernes Säuseln zu ihm drang. Ab und an kreischte er seltsame Wörter wie »thriller« oder »beat it«, Worte, die wie Fremdkörper über das Tal segelten.
»Hier, probier mal das Bonbon«, mit einer selbstbewussten Geste reichte er ihm ein Bonbon, das in grünes Papier eingewickelt war. Schüchtern nahm er es entgegen.
»Schmecken ganz okay«, sagte sein Freund.
Er wickelte das Bonbon aus dem Papier und schob es in seinen Mund, um es nur wenige Sekunden später auszuspucken. »Bäh! Willst du mich verarschen? Das ist voll sauer!«
Schon wieder so eine Gemeinheit. Heute fühlte er sich klein und mickrig. Irgendwann würde er es allen zeigen, die ihn hänselten und ihn für einen Verlierer hielten.

TAG 1 – FREITAGNACHMITTAG

Die Bremsen ihres Wagens quietschten, bis er zum Stehen kam. Hinter sich hörte sie ein leises Stöhnen. Obwohl Usti auf der Rücksitzbank angegurtet war, hatte ihn das Bremsmanöver ordentlich durchgeschüttelt. Er begann vor Aufregung zu hecheln. Glücklicherweise hatte sie das Auto, das von der Brücke auf die Bundesstraße einbiegen wollte, noch rechtzeitig bemerkt. Rechtzeitig war jedoch relativ, denn nur wenige Zentimeter trennten die beiden Motorhauben voneinander. Jana hatte völlig unterschätzt, wie eng die Brückendurchfahrt war. Wenigstens hatte sie das Lenkrad nicht verrissen, sonst wäre sie vermutlich in der steinernen Brüstung gelandet. Reumütig suchte sie den Blickkontakt zum Fahrer des Autos, das immer noch auf der Brücke stand und nicht weiterfahren konnte, da sie die Straße blockierte. Das aufgeregte Wedeln hinter der Windschutzscheibe ließ nur einen Schluss zu: Sie sollte schleunigst den Rückzug antreten. Aber wie? Mittlerweile hatte sich hinter Jana eine Schlange gebildet. Sie versperrte allen Fahrzeugen den Weg, auch jenen, die aus der anderen Richtung kamen. Erstes Hupen war zu hören. Zerknirscht legte sie den Rückwärtsgang ein und manövrierte langsam zurück, bis der Rückfahrassistent energisch zu piepen begann. Noch einmal setzte sie nach vorn und dann wieder zurück, bis sie die Fahrbahn endlich frei gemacht hatte. Der Fahrer, den sie so unsanft ausgebremst hatte, warf ihr einen vorwurfsvollen Blick zu, während er ahrabwärts an ihr vorbeizog. Hinter ihr erklang erneut ein Hupen, diesmal wesentlich bestimmter als zuvor. Sie hasste es, als schlechte Autofahrerin aufzufallen, die sie nicht war. Die Tarnkappe, die sie sich wünschte, ließ auf sich warten. Immerhin realisierte sie, dass zumindest ein Fahrer ihr durchaus wohlgesinnt war. Mit Lichtzeichen und Winken gewährte ihr der Mann im ersten Wagen auf der Gegenfahrbahn Vorfahrt. Jana bedankte sich artig, legte den ersten Gang ein und steuerte vorsichtig auf die Brücke über die Ahr. Vor ihr lag der kleine Ort Rech. Sie seufzte leise und atmete erleichtert auf, als ihr Navi signalisierte, dass sie ihr Ziel in wenigen Metern erreicht haben würde.

Vor dem Weingut mit den frei liegenden Holzbalken brachte sie ihr Auto zum Stehen. Nachdem sie sich versichert hatte, dass ihrem Hund beim kleinen Zwischenfall von eben nichts passiert war, stieg sie aus und ging zum Eingang des Weingutes. Vergeblich suchte sie nach einer Klingel. Schließlich drückte sie die Klinke der schweren Eingangstür herunter und stellte fest, dass sich diese öffnen ließ. In der dahinter liegenden Halle schlug ihr ein leichter Weingeruch entgegen. Die Tür war noch nicht ins Schloss gefallen, da näherte sich Jana bereits ein Mädchen, das dort zu arbeiten schien.

»Guten Tag, Sie wünschen?«, fragte es und wischte seine feingliedrigen Hände an der weinroten Schürze ab.

»Ich bin Jana Vogt und möchte meine Fotos für die morgige Ausstellung vorbeibringen.«

»Ach ja«, antwortete das Mädchen. Eine dunkelblonde Haarsträhne fiel ihr ins Gesicht, die sie versuchte wegzupusten. »Frau Bönisch hat mir davon erzählt. Die kommen in den Weinkeller. Wo haben Sie die denn?«

»Mein Auto steht vor der Tür.«

»Oh, das werden Sie wegfahren müssen, die Straße ist an der Stelle sehr eng. Ich komme mal mit raus.«

Mit großen Schritten, die gar nicht zu dem zarten Mädchen passten, eilte es zur Tür, um sie für Jana aufzuhalten. Jana bedankte sich und ging zum Kofferraum, aus dem sie die ersten der auf ein festes Trägermaterial aufgezogenen Fotos entnahm. Gerade wollte sie diese auf den Boden stellen, als auf der Straße ein heller Kastenwagen auf sie zugerollt kam.

»Ich glaube, Sie müssen hier weg. Der kommt nicht durch«, bemerkte das Mädchen. »Am besten Sie fahren auf den Parkplatz hinter dem Haus. Ich kann ja schon mal diese Fotos ins Weingut bringen.«

»Wie komme ich denn dahin?«

»Sie wenden vor der Kirche, fahren dann einige Meter zurück bis zur ersten Straße, die links abgeht. Da fahren Sie rein und wenn Sie am alten Schulgebäude vorbeigefahren sind, erreichen Sie den Parkplatz.«

Jana bedankte sich und signalisierte dem ungeduldig wartenden Fahrer des Kastenwagens, dass sie Platz machen würde. Während sie in ihr Auto einstieg, rief ihr das Mädchen zu: »Wenn Sie gleich wiederkommen, hat die Chefin bestimmt Zeit für Sie!«

»Winzerschmaus« stand auf der Schiefertafel, die an der Rückseite des Weingutes aufgestellt war. Ein Pfeil wies den Weg zum Vordereingang. Jana hatte augenblicklich Bilder von einer Schinken-Käse-Platte garniert mit Weintrauben und Tomaten im Kopf. Vielleicht gab es dazu Bratkartoffeln. Ab und an mochte sie die kleinen, deftigen Gerichte, die einer Region ihren eigenen Charakter verliehen. Sie spielte gedankenversunken mit ihrem Autoschlüssel und atmete die kühle Frühlingsluft ein. Die Ruhe tat ihr gut und der kleine Zwischenfall eben an der Brücke war bereits vergessen. Als sie vorhin in Köln losgefahren war, hatte der übliche Freitagsstau auf den Ringen geherrscht und sie fast in den Wahnsinn getrieben. In ihrem Herz machte sich ein leichtes, wohliges Ziehen bemerkbar, als sie die Berge zu beiden Seiten der Ahr betrachtete. Immer wenn sie sich im Ahrtal aufhielt, entwickelte sich in ihr dieses entspannende Gefühl. Sie seufzte leise. Selbst als sie im Herbst nur wenige Wochen nach der Überführung des Doppelmörders wieder ins Tal zurückgekehrt war, ließ der Zauber der Landschaft keine unangenehmen Erinnerungen wach werden.

Letztes Jahr im Spätsommer hatte sich ihr Leben radikal verändert. Zunächst hatte sie dem Vorfall in einer Kölner Halle keine große Bedeutung beimessen wollen, aber das war ein Fehler gewesen, wie sie sich heute rückblickend eingestehen musste. Das Gefühl der schneidenden Messerklinge hatte sie noch Wochen später an ihrem Hals gespürt, auch als die Wunde längst verheilt und nur eine Narbe zurückgeblieben war, die sie mit einem Halstuch zu kaschieren versuchte. Die sichtbare Narbe kannten die Kollegen, nicht aber die seelische. Sie wussten zudem nicht, was mit ihr passiert war, nachdem ihr jemand das Messer an den Hals gesetzt hatte. Selbst Simone nicht, ihre Freundin und Kollegin in der Dienststelle bei der Kölner Kriminalpolizei.

Jana hatte versucht, so zu tun, als wäre sie die Alte, aber dem war einfach nicht mehr so.

Nach ihrer Rückkehr aus Ahrweiler hatte es zunächst so ausgesehen, als habe sie die traumatischen Ereignisse – sowohl den Zwischenfall in der Kölner Halle als auch das unerwartete Ende des Ahrweiler Falles – seelisch gut überstanden. Doch dann mehrten sich die Anzeichen dafür, dass dem nicht so war. Unbedeutende Bemerkungen der Kollegen ließen sie viel zu harsch reagieren, Einsätze, die ihr sonst nichts ausmachten, belasteten sie plötzlich, Kritik konnte sie kaum noch ertragen. Schließlich rastete sie bei einer Dienstbesprechung, bei der ihr Chef sie auf eine Nachlässigkeit ihrerseits hingewiesen hatte, vor allen Kollegen völlig aus, worauf ihr Chef ein Gespräch mit ihr führte und sie dazu drängte, einen Termin beim Polizeipsychologen wahrzunehmen. »So jedenfalls kann ich dich nicht mehr zu Einsätzen schicken«, hatte ihr Chef gemeint und ihr offenbart, dass er, der als Einziger über die wahren Begebenheiten in der Kölner Halle im Bilde war, sie in den Innendienst versetzen musste. »Zu deinem eigenen Schutz«, hatte er ergänzt. Nach dieser unerwartet deutlichen Ansage fiel es ihr nicht leicht, unbefangen mit ihm umzugehen und so vermied sie fortan lieber jedes Gespräch mit ihm, obwohl sie zu gerne in Erfahrung gebracht hätte, wen er eigentlich schützen wollte. Sich, weil er ihr kein Disziplinarverfahren angehängt hatte, oder sie vor sich selbst. Die Verärgerung über seine bevorzugte Mitarbeiterin konnte Jana nach einigem Abstand zu den Ereignissen nur allzu gut verstehen: Dass sie sich in Ahrweiler, in einem anderen Bundesland noch dazu, in die Ermittlungen von Kommissar Wieland eingemischt hatte, hätte sie ihren Job kosten können. Der Vorfall in Köln konnte für ein derartiges Fehlverhalten kaum als Entschuldigung herhalten, auch wenn sie psychisch angeknackst war. Sie hatte ihn enttäuscht.

Jana lehnte sich an die Kofferraumtür ihres Autos. Drinnen hörte sie Usti leise brummeln. Sie ließ ihren Blick schweifen. Jetzt im April wirkten die Weinberge noch recht verschlafen. Aber die vom blauen Nachmittagshimmel entsandten Sonnenstrahlen kitzelten Frühlingsgefühle wach. Und sie wärmten. Jana streifte ihre Strickjacke ab, öffnete den Kofferraum und legte die Strickjacke neben ihre Für-alle-Fälle-Tasche. Zwei große braune Augen schauten sie von der Rücksitzbank aus erwartungsvoll an. Sie konnte Ustis schmachtendem Blick nicht länger widerstehen, öffnete die Autotür, löste den Gurt von seinem Geschirr und ließ ihn herausspringen. Um alle Anspannung loszuwerden, schüttelte er sich kräftig und machte dabei ein paar Schritte vorwärts, was ziemlich komisch aussah.

»Hier geblieben!«, rief Jana und schaffte es gerade noch, den Karabiner der Leine an seinem Geschirr zu befestigen, bevor er sich davonschleichen konnte. An der Leine führte sie Usti zum Kofferraum, in dem noch die restlichen Fotos lagen. Es war so schön hier. Jana ließ sich auf die Ladefläche plumpsen und kraulte Usti gedankenversunken am Kinn, während sie mit einem Auge auf den blauen Himmel und einen dort oben im Segelflug kreisenden Mäusebussard schielte. Von der anderen Ahrseite drangen die Fahrgeräusche der Autos von der Bundesstraße an ihr Ohr. Aber abgesehen davon lag über Rech eine Glocke beschaulicher Zufriedenheit. Nur einmal hatte Jana bisher einen Abstecher hierher gemacht, als sie auf dem Rotweinwanderweg, der auf der gegenüberliegenden Seite der Ahr verlief, unterwegs gewesen war. Die mächtige Steinbrücke und die Kirchturmspitze in der Ortsmitte hatten damals ihre Aufmerksamkeit erregt.

Nun schien Usti genug vom Kraulen zu haben, denn sein genießerisches Grunzen ging in ein leises, ungeduldiges Fiepen über. Jana klemmte die Fotoleinwände unter den Arm, warf die Kofferraumklappe zu, orientierte sich kurz und folgte dann dem Hinweisschild vom Parkplatz zum Haupteingang des Weingutes, vorbei an einem älteren Nebengebäude.

Sie lief durch die offen stehende Tür in die Eingangshalle des Weinguts und stellte ihre Fotografien auf den Boden zu den anderen, die das Mädchen dort deponiert hatte. Da niemand anzutreffen war, entschied sie sich zu warten. Was blieb ihr auch anderes übrig, denn irgendjemand musste ihr zeigen, wohin sie ihre Fotografien bringen sollte. Auf eine gewisse Weise betrat sie gerade Neuland. Dass sie hier mit eigenen Fotografien stand, die andere für ausstellungswürdig hielten, vermittelte ihr ein zuversichtliches Gefühl. Vielleicht war das hier ja der erste Schritt in ein anderes Leben? Ein Neuanfang als selbstständige Fotografin? Warum nicht statt Spurenträgern, Asservaten und Leichen Landschaften fotografieren? Während der vergangenen Monate war Janas Fotoarchiv mit dem Titel »Ahrtal« mehr und mehr gewachsen. Als sie dann in der Zeitschrift »WeinGenuss&mehr« die Ankündigung eines Wettbewerbs gelesen hatte, konnte sie der Versuchung nicht widerstehen, dabei mitzumachen. Die Auswahl war angesichts der Fülle an Material gar nicht so einfach gewesen, aber schließlich hatte sie drei geeignete Landschaftsaufnahmen ausgewählt und an die Redaktion des Magazins geschickt. Einige Wochen waren ins Land gezogen und sie hatte den Wettbewerb beinahe vergessen, als sie eines Abends beim Nachhause-Kommen nach einem langweiligen Tag im Innendienst in ihren Briefkasten gegriffen und darin das Schreiben der Redaktion von »WeinGenuss&mehr« vorgefunden hatte:

»Herzlichen Glückwunsch, sehr geehrte Frau Vogt,

wir freuen uns, Ihnen mitteilen zu dürfen, dass Sie eine unserer Gewinnerinnen des Fotowettbewerbs anlässlich des Tags der offenen Weinkeller sind, der in diesem Jahr erneut an der Ahr stattfindet. Für Sie haben wir das Weingut Zerres in Rech ausgewählt. Sie dürfen dorthin nicht nur die von Ihnen eingereichten drei Fotografien mitbringen, sondern sieben weitere Motive Ihrer Wahl.
Nehmen Sie bitte in den nächsten Tagen Kontakt mit unserer Marketingabteilung auf, damit wir alles Weitere besprechen können.

Mit freundlichen Grüßen
Kai-Uwe Radwahn
Redaktionsleiter und Weinkritiker«

Ungeduldig schaute Jana auf die Uhr. Die Chefin des Weinguts ließ sich nicht blicken, auch das vorhin so zuvorkommende Mädchen nicht. Hatte sie draußen zu lange herumgetrödelt? Wie dumm von ihr, wollte sie doch später noch nach Köln zurückfahren, in ihrer Wohnung ein heißes Bad nehmen und den Tag gemütlich ausklingen lassen. Morgen würde sie zeitig nach Rech fahren, um noch vor dem großen Besucheransturm wieder im Weingut zu sein. Das war der Plan. Bestimmt hatte sie die Weingutsbesitzerin verpasst. Wo aber sollte sie die Fotos aufstellen? Neben ihr lag Usti auf dem gekachelten Fußboden und fiepte leise vor sich hin. Das tat er immer, wenn er nicht genügend Aufmerksamkeit bekam oder nicht wusste, wie es nun weiterging. Dass er spazieren gehen wollte, statt hier herumzuliegen, konnte sich Jana denken.

Von der kleinen Eingangshalle des schätzungsweise mehr als 100 Jahre alten Gebäudes gingen mehrere Türen ab. Eine recht breite, aus dunklem Holz gefertigte Treppe führte bestimmt in den Weinkeller. Als sie an den Treppenabsatz herantrat, konnte sie den Geruch von altem Holz, Most und Feuchtigkeit, der aus der Tiefe aufstieg, wahrnehmen. Ohne lange zu überlegen, stieg sie die Stufen hinab, bis sie auf einem Absatz ankam, von dem rechter Hand ein Gang abzweigte. Sie hielt es für klug, nicht weiter herumzulaufen und zu Usti und ihren Fotografien zurückzukehren, als sie am Ende des Ganges ein Rascheln vernahm und wenig später eine männliche Stimme hörte: »Wir können nicht länger warten. Uns bleibt nicht mehr viel Zeit. Wir müssen ihn mit unserem Wissen konfrontieren.« Eine kurze Pause folgte. »Die Polizei wird er wohl kaum einschalten, dann würde er ja auffliegen!«

Jana zuckte zusammen. Das klang nicht wirklich beruhigend. Und der letzte Satz deutete durchaus darauf hin, dass eine Straftat geplant wurde. In Gedanken ging sie die möglichen Delikte durch. Es klang wie Nötigung oder Erpressung. Um sich sicher zu sein, brauchte sie mehr Informationen. Sie horchte in die Dunkelheit des Ganges hinein, doch keiner sagte mehr etwas. Was, wenn man sie bemerkt und deshalb das Gespräch abgebrochen hatte? Janas Herz begann schneller zu schlagen, sie hielt die Luft an. Sie konnte nicht sagen, ob mehrere Personen zusammenstanden oder ob lediglich jemand telefoniert hatte. Und was sie planten, wenn sie denn etwas planten … Sie entschied, den Rückzug anzutreten. In einen Hinterhalt wollte sie keinesfalls wieder geraten. Außerdem kam ihr das doch alles sehr absurd vor. Kaum hatte sie das Weingut betreten, wurde ein Verbrechen geplant mit ihr als Ohrenzeugin?

»Jana, misch dich nicht schon wieder in Dinge ein, die dich nichts angehen!«, ermahnte sie sich nachdrücklich und machte auf dem Absatz kehrt, als hinten in der Dunkelheit erneut jemand zu reden begann. Sie konnte beim besten Willen nicht ausmachen, ob es sich um die zuerst gehörte Stimme handelte. Aber was sie hörte, beunruhigte sie: »Morgen ist hier zu viel los, wir müssen es heute noch erledigen. Er wird schon zahlen! Zur Not helfen wir ein wenig nach.«

Es kam ihr immer wahrscheinlicher vor, dass gerade eine Straftat besprochen und geplant wurde. Sie überlegte, was sie tun sollte, als ein fieses, allerdings ziemlich aufgesetzt wirkendes Lachen erschall. Besser war es, sie machte sich jetzt vom Acker. Während sie sich umdrehte, wäre sie fast gestolpert. Sie konnte sich gerade noch am Treppengeländer festhalten. Ihr entwischte ein Fluch.

»Oh, nein«, flüsterte sie, dümmer konnte sie sich wohl wirklich nicht anstellen. Sie horchte, doch die nun immer hektischer klingende Stimme schien sich zu entfernen. Nur noch zwei Worte ließen sich herausfiltern: »Zeichen beachten.«

Jana holte tief Luft. Alles sprach für die Verabredung hinsichtlich eines Verbrechens. Was sollte sie machen? Mit wem könnte sie darüber reden, ohne sich lächerlich zu machen? Sie müsste sich beraten, aber mit wem? In der Eile fiel ihr nur eine Person ein, die bisher immer Verständnis für ihre Assoziationen und unkonventionellen Theorien gehabt hatte: Clemens Wieland, den Koblenzer Hauptkommissar. Sie holte ihr Handy hervor.

War es wirklich eine gute Idee, ihn einfach so anzurufen? Schließlich hatten sie sich nach ihrer gemeinsamen Mordermittlung in Ahrweiler nicht mehr wiedergesehen. Dabei hatte alles so verheißungsvoll begonnen, jedenfalls für Jana. Sie war vor ihrer Begegnung mit Clemens davon ausgegangen, dass sie als Single glücklich sei und ihr irgendwann, in ferner Zukunft, schon der Richtige begegnen würde. Und dann das: Als sie an diesem einen Herbsttag in den Weinbergen Clemens Wieland gegenübergestanden hatte, hatte sie für einige Augenblicke geglaubt, dass er dieser Mr. Right wäre. Bis heute war ihr schleierhaft, warum sie sich damals nicht wirklich nähergekommen waren. Sie hatten sich seitdem nicht mehr wiedergesehen. Die Male, die sie es versucht hatte, war immer die Mailbox angesprungen und auf ihre zaghaften Bitten, er möge sich bei ihr melden, folgte kein einziger Rückruf. Doch, einmal hatte auch er ihr auf die Mailbox gesprochen und sie darüber informiert, dass er viel beschäftigt sei und schwierige Ermittlungen zu leiten habe. Diese Aussage ließ kaum einen anderen Schluss zu, als dass er keinerlei Interesse an ihr hatte.

Sollte sie für sich behalten, was sie gehört hatte? Nein, das ging nicht. Was zwischen ihnen war, war jetzt irrelevant. Selbst wenn ein Hauptkommissar der Mordkommission nicht der richtige Ansprechpartner war, so wollte sie doch unbedingt seinen Rat hören. Sie suchte in ihrem Smartphone nach seiner Telefonnummer, während sie die Stufen emporstieg und wartete, bis die Verbindung hergestellt war. Fast hätte sie nach einigen Sekunden wieder aufgelegt, aber auf einmal war er persönlich dran. Für einen kurzen Augenblick geriet ihr Herz aus dem Takt und pochte schneller.

»Hallo, Clemens, ich bin es, Jana Vogt.«

Und nun weiter? Was sollte sie ihm erklären? Dass sie ein komisches Gespräch belauscht hatte?

»Ich bin in Rech an der Ahr und habe gerade im Weingut Zerres ein komisches Gespräch belauscht.«

Für einige Sekunden war Stille am anderen Ende. Wie peinlich, dachte Jana.

»Hallo, Jana, schön, deine Stimme zu hören. Du bist an der Ahr und hast ein komisches Gespräch mitgehört?« Er lachte. Aber in seinem Lachen schwang kein süffisanter Unterton mit, keine Überheblichkeit und schon gar keine Ablehnung, wie Jana insgeheim befürchtet hatte.

Erleichtert nickte sie, und da er diese Reaktion nicht sehen konnte, schickte sie ein schüchternes »Ja, klingt seltsam, ich weiß« hinterher.

»Oder möchtest du wieder einen Mord melden?«

»Du bist doof!« Mittlerweile hatte sie mit dem Handy in der Hand die Eingangshalle erreicht.

»Um was geht es denn?«, wollte Clemens wissen. Anhand seiner Stimmlage schloss Jana, dass er ganz Ohr war und sie ernst nahm. Angrenzende Türen genau beobachtend begann sie mit gedämpfter Stimme ihre Schilderung, die sie nach nur wenigen Minuten beendet hatte. Während sie seiner Antwort lauschte, behielt sie weiterhin die Kellertreppe im Blick.

»Ich habe heute Nachmittag frei und am Wochenende wollte ich sowieso mal hier raus. Ich komme, wenn du mir sagst, wo genau du bist.«

Sie hatte nicht erwartet, dass er so spontan war und dass sie sich so über seine Ankündigung freuen würde. Noch mehr überraschte sie das leichte Kribbeln in ihrem Magen. Nachdem sie Clemens den Weg zum Weingut beschrieben hatte, verabschiedete sie sich von ihm und zuckte zusammen, nachdem sie fast ein wenig sehnsuchtsvoll hinterhergeschoben hatte: »Ich freue mich, dass du kommst.«

Hoffentlich verschreckte sie Clemens damit nicht, wenn er merkte, wie wichtig es ihr war, ihn wiederzusehen.

»Dann bis später, Jana. Ich denke, dass ich in anderthalb, zwei Stunden da sein werde, ich muss vorher noch etwas erledigen«, sagte er ein wenig zu unverbindlich. Er hatte also sehr wohl registriert, wie sehr sie sich auf ihn freute. Männer fühlten sich häufig von weiblichen Erwartungen in die Enge getrieben. Ob er ihre Beobachtungen nun doch anzweifelte und dahinter einen Vorwand vermutete, ihn wiederzusehen?

»Ja, bis später, Clemens«, antwortete sie verunsichert. Sie interpretierte vermutlich wieder zu viel in alles hinein, als Usti, der die ganze Zeit, ohne einen Mucks zu machen, da gelegen hatte, leise zu knurren begann. Erst jetzt bemerkte Jana den Mann, der auf sie zukam und ihr zur Begrüßung die Hand entgegenstreckte:

»Sind Sie Frau Vogt, die Dame, die bei uns ihre Fotos ausstellen wird?«

»Ja, die bin ich«, antwortete Jana während sie seinen Händedruck erwiderte. »Ich warte auf Frau …« Sie versuchte sich an den Namen der Inhaberin des Weingutes, die eben nicht Zerres hieß, zu erinnern.

»Sie meinen sicherlich meine Schwägerin Marita Bönisch.«

Usti hatte sich nach anfänglichem Knurren beruhigt, nicht nur das, er ließ sich mittlerweile von dem Fremden unter dem Kinn kraulen.

»Ich bin übrigens Johannes Bönisch, das Mädchen für alles hier im Weingut«, er lachte, aber in seinem Lachen schwang ein merkwürdiger Unterton mit, den Jana nicht deuten konnte. Was sie aber ganz klar heraushörte, war, dass Johannes Bönisch nicht gebürtig aus dem Ahrtal stammte. Sie versuchte auszumachen, welchem Dialekt die minimale regionale Färbung seiner Aussprache am ehesten zuzuordnen war, schwankte allerdings zwischen mehreren Möglichkeiten.

»Wissen Sie, wo ich meine Fotos aufstellen kann? Ich würde nämlich gerne bald …«, sie brach ab, denn aus ihrem ursprünglichen Plan, zurück nach Köln zu fahren, würde vermutlich nichts mehr werden. Erst einmal wollte sie auf Clemens warten, auf den sie sich richtig freute.

»Ja, kommen Sie bitte mit«, antwortete Johannes Bönisch, der zunächst noch einige Augenblicke auf die Vollendung des angefangenen Satzes gewartet hatte, und zeigte auf die Kellertreppe. »Wenn es Ihrem Hund nicht zu steil ist, kann er gerne mitkommen.«

Beide blickten fast gleichzeitig auf Usti, der sich wieder auf den Fußboden gelegt hatte und nur ein müdes Zwinkern mit dem rechten Auge für sie übrig hatte. Dann schmatzte er, was wahrscheinlich so viel hieß wie: »Lass mich hier einfach pennen.«

»Wenn Sie möchten, trage ich Ihnen die Fotos nach unten«, bot Johannes Bönisch an. Jana nahm das Angebot dankbar entgegen. Als sie den ersten Treppenabsatz erreicht hatten, spähte sie in den Gang zu ihrer Rechten und lauschte, jedoch war außer ihrer beider Schritte nichts zu hören. Sie folgte Bönisch hinunter bis zum Ende der Treppe. Dort öffnete er eine Tür, auf der ein glänzendes Messingschild mit der Aufschrift »Probenraum« angeschraubt war. Der dahinter liegende Raum war größer und heller, als Jana es erwartet hatte. Es roch nach Wein und frischem Holz. Die Temperatur war angenehm, nicht so kühl, wie sie es sich vorgestellt hatte. Aber ein Probenraum war ja auch kein Weinkeller.

Johannes Bönisch legte die Fotografien vorsichtig auf einen großen Holztisch, dessen Platte eine tadellose Oberfläche hatte und genauso neu wirkte, wie die gesamte restliche Einrichtung.

»Diesen Raum haben wir erst vor Kurzem für unsere Weinproben eingerichtet«, sagte er stolz. »Meine Schwägerin meinte ja, dass wir diese Investition hätten sein lassen können«, er schaute Jana an. Ihr war so, als würde er am liebsten mit den Augen rollen.

»Die habe ich extra für Sie hergestellt.« Johannes Bönisch zeigte auf mehrere hölzerne Staffeleien, die neben einem Weinregal an der Wand lehnten. Er hatte sich wirklich Mühe gemacht. So konnte sie ihre Fotos gut in Szene setzen.

»Oh, das ist perfekt, vielen Dank.«

»Ich muss jetzt leider wieder nach oben, aber meine Schwägerin wird sicher bald kommen. Vielleicht brauchen Sie sowieso einige Zeit allein, um sich umzusehen und den Raum auf sich wirken zu lassen.«

Der Mann schien Ahnung von Ausstellungen zu haben.

»Ja, danke, das mache ich. Die Fotos kommen hier bestimmt gut zur Geltung. Ich habe mir den Raum viel dunkler und feuchter vorgestellt.«

»Oh, das wäre aber nicht gut für die Fotos – und für unsere Gäste auch nicht«, lachte Johannes Bönisch und machte Anstalten, zur Treppe zu gehen.

»Ich habe noch eine Frage.«

Johannes Bönisch blieb stehen. »Ja, bitte?«

»Wo bewahren Sie denn Ihre Weine auf, ich meine, wo ist der richtige Weinkeller?«

Johannes Bönisch schmunzelte. »Sie meinen mein Reich? – Nebenan. Ich zeige Ihnen die Räume gern später, aber jetzt … – ich muss wirklich.«

Jana hörte, wie sich seine Schritte entfernten. Dann legte sie die Fotos einzeln auf den großen Tisch und überlegte, wie sie diese am wirkungsvollsten im Raum arrangieren sollte. Sie war so vertieft in ihre Arbeit, dass sie erschrak, als sie etwas Feuchtes an ihrer Hand spürte. Es war Ustis Nase. Sie lachte gerührt vor sich hin.

Nachdem sie fertig war, zog sie einen Stuhl in die Mitte des Raumes und ließ alles auf sich wirken. Sie war mit dem Ergebnis zufrieden. Hoffentlich gefielen den Gästen morgen ihre Fotos. Damit wäre ein erster Schritt in ein anderes Leben gemacht. Schon seit einiger Zeit liebäugelte sie mit dem Gedanken, ihr eigenes Fotostudio aufzubauen. Dann könnte sie den Polizeidienst an den Nagel hängen. Eine Option, die ihr den Alltag erträglicher machen würde. Sie schob den Stuhl wieder zurück und ging hinauf in die Eingangshalle. Dort hielt sie erneut Ausschau nach Frau Bönisch, die sie noch immer nicht zu Gesicht bekommen hatte. Schließlich musste die mit dem Arrangement der Fotos einverstanden sein. Sie betätigte eine Tischklingel auf dem Empfangstresen, vor der ein kleines Schildchen mit der Aufschrift »Bitte hier klingeln!« angebracht war. Doch trotz des durchdringenden Tons rührte sich niemand. Die Stille im gesamten Haus mutete ihr seltsam an. Sie hätte erwartet, dass vor der anstehenden Großveranstaltung ein hektisches Treiben im Weingut herrschen würde. Wieso war niemand hier? Im Weinberg waren die Mitarbeiter jetzt im Frühling doch wohl nicht beschäftigt. Vielleicht ja im Weinkeller. Sie musste eingestehen, dass sie keine Ahnung hatte, welche Tätigkeiten gerade anstanden. Ihr würde nichts anderes übrig bleiben, als hier zu warten. Warum eigentlich? Bis Clemens eintraf, würde es noch eine Weile dauern. Und darauf warten, dass die an der Vorbereitung einer Straftat Beteiligten ihr begegnen würden, wollte sie nicht. Sie riss einen Zettel von einem Notizblock des Weingutes und schrieb ihren Namen und ihre Handynummer darauf. Zur Erklärung fügte sie hinzu, dass sie einen Spaziergang machen würde und bald zurück wäre. Während sie ihren Kugelschreiber wieder einsteckte, bemerkte sie ein leises Kribbeln, das sich in ihr ausbreitete. Sie hielt es allerdings für ratsam, diesmal nicht dieser kriminalistischen Neugier nachzugeben und sich stattdessen an die Vorschriften zu halten. Kein eigenmächtiges Handeln – so sehr es sie auch juckte, sich im Weingut umzuschauen.

Zu Ustis Freude tat sie das einzig Richtige und verließ das Weingut durch die Eingangstür. Nachdem sie die lange Laufleine aus dem Auto geholt hatte, wanderte sie los, die gegenüberliegenden Weinberge fest im Blick. Um dorthin zu gelangen, musste sie die alte Ahr-Brücke nehmen, über die sie vorhin mit dem Auto gekommen war. Nebenbei warf sie dem steinernen Brückenheiligen einen interessierten Blick zu, wartete am Zebrastreifen an der Bundesstraße, bis die Autos anhielten, um sie queren zu lassen, und folgte dann dem Schild mit der roten Traube. Hinter dem Bahnhof wurde der Weg immer steiler, bis er auf den Rotweinwanderweg stieß. Dieses Teilstück kannte Jana bereits von einer früheren Wanderung. Sie nahm sich vor, nicht allzu weit zu laufen, um Clemens' Ankunft nicht zu verpassen. Die Reben standen noch recht traurig da, so ganz ohne schützendes Blätterkleid. Kleine Knospen verrieten, dass die Vegetationsphase begonnen hatte. In manchen Weinbergen blühten Tausende Löwenzähne, die jedoch anfingen, ihre Blüten für die Nacht zu schließen. Jana atmete tief ein und ließ ihren Blick über das Tal schweifen. In einem Weinberg nahe beim Ort verkündeten weiße Großbuchstaben »Weinort Rech«. Die Analogie zum Schriftzug in den Hollywood Hills von Los Angeles kam Jana sogleich in den Sinn. Ob dies beabsichtigt war? Sie musste schmunzeln. Von hier oben erkannte sie das Weingut Zerres in der Nähe der Pfarrkirche St. Luzia und Agatha, in der – so hatte sie es gelesen – alljährlich im Dezember das Fest der Heiligen Lucia mit einem festlichen Umzug der schwedischen Lichtgöttin gefeiert wurde. Sie schielte mit einem Auge auf ihre Armbanduhr und beschloss, weiter auf dem Rotweinwanderweg zu laufen. Als sie Mayschoß fast erreicht hatte, warf sie einen Blick auf die Ruine der Burg Saffenburg und schlug dann den Rückweg ein, um Clemens' Ankunft nicht zu verpassen. Usti gefiel das ganz und gar nicht, aber Murren half nichts, er hatte keine Wahl. Schon bald schien er sich mit der Situation abgefunden zu haben und untersuchte erneut die für Jana unsichtbaren Markierungen am Wegesrand, die er auf dem Hinweg mit der Nase tief am Boden inspiziert hatte.

Die Sonne stand jetzt tief über den Bergkuppen, die Schatten wurden immer länger. Es wurde kühler. Jana beschleunigte das Tempo und hatte schon bald den Abstieg nach Rech erreicht. Sie trennten nur noch wenige Meter von der Bundesstraße, als sie einen Wagen mit Koblenzer Kennzeichen entdeckte, der mit geringer Geschwindigkeit auf die Brücke in den Ort einbog. Sollte das Clemens sein? Wenn sie ihre Erinnerung nicht täuschte, war das genau der Wagen, mit dem sie beide nach Marienthal gefahren waren. Jana beeilte sich, über den Zebrastreifen zu kommen, und lief dem Auto hinterher, das an dieser Stelle kaum schneller als Schrittgeschwindigkeit fahren konnte. Doch dann beschleunigte der Wagen ein wenig und Jana hatte Mühe, ihm zu folgen. Dabei wollte sie Clemens doch am Parkplatz hinter dem Weingut abpassen. Während Usti die Verfolgungsjagd genoss, wurde Jana bewusst, dass es um ihre Kondition nicht zum Besten stand. Um nicht zu sehr zu keuchen, wenn sie Clemens zum ersten Mal seit Monaten gegenüberstand, mäßigte sie ihr Tempo, als sie den Parkplatz fast erreicht hatten. Der Wagen war bereits zum Stehen gekommen. Die Fahrertür öffnete sich.

Als Usti erkannte, wem sie gefolgt waren, gab es für ihn kein Halten mehr. Jana ließ das Ende der Hundeleine los und beobachte gerührt die Begrüßungsszene, die sich neben Clemens' Auto abspielte. Usti jaulte und sprang an Clemens hoch, als wäre er sein Herrchen, das er Jahre nicht gesehen hatte. Als sie näher kam, blickte Clemens zu ihr auf, während er halbherzig versuchte, den stürmischen Usti zu bändigen.

»Usti, mein Freund, ist ja gut!«

Usti quietschte vor Vergnügen.

»Nun ist aber gut, Usti. Du machst Clemens doch ganz schmutzig!«, mahnte Jana, ihre schnelle Atmung nur mit Mühe unterdrückend.

»Hallo, Jana!« Seine grün-braunen Augen strahlten. »Ist nicht schlimm. Wie war das noch: Superspürnase im Dienst?«

»Jaja, da war doch was!«, lachte Jana.

Sie hatte sich so auf ein Wiedersehen gefreut und nun stand sie vor ihm wie ein unsicheres Schulmädchen. Usti dagegen leckte unbekümmert weiter an Clemens' Hand. Es schien so, als zögerte Clemens die eigentliche Begrüßung ebenfalls hinaus. Schließlich war er es, der die Initiative ergriff und Jana unbeholfen umarmte.

»Hallo, Clemens«, flüsterte sie und genoss für einige Sekunden die angenehme Nähe. Dann schauten beide einander wortlos noch eine Weile in die Augen. Auf sie wirkte Clemens viel entspannter als bei ihrer allerersten Begegnung. Alles auf Anfang?, kam ihr der Gedanke in den Sinn. Vielleicht hatten sie ja jetzt eine Chance.

»Gut siehst du aus, irgendwie verändert«, stellte Clemens fest und beendete damit die zwischen ihnen herrschende Sprachlosigkeit.

Sie hätte gerne nachgefragt, was genau er damit meinte, traute sich aber nicht. Unwillkürlich zupfte sie stattdessen an ihrem Halstuch und hoffte, dass man die Narbe an ihrem Hals nicht sehen konnte. Dabei kannte Clemens diesen Makel. Seine Reaktion verriet ihr, dass er ihre Handbewegung sehr wohl beobachtet hatte. Er sagte nichts, sondern verschloss wortlos die Autotür und betätigte anschließend die Verriegelung.

»Lass uns ein paar Schritte gehen. Wir können uns vielleicht noch ein wenig ans Ufer setzen. Dort lässt es sich gut reden«, schlug Jana vor. »Du willst sicher wissen, was ich bislang herausgefunden habe.«

»Ach ja, ich bin ja gar nicht wegen dir hier«, lachte Clemens und knuffte sie sanft in die Seite.

»Also das ist alles, was ich berichten kann«, beendete Jana ihre Schilderungen. Sie hatten am Ahrufer in Sichtweite der Brücke ein lauschiges Plätzchen gefunden. Der steinerne Nepomuk hatte ihnen dabei den Rücken zugewandt.

»Du meinst also, dass du die Vorbereitung zu einer Straftat mit angehört hast?«

Jana nickte. »Aber ich habe echt keinen Plan, worum es geht. Und eben auch nicht, wer da gesprochen hat. Ich habe bislang nur mit einem Mann im Weingut geredet, und dessen Stimme war es definitiv nicht. Also der Schwager der Inhaberin, Johannes Bönisch, der war es nicht.«

»Jetzt erklär mir bitte noch einmal genau, was das morgen eigentlich für eine Veranstaltung ist.«

»Okay, also. Das ist der Tag der offenen Weinkeller. Dafür muss man eine Eintrittskarte kaufen, und wie ich erfahren habe, ist das ein begehrtes Event. Stell dir vor, das war schon im Herbst des letzten Jahres ausverkauft.«

»Oh!«

»Das hat mir die Frau, diese Marketingtante des Magazins gesagt, bei deren Wettbewerb ich mitgemacht habe.«

»Und du hast was genau gewonnen?«

»Na, dass ich in einem der Weingüter meine Fotos ausstellen darf.«

»Du fotografierst also nicht nur beruflich?«

»Nein, ich … hatte ich dir das nicht schon einmal erzählt, dass ich Landschaften fotografiere?«

Clemens schaute verunsichert drein. »Ich glaube nicht.«

»So gut kennen wir uns halt doch nicht«, murmelte sie vor sich hin.

»Was?«

Es war kein guter Zeitpunkt, mit Clemens über ihre Beziehung zueinander zu sprechen, und schon gar nicht, nachdem sie so lange überhaupt keinen Kontakt gehabt hatten.

»Wie läuft denn dieses Event genau ab?«, lenkte Clemens das Gespräch wieder in eine andere Richtung.

»Man kann den ganzen Samstag lang die teilnehmenden Weingüter besichtigen, Wein und kleinere Speisen probieren. Außerdem gibt es einen Shuttleservice, der die einzelnen Orte anfährt. Das geht von Bad Neuenahr bis nach … keine Ahnung. Aber es kommen wohl ziemlich viele Leute. Es gibt Musik, Kunst und so was alles. Jetzt stell dir mal vor, während Hunderte von Leuten auf den Beinen sind, findet eine Erpressung oder gar Schlimmeres statt …«

»Du weißt, dass wir ohne konkretere Anhaltspunkte nichts machen können. Und Erpressung fällt ja nicht in meinen Zuständigkeitsbereich.«

»Mit den Zuständigkeiten hast du es doch nicht so!« Jana schämte sich im selben Moment für diese spitze Bemerkung.

»Du meinst, wegen Ahrweiler, oder? Ja, ich bin dir noch eine Erklärung schuldig.«

»Allerdings«, sagte sie scharf. Eigentlich tat ihr das leid, jedoch spürte sie, dass dieser Einsatz in Ahrweiler erst aufgearbeitet werden musste. Auch wenn sie nie mit ihrem Chef über die Geschehnisse gesprochen hatte, so wusste sie genau, dass diese für die miserable Stimmung in ihrer Dienststelle verantwortlich waren.

»Später, ja?«

Er drückte sich schon wieder, wie damals. Wie sie sich gegenüber ihrem Chef. Clemens hatte sie zwar in den Ahrweiler Fall mit hineingezogen, obwohl das verboten war. Aber sie kannte die Vorschriften und hätte sich nicht einmischen oder gar auf eigene Faust Ermittlungen anstellen dürfen. Sie konnte niemanden für ihr eigenes Fehlverhalten verantwortlich machen.

Als ob Clemens ihre Gedanken lesen könnte, sagte er leise: »Wir müssen das, was zwischen uns steht, klären. Ich weiß. Mich hat es ehrlich gesagt sehr gewundert, dass du eben anriefst. – Warum mich?«

»Na ja, wen sonst? Du warst einfach der einzige Mensch, mit dem ich mich besprechen konnte und der in Rheinland-Pfalz zuständig ist. Und der …« Sie brach ab.

»Der was?«

»Na, der mich nicht für bescheuert hält«, sie lachte. »Was hätte ich denn einem anderen Polizisten berichten sollen?«

Clemens streichelte ihr sachte über den Arm. »Du hast recht.«

Sie schwiegen eine Weile, während Usti aufmerksam die Enten am Ahrufer beobachtete.

»Und warum bist du gekommen?«

»Erinnerst du dich noch an unseren Abend in Dernau?«

»Ja, da saßen wir auch an der Ahr. Und haben geredet.«

»Wir waren uns sehr nah und damals habe ich mich in dich verliebt.«

Jana war baff. Diese Antwort hatte sie nicht erwartet. Sie wollte etwas erwidern, aber Clemens hielt sie davon ab.

»Lass mich jetzt reden, sonst verlässt mich wieder der Mut. Meine Scheidung lief gerade und einvernehmlich ging da gar nichts vonstatten. Und dann hat sich auch noch mein Freund und Kollege umgebracht.«

»Wie furchtbar.«

»Ja, das kannst du wohl laut sagen.«

Clemens suchte eine bequemere Position, die er jedoch nicht fand. Er stützte seine Ellbogen auf seinen Knien ab und vergrub den Kopf in seinen Händen.

»Ich musste mit ansehen, wie er sich mit seiner Dienstwaffe erschoss«, sagte er und blickte dabei zum Fluss. »Ich kam zu spät. Wir waren zum Joggen verabredet, er kam nicht. Ich fuhr zu ihm nach Hause. Er saß im Garten unter einem alten Kirschbaum …« Clemens versagte die Stimme.

Jana kraulte Usti. Sie wusste nicht, was sie sagen sollte. Als Clemens nicht mehr weitersprach, nahm sie sich ein Herz: »Das tut mir wirklich leid. Bist du denn einigermaßen darüber hinweg?«

Es dauerte eine Weile, bis Clemens antwortete: »Über die Scheidung ja.«

Das hatte Jana gar nicht gemeint. Sie sah ihn von der Seite an.

»Über den Tod meines Freundes noch lange nicht. Ich hätte doch etwas erkennen müssen.«

»Das ist nicht immer ganz einfach, Clemens.«

»Ich weiß, trotzdem …«

»Kennst du denn die Gründe?«

»Ja …« Er sprach nicht weiter. Es war offensichtlich, dass er nicht darüber reden wollte, vielleicht konnte er es auch nicht. Jana wollte ihn nicht bedrängen. Sie schwiegen einige Minuten.

»So, und was machen wir nun mit der mutmaßlichen Vorbereitung einer Straftat hier im Weingut?«, wechselte Clemens das Thema.

»Keine Ahnung. Wir können die Augen und Ohren offen halten. Wenn es mit dem Weingut zu tun hat oder der Veranstaltung morgen, gibt es vielleicht irgendwelche Indizien. Oder wir bekommen raus, wer da gesprochen hat und worum es geht«, antworte Jana. »Nur ermitteln dürfen wir nicht«, sagte sie mehr zu sich selbst.

»Könntest du dir vorstellen, heute mit mir hier die Nacht zu verbringen?«, fragte Clemens unvermittelt.

Jana verschluckte sich. »Bitte was?«

»Na ja, nicht so wie du … Oh, Mann«, er wirkte betroffen. »Wieso sind wir eigentlich so verkrampft, Jana?«

Jana sprang auf, drehte sich von ihm weg und betrachtete den steinernen Nepomuk, der so unverrückbar und gefestigt auf der Brücke stand. Wie ein Fels in der Brandung, eine Konstante. Hinter sich hörte sie Schritte. Clemens musste aufgestanden sein. Da legte er auch schon von hinten seine Arme um ihren Körper. Sie drehte sich um und hauchte ihm einen Kuss auf die Wange.

»Aber dich belastet auch etwas, nicht wahr?«, sagte Clemens.

»Ja, es war kurz vor unserem Zusammentreffen in Ahrweiler. Da … Ich kann jetzt nicht darüber reden, aber ich bin auf dem Weg, es zu verarbeiten.«

»Ich verstehe, manches braucht Zeit. Aber du musst dir Hilfe holen, wenn es so lange dauert, Jana. Mach das nicht mit dir alleine aus.«

»Ich weiß.«

»Sollen wir zurück ins Weingut gehen und fragen, ob sie zwei Zimmer für uns haben? So können wir heute etwas Zeit miteinander verbringen, Wein trinken und vielleicht erfahren wir ja bei der Gelegenheit, was du vorhin im Weinkeller mitbekommen hast.«

TAG 1 – SPÄTER NACHMITTAG

»Seltsam ist das. Schon wieder kommt keiner«, erklärte Jana und betätigte zum dritten Mal die Klingel in der Eingangshalle des Weinguts.

Clemens griff nach ihrer Hand. »Sei doch nicht so ungeduldig. Es wird schon gleich jemand kommen.«

Jana genoss die sanfte Berührung und wollte sich gerade zu Clemens umdrehen, als sie innehielt. Sie suchte den Empfangstresen ab, beugte sich schließlich darüber, um auf den Boden dahinter zu blicken. Dann schüttelte sie den Kopf, stemmte sich hoch und trat beim Zurückgehen auf Ustis Pfote, der leise wimmerte. »Oh, entschuldige!«

»Was machst du eigentlich da?«, wollte Clemens belustigt wissen.

»Ich suche was. Einen Zettel mit meiner Handynummer. Ich habe den vorhin hierher gelegt, falls man mich wegen der Ausstellung anrufen möchte.«

»Und der ist weg?«

»Ja, offensichtlich. Also hat ihn doch jemand gefunden.« Sie checkte ihr Handy, ob vielleicht ein Anruf eingegangen war, den sie überhört hatte. Aber Fehlanzeige. »Sei mal ruhig, da kommt wer.«

Eine Tür fiel zu. Dann waren Schritte zu hören. Aus einem Korridor neben dem Abgang zum Keller kam eine untersetzte Mittfünfzigerin auf sie zu. Die Wangen der Frau waren gerötet, ihr dunkelblondes, mit grauen Strähnen durchsetztes Haar hatte sie zu einem Knoten zusammengebunden, was ihr rundliches Gesicht betonte.

»Nu mal langsam mit den jungen Pferden. Was kann ich denn für Sie tun?«, fragte die Frau. Ihre sonore Stimme vibrierte.

Das musste Frau Bönisch, die Inhaberin des Weinguts, sein. Ihre außergewöhnlich tiefe Stimme ließ Jana überlegen: War es möglich, dass sie vorhin im Keller gar keine Männer-, sondern eine Frauenstimme gehört hatte?

»Sind Sie die Inhaberin des Weinguts?«, fragte Clemens höflich.

»Ja, die bin ich, allerdings.«

»Frau Bönisch?«, fragte Jana.

»Na, wer denn sonst?«

»Guten Tag, Frau Bönisch, mein Name ist Jana Vogt, ich stelle hier meine Fotos aus.«

»Ach, Sie sind das«, antwortete sie lustlos.

Obwohl Jana die schlechte Laune von Frau Bönisch nicht unbedingt auf sich bezog, konnte sie nicht anders, als sich über sie zu ärgern. Bestimmt hatte sie ihre Gründe, aber als Geschäftsfrau sollte sie doch ein Interesse daran haben, zumindest verbindlich und professionell aufzutreten. Menschen, die ihre schlechte Laune nicht im Griff hatten, gingen Jana ziemlich auf die Nerven.

»Gefällt es Ihnen denn, wie ich die Fotos im Probenraum arrangiert habe?«, ließ sich Jana ihren Groll nicht anmerken.

»Ja, schon, ganz okay, doch …« Frau Bönisch musterte sie und das noch nicht einmal unfreundlich.

»Haben Sie eventuell noch zwei Zimmer frei für heute Nacht?«, schaltete sich Clemens ein.

»Sie wollen *zwei* Zimmer? Das ist schwierig. Unsere wenigen Zimmer sind eigentlich schon alle belegt ...«

»Marita, was ist denn mit dem Zimmer im Nebengebäude, das könnten wir doch anbieten«, schlug Johannes Bönisch vor, der wie aus dem Nichts aufgetaucht war.

»Hast es nicht mitbekommen, es werden zwei Zimmer benötigt«, zischte Marita Bönisch und gab ihrem Schwager mit einem kritischen Blick zu verstehen, dass sie keine Einmischung wünschte.

»Wir nehmen auch gerne ein gemeinsames Zimmer«, erwiderte Jana. Die Gelegenheit, mit Clemens hierzubleiben, wollte sie sich unter keinen Umständen entgehen lassen. Und dann war ja noch die Sache mit der mutmaßlichen Vorbereitung einer Straftat. Sie wollte den Erpresser – oder die Erpresserin – nicht unentdeckt ziehen lassen. Hier zu sein, war nicht verboten. Und mit Clemens hier zu sein, versprach aufregend zu werden. Sie musste an ihre gemeinsamen Abende im Hotel am Mühlenteich in Ahrweiler denken. Ein Lächeln legte sich auf ihr Gesicht. Als sie aufsah, bemerkte sie, dass auch Clemens grinste.

»Ja, ein gemeinsames Zimmer wäre völlig in Ordnung«, bestätigte Clemens.

»So?« Marita Bönisch ging um den Empfangstresen herum und zog darunter ein großes Buch hervor, in dem sie geschäftig blätterte. »Es sind tatsächlich alle Zimmer im Haupthaus belegt. Ich weiß nicht, ob das Zimmer im Nebenhaus das richtige für Sie ist. Es ist noch nicht renoviert ...«

»Das macht wirklich nichts«, sagten Jana und Clemens gleichzeitig.

»Nun gut.«

»Da wäre allerdings noch mein Hund, ist das okay, wenn er mit aufs Zimmer kommt?«

»Na ja, eigentlich sehe ich das nicht so gerne, aber er ist ja brav, so wie es aussieht.«

Gut, dass sich Marita Bönisch so einsichtig zeigte, denn andernfalls wäre ihr Plan nicht aufgegangen. Jana und Clemens nickten einander konspirativ zu.

»Dann kommen Sie mal mit. Gepäck haben Sie keines außer dem Rucksack?« Sie zeigte auf Jana.

»Doch! Im Auto«, antworteten beide fast gleichzeitig.

Jana hatte kleines Gepäck dabei, eigentlich immer. Um welche Art von Gepäck es sich handelte, musste Marita Bönisch nicht wissen. Auch Clemens hatte immer eine Notausrüstung im Auto bereit liegen. Das war praktisch bei jeglicher Art von Einsätzen.

»So, aber es geht mich wirklich nichts an«, entschuldigte sich Marita Bönisch. »Kommen Sie bitte mit.« Sie ging voraus und öffnete eine Tür, durch die sie zu einem großen, gepflasterten Innenhof gelangten. Marita Bönisch steuerte das Nebengebäude an, an dessen Außenseite Jana vorhin vorbeigekommen war. Hinter einer Tür führte eine alte Holztreppe nach oben in den ersten Stock.

»Hier entlang! Aber passen Sie auf, an den alten Balken kann man sich den Kopf stoßen.«

Wie auf Kommando zogen Jana und Clemens den Kopf ein. Noch einige Schritte weiter über einen renovierungsbedürftigen Flur, dann waren sie an einer hölzernen Zimmertür angekommen.

»Da wären wir, aber … wie gesagt …«, Marita Bönisch schob die Tür auf. Ein leises Quietschen ertönte.

Jana lugte als Erste ins Zimmer. »Oh! Aha…«

Clemens fasste sie von hinten an den Schultern und versuchte an ihr vorbei einen Blick ins Innere zu werfen. »So«, sagte er.

»Ja, wie erwähnt, unrenoviert, aber gemütlich. Es ist das Zimmer des früheren Besitzers. Nebenan befindet sich noch ein kleines Bad. Alles ist sauber, nicht dass Sie meinen ...«

»Ist schon okay«, beruhigte Clemens sie. »Ach, wir haben noch gar nicht über den Preis gesprochen.«

»Ich berechne Ihnen natürlich nicht den Preis, den wir für unsere anderen Zimmer im Haupthaus nehmen. Frische Handtücher lege ich nachher ins Bad und die Betten lasse ich noch frisch beziehen.«

Jana und Clemens vermieden es, sich direkt anzublicken, als sie das alte Doppelbett musterten.

»Wenn Sie keine Fragen oder Wünsche mehr haben, dann bin ich wieder drüben. Es gibt noch so viel für morgen vorzubereiten«, sagte Marita Bönisch, wartete noch kurz, aber als weder Jana noch Clemens etwas erwiderten, verschwand sie durch die Tür.

»Ja, bis später«, rief ihr Clemens gedankenverloren hinterher.

»Und danke!«, ergänzte Jana.

Doch da war Marita Bönisch schon auf dem Weg nach unten, was die knarzenden Treppenstufen verrieten.

Jana ließ sich aufs Bett plumpsen. Tief sank sie in die Daunendecke ein. Sie prüfte die Qualität der Matratze.

»Na ja, geht so«, fiel ihr Urteil aus.

Clemens beobachtete sie die ganze Zeit über. Usti hatte es sich derweil auf dem hellbraunen Bettvorleger gemütlich gemacht.

»Eine Decke muss ich gleich noch aus dem Auto holen«, sagte Jana. »Der Bettvorleger ist viel zu unbequem für den armen Usti.«

Während sie verlegen an ihrem Halstuch zupfte, schaute

sie sich im Zimmer um. Außer dem Bett standen dort noch ein Schreibtisch, eine Kommode und ein Schrank aus Eichenholz. Solide Tischlerarbeiten, sicherlich schon jahrzehntealt. Über der Kommode hingen Fotos, die sie später genauer in Augenschein nehmen wollte. Auf der Kommode stand ein frisches Biedermeiersträußchen in einer kleinen Porzellanvase, gebunden aus duftenden Frühlingsblumen.

»Und nun?« Clemens hielt sich am Türrahmen fest.

»Keine Ahnung. Oder … mmh, weißt du was? Ich zeige dir mal den Weinkeller und meine Fotos, komm!«, sagte Jana. Sie griff nach ihrem Rucksack, in dem sich ihre Kamera befand, mit der sie ihre erste öffentliche Fotoausstellung festhalten wollte.

»Irgendwo muss doch ein Lichtschalter sein«, motzte Jana. Gemeinsam mit Clemens war sie gerade auf der Kellertreppe unterwegs, als plötzlich das Licht erlosch. Nun standen sie in völliger Dunkelheit. Die Tür zur Halle, die den ganzen Nachmittag offen gestanden hatte, war gerade erst mit einem lauten Geräusch zugefallen. Kein Lichtstrahl drang hierher und auch das Gemurmel aus dem Gastraum glich nur noch einem dumpfen Summton. Neben sich hörte sie Clemens in seiner Jackentasche kramen.

»Wo ist denn das blöde Ding?«, fluchte er.

»Suchst du dein Handy?«

»Warum flüsterst du?«

»Warum flüsterst du?«

»Ah, ich hab's.« Der Schein der Taschenlampen-App brachte sie jedoch nicht weiter. Ein Lichtschalter war in nächster Nähe nicht zu finden.

»Hey, lass das!«, schimpfte Jana.

»Was?«

»Mich hat gerade was am Rücken gekitzelt!«

»So?«, fragte Clemens und konnte nur mühsam ein Lachen unterdrücken.

»Komm jetzt nicht auf die Idee, dein Gesicht anzuleuchten.«

»Pst!«

»Clemens, jetzt hör auf, ich hab's nicht so mit der Dunkelheit!«

»Pst, sei bitte mal still, ich höre da was.«

»Clemens, lass das jetzt, ich …« Jana versagte die Stimme. Sie merkte, wie Clemens nach ihrer Hand tastete und als er sie berührte, gleich zurückzuckte.

»Mann, bist du eisigkalt!«

»Ich sag doch, ich kann Dunkelheit nicht gut ab. Können wir jetzt bitte nach oben gehen und dort nach einem Lichtschalter suchen?«

»Pst, da ist wer …«, flüsterte Clemens.

Jetzt hörte Jana es auch. Sie befanden sich unmittelbar neben dem Gang, an dessen Ende vorhin die konspirative Besprechung stattgefunden hatte. Jemand raschelte dahinten.

»Hallo, ist da jemand?«, rief Clemens.

Eine Zeit lang blieb es ruhig.

»Oh, wer ist denn da im Dunkeln?«

Die Stimme erkannte Jana sofort.

»Wer hat denn schon wieder den Lichtautomaten verstellt?«

»Wer ist denn das? Kennst du die Stimme?«, flüsterte Clemens.

»Ich glaub das ist Johannes Bönisch«, antwortete sie.

»Herr Bönisch?«

»Ja!«

Das Licht ging an.

»Ja, was machen Sie denn hier?«, fragte Johannes Bönisch, als er sie erreicht hatte.

»Ich wollte meinem …, also Herrn Wieland nur meine Fotos zeigen, und auf dem Weg nach unten ging das Licht aus.«

»Ach herrje. Meine Schwägerin hat wohl wieder an der Lichtautomatik gedreht. Sie meint, wenn ich in meinem Büro sitze, muss das Licht hier im Treppenabgang nicht brennen. Dieses alte Weingut hat eben nicht überall dort, wo man ihn braucht, einen Lichtschalter. Wie oft stehe ich dann in völliger Dunkelheit, weil sie meint, wir würden zu viel Strom verbrauchen.«

»Sie haben hier im Keller Ihr Büro?«, wollte Jana wissen. »Ist das nicht sehr ungemütlich?«

Johannes Bönisch grinste. »Es gibt ungemütlichere Orte im Haus. Hier kann ich in Ruhe arbeiten.«

Jana mochte seine freundliche, offene Art sehr. »Konnten Sie schon einen Blick in den Probenraum werfen? Ist es so in Ordnung, wie ich die Fotos aufgestellt habe? Nicht dass sie im Wege stehen, wenn Sie morgen die Gäste empfangen.«

»Ach, das passt schon. Zeigen Sie ruhig Ihrem Bekannten den Raum. Ich schließe dann nachher alles ab. Und den Lichtautomaten stelle ich wieder auf Dauerbetrieb ein.« Leise vor sich hin schimpfend nahm er die Treppe nach oben.

Jana bat Clemens, ihr zu folgen, bis sie plötzlich einige Meter vor dem Probenraum wie angewurzelt stehen blieb.

»Jana, was ist? Willst du mir die Fotos nun doch nicht zeigen?«

»Doch«, antwortete sie zögerlich. »Aber wo ist Usti?«
»Oh, hier jedenfalls nicht.«
Jana rannte nach oben und stieß die Kellertür auf. Keine Spur von ihrem Hund. Sie huschte in den Gastraum. Der Geräuschpegel war hoch. Gerüche von gebratenen Speisen und gutem Wein waberten ihr entgegen. Zunächst achtete niemand auf sie. Alle Tische waren besetzt. An einem großen Tisch in der Mitte saßen mehrere Leute beim Abendessen. Vor dem Fenster zur Straße genoss ein Paar seinen Rotwein bei Kerzenschein. Das Licht der Kerze tauchte den Inhalt der Weinflasche in ein betörendes Rot.

Da sie möglichst wenig Aufsehen erregen wollte, ging Jana von Tisch zu Tisch und stellte leise die immer selbe Frage:

»Haben Sie eventuell meinen Hund gesehen?«

Leider bekam sie jedes Mal ein »Nein« zur Antwort. An der Theke entdeckte sie Marita Bönisch, die ohne aufzublicken mit einem Spültuch Weingläser polierte.

»Frau Bönisch?«

»Hm, bitte?«, fragte sie in Gedanken.

»Haben Sie zufällig meinen Hund gesehen?«

»Nein, tut mir leid«, sie blickte auf und lächelte. »Wo haben Sie ihn denn zuletzt gesehen?«

»In der Eingangshalle …«, Jana überlegte, »ja, dort.«

»Hier ist er nicht. Aber weit ist er bestimmt nicht gekommen. Wenn ich ihn sehe, halte ich ihn fest und sage Ihnen Bescheid.«

»Danke!« Jana wollte bereits gehen, da fiel ihr noch etwas ein: »Haben Sie eigentlich meinen Zettel gefunden, auf dem ich Ihnen meine Handynummer notiert hatte?«

»Nein. Wo hatten Sie den denn hingelegt?«

Während Jana ihr Auskunft gab, schob Marita Bönisch ihr einen Bierdeckel und einen Kugelschreiber über die Theke. »Schreiben Sie mir hier bitte Ihre Handynumer drauf. Falls ich Ihren Hund finde, melde ich mich.«

Nachdem Jana das erledigt und sich für Marita Bönischs Hilfe bedankt hatte, verließ sie den Gastraum. Beim Hinausgehen hörte sie, dass sich einer der Gäste bei seinem Nebenmann nach ihr erkundigte: »Wer war das?«

Dessen Antwort wartete sie nicht ab, sondern konzentrierte sich ganz auf die Suche nach Usti, der tatsächlich nicht weit gekommen sein dürfte. Aber wo steckte er nur? Normalerweise blieb er immer in ihrer Nähe, außer wenn er einem Kaninchen nachstellen wollte, doch die gab es hier nicht – höchstens in der Küche. Dann kam eigentlich nur noch eine läufige Hündin infrage, die ihren speziellen Duft hinterlassen hatte. Vielleicht war Usti ihnen vorhin gar nicht in den Keller gefolgt, sondern hatte einen günstigen Moment abgewartet, um das Weingut auf der Suche nach einem Liebesabenteuer zu verlassen? Sie überlegte, Marita Bönisch zu fragen, ob sie etwas von einer läufigen Hündin wisse. Sie wollte jedoch nicht zu viel Aufsehen erregen und suchte lieber auf eigene Faust weiter. Als sie vor die Tür trat, war von Usti weit und breit nichts zu sehen. Sie lief einige Meter auf der menschenleeren Straße in die eine, dann in die andere Richtung und rief dabei immer wieder nach ihren Hund. Zwischendurch hielt sie inne, wartete auf eine Antwort, die nicht kam. Er konnte sonst wo sein. Schließlich gab sie auf, warf der angeleuchteten Luzia-Kirche einen Blick zu und kehrte zum Weingut zurück. Sie hoffte, dass Clemens Usti zwischenzeitlich gefunden hatte. Auch wenn sie Clemens eben einfach wortlos vor dem Probenraum hatte stehen lassen, wusste sie, dass er sie schon verstehen würde. Mit klopfendem Herzen hüpfte sie die Kellertreppe hinab. Unten angekommen musste sie feststellen, dass nun auch Clemens verschwunden war. Wenigstens blieb das Licht an.

»Clemens?«, fragte sie in den leeren Probenraum hinein, nur um sich zu abzusichern. Sie hatte es nicht anders erwartet. Clemens würde nicht tatenlos herumstehen und auf ihre Rückkehr warten. Sie rannte wieder nach oben. Auf halber Treppe rief sie zunächst nach ihrem Hund, dann nach Clemens und lauschte.

»Clemens?«

Da war doch was!

Ja, aus dem seitlichen Gang drangen entfernte Rufe an ihr Ohr. Sie hörte ihren Namen und folgte dem Laut. Sie kam am verwaist liegenden Büro von Johannes Bönisch vorbei.

»Jana, hier!«

Vorsichtig lugte sie um die Ecke und stand plötzlich vor einer weiteren Treppe, die abermals nach unten führte.

»Hier, Jana, wir sind hier!«, kam ihr Clemens entgegengesprintet.

»Wir?« Bedeutete das, dass er Usti gefunden hatte?

»Ja, komm mal mit.« Clemens ergriff ihr Handgelenk und zog sie mit sich in einen weiteren Kellerraum am unteren Ende der Treppe.

»Wow!« Jana hielt für einige Sekunden den Atem an.

»Irre, oder?«

Sie standen in einem weitläufigen Kellergewölbe mit alten Holzfässern der unterschiedlichsten Größe und einigen hohen Stahltanks im hinteren Bereich. Es roch intensiv nach Rotwein. Während Jana weiter den Weinkeller bewunderte, hatte sich Usti leise herangepirscht. Wie zur

Entschuldigung rieb er seinen Kopf an ihren Beinen, fast wie eine Katze.

»Mann, du Streuner, wo warst du?«, schimpfte Jana erleichtert und strich liebevoll über sein Fell.

»Was hat er hier gemacht, Clemens?«

»Wenn ich das wüsste. Ich habe einfach mal hier nach ihm gesucht und hörte plötzlich sein Schnaufen. Als ich in den Raum kam, saß er vor einem der Holzfässer dahinten und …«

»Und?«

»Er leckte an dem Fass.«

»Wieso das denn? Hunde mögen doch keinen Alkohol!«

»Keine Ahnung …«

»Zeig mir mal das Fass.«

»Hier, gleich das hier.«

Jana stellte ihren Rucksack am Eingang ab und begutachtete das Fass von allen Seiten, konnte aber daran zunächst nichts Auffälliges erkennen. Zugegebenermaßen hatte sie keine bis nur wenig Ahnung von der Weinherstellung und davon wie ein Fass gewöhnlich beschaffen war. Auch Clemens untersuchte das Fass genauer und hielt dann inne: »Guck mal, Jana, hier stand mal was geschrieben.«

Richtig, jetzt sah sie es auch. Irgendwer musste eine zuvor dort aufgetragene Beschriftung weggewischt haben. Sie inspizierte die Stelle. Sicher war nur, dass Usti diese nicht abgeleckt hatte, denn auf diesem Teil des Fasses waren keine feuchten Spuren zu sehen, die einer Hundezunge hätten zugeordnet werden können.

»Kam die Stimme, die du vorhin gehört hattest, eventuell aus diesem Raum hier?«

»Nein, nein, das kann nicht sein, so weit entfernt war der Sprecher nicht, ich habe ihn ja anfangs recht gut verstanden. Später allerdings nicht mehr. Vielleicht war er auf dem Weg hierher?«

Während Jana in der Jackentasche nach dem Smartphone suchte, um von der kaum mehr leserlichen Schrift ein Foto zu machen, berührte sie mit ihrem Fuß ein Stück Papier, das unter dem Fass lag. Sie hob es auf. Darauf waren Buchstaben zu erkennen.

»Clemens, schau mal, auf dem Papier hier steht ›felk‹. Was könnte das sein?«

»Hm, keine Ahnung, irgendein Schnipsel.«

»Meinst du, das gehört zu einer Verpackung?«

»Gut möglich.«

»Vielleicht etwas, was zur Weinherstellung benötigt wird? Ein Gerät, oder vielleicht ja auch ein Mittel, eine Substanz?«

»Denkst du, was ich denke?«, fragte unterdessen Clemens.

»Was du denkst, weiß ich nicht, aber ich könnte mir vorstellen, dass hier im Weinkeller etwas geschieht, was nicht ganz legal ist. Aber …«, sie zögerte und strich sich durchs Haar. »Das ist schon ganz schön weit hergeholt. Meine Fantasie wieder …«

»Du rechtfertigst dich zu häufig, Jana.« Er streichelte sanft ihre Wange. »Lass doch mal deiner Intuition mehr Raum.«

Sie blickte ihn dankbar an. Endlich legte jemand einmal wieder Wert auf ihre Theorien.

»Na gut. Was hältst du davon: Im Weingut werden die Weine durch Zusätze verbessert und dann teurer verkauft. Nein, das geht nicht. Das fällt sofort auf. Die Winzer werden extrem gut überwacht. Aber wenn jemand, der diese Überwachung vornimmt, mitverdient, was dann? Hm, schon sehr weit hergeholt.«

Die Theorien, die ihr durch den Kopf sausten, waren nichts als altbekannte Anschuldigungen. »Wir müssten wissen, ob die Beschriftung überhaupt relevant ist. Was steht denn auf den anderen Fässern?«

Beide schauten sich gemeinsam um und gingen von Weinfass zu Weinfass. Schließlich kamen sie zu dem Schluss, dass die Beschriftungen Auskunft über die Rebsorte und das Abfülldatum gaben. Insgesamt brachte sie das alles nicht weiter und strafbar war das Entfernen einer Beschriftung auf einem Weinfass, dessen Inhalt sie zudem nicht einmal kannten, wohl nicht. Jana blieb in jedem Fall skeptisch, denn Usti hatte nicht grundlos dort herumgelungert. Eine Vorliebe für Alkohol konnte sie bei ihm ausschließen.

»Ich wüsste ja zu gerne, ob da wirklich Wein drinnen ist«, sagte Jana. Ihre Augen funkelten.

»Wir können das nicht einfach öffnen«, entgegnete Clemens.

»Ich weiß. Aber bevor vielleicht gleich jemand kommt, mache ich schnell ein paar Fotos vom Fass und dann gehen wir wieder hoch, okay?«

Sie holte aus ihrem Rucksack die Kamera und umrundete zunächst das Fass, ein Foto nach dem anderen schießend. Dann warf sie sich auf die Knie, um einen bestimmten Blickwinkel zu erfassen.

Clemens schmunzelte, während er sie beobachtete.

»Man könnte meinen, du seist von der Polizei«, unkte Clemens.

»Hm?« Jana hatte mittlerweile die Kamera neben sich gelegt und hielt den Kopf schief, dann schob sie den Oberkörper nach vorn, bis sie fast mit ihrer Nase den Boden berührte. Diese Haltung animierte Usti, näher zu kommen und seinerseits Untersuchungen anzustellen. Dabei nahm er allerdings keine Rücksicht auf Jana und drängelte sich an sie heran, dass sie ihn sanft, aber bestimmt zur Seite schieben musste.

»Usti, du versperrst mir doch die Sicht mit deiner langen Nase.«

»Was ist denn da, Jana?«

»Ich weiß es nicht so genau. Aber der Fußboden ist nicht sehr sauber hier unter dem Fass und wenn man genau hinsieht, erkennt man alle möglichen kleinen Partikel.«

»Na ja, das kann ja alles Mögliche sein. Staub …«

»Ja, aber hier liegt irgendein weißliches Zeugs. Ich nehme davon auf jeden Fall mal eine Probe.«

»Du hast doch gar kein Equipment dafür mit.«

»Oh, wenn du wüsstest. Gib mir mal meinen Rucksack.«

»Wo?«

»Na da, an der Tür.«

Clemens reichte ihn ihr. Sie kramte einige für die erste Sicherung von Spuren notwendige Utensilien hervor und begann, Proben von den Substanzen auf dem Fußboden zu nehmen.

»Wieso hast du das in der Tasche?«, fragte Clemens erstaunt.

»Du, die sind ganz nützlich, wenn man durch die Natur wandert …«

»Du nimmst doch nicht etwa geschützte Pflanzen oder so was mit?«

»I wo, natürlich nicht … So, alles in der Tüte. Jetzt wissen wir zwar immer noch nicht, was das ist, aber asserviert ist asserviert.«

»Du bist echt eine Type.« Clemens schüttelte übertrieben den Kopf und schnalzte mit der Zunge. »Du sammelst Spuren, obwohl es noch gar kein Verbrechen gibt. Also echt, Jana.«

»Eben hast du noch gesagt, dass ich meiner Intuition folgen solle.« Sie musste zugeben, dass Clemens mit seinem Einwand recht hatte. Aber die Tätigkeiten waren ihr so vertraut, sie konnte nicht anders. Spuren zu sichern und Fotos vom Tatort anzufertigen, das gehörte einfach zusammen. Sie merkte, wie gut ihr das tat. Ob sie sich wirklich als Fotografin selbstständig machen sollte? Eigentlich war sie mit Leib und Seele Kriminaltechnikerin.

Während sie sich zu dritt auf dem Fußboden zu schaffen machten, war plötzlich aus ihrer Mitte ein tiefes Grummeln zu hören. Clemens blickte auf Usti, Jana auf Clemens, und plötzlich mussten die beiden lachen.

»Das war gar nicht der Hund, oder?«

»Nein«, entgegnete Jana. »Das war mein knurrender Magen, ich hab Hunger …«

TAG 1 – FRÜHER ABEND

Jana war auf dem Weg zum Parkplatz, um ihre Notfalltasche sowie einige Utensilien für Usti aus dem Auto zu holen. Er benötigte etwas zu fressen und seine Decke. Janas Magen knurrte nun immer lauter. Würde Usti doch nur schneller machen. Er trödelte und trödelte, blieb ständig stehen, um zu schnuppern. Manchmal ärgerte sich Jana über ihn, wenn auch nur ein wenig. Aber gerade jetzt war es wieder so weit. Als sie endlich am Auto angekommen waren, knurrte ihr Magen erneut. Sie hatte mittags lediglich ein Käsebrötchen. Das war einfach keine gute Grundlage und reichte nicht lange.

Der Parkplatz stand voller Autos. Neben einigen AW-Kennzeichen entdeckte sie einen Alfa älteren Baujahrs mit Kölner Kennzeichen. Weiter hinten am Straßenrand stand ein Fiesta mit Bonner Nummernschild, den ein Gebüsch teilweise verdeckte. Im Innern glühte ab und an eine Zigarette orange auf. Ganz hinten in einem abseitigen Winkel des Platzes parkte ein Wohnmobil. Es schien sich jemand darin aufzuhalten, denn es wackelte hin und wieder. Auch wenn die Jalousien nicht heruntergelassen waren, konnte sie niemanden darin ausmachen. Jana öffnete den Kofferraumdeckel ihres Autos und zog die Notfalltasche zu sich heran. Seitdem sie Innendienst schob, hatte sie die Tasche nicht mehr angerührt und konnte sich kaum noch an den genauen Inhalt erinnern. Um sich vor Clemens nicht zu blamieren, schaute sie vorsichtshalber einmal nach, was sie vor ewigen

Zeiten hineingepackt hatte. Sie zog den Reißverschluss auf und war einigermaßen zufrieden mit dem, was sie sah. Sie hätte sich allerdings eine schickere Bluse gewünscht. So war sie froh, dass sie heute Mittag daran gedacht hatte, den Blazer aus der Reinigung abzuholen. Und dass sie ihn gleich im Wagen gelassen hatte, stellte sich nun als Vorteil heraus. So konnte sie sich morgen sehen lassen, wenn Interessenten sie auf ihre Fotos ansprachen. Auf der Suche nach einer Parfümprobe, die sie irgendwann einmal eingesteckt hatte, stieß sie in der Seitentasche auf eine Medikamentenpackung. Kurz nach dem Zwischenfall in Köln hatte sie vom Arzt dieses Schlafmittel erhalten. Wie die Packung allerdings in die Tasche geraten war, konnte sie beim besten Willen nicht mehr nachvollziehen. Unwillkürlich drängten sich die Bilder der vergangenen Ereignisse wieder in ihr Bewusstsein.

Das laute Zufallen einer Autotür in der Nähe ließ sie zusammenzucken. Nicht schon wieder, dachte sie. Unglaublich, wie lange dieses Erlebnis in ihren Knochen steckte. Diese Schreckhaftigkeit ging ihr ja schon selbst auf die Nerven. Ein Schwall frischen Zigarettenqualms wehte zu ihr herüber und als sie sich suchend umblickte, entdeckte sie niemanden.

Bepackt machte sich Jana auf den Weg zu ihrem Zimmer im Nebengebäude. Der Hinterhof ließ sich leicht überblicken, dennoch war ihr ein wenig mulmig zumute. Mit einem mechanischen Blick über ihre Schulter bugsierte sie sich und ihr Gepäck durch die offen stehende Tür. Usti folgte ihr in geringem Abstand. Die Treppenstufen nach oben knarzten auch unter ihren Schritten, obwohl sie gerade einmal halb so viel wie Marita Bönisch wog. Dafür hatte sie Gepäck dabei. Aus ihrem Zimmer fiel ein Lichtschein in den Korridor. So konnte sie von der Treppe aus sehen, dass die Tür nur angelehnt war. Clemens saß auf dem Bett und telefonierte. Jana hängte ihren Blazer an die Außenseite des Schranks und stellte ihre Tasche auf dem alten Schreibtisch ab. Dann betrachtete sie die soeben gemachten Fotos im Schnelldurchgang.

»Was habe ich übersehen, was ...«, murmelte sie. Dann fiel ihr etwas anderes ein: »Ich hab ja noch gar keine Fotos von der Ausstellung im Probenraum gemacht.«

Sie durfte das nicht vergessen, egal ob sie als Freiberuflerin arbeiten wollte oder nicht.

»Du willst jetzt aber nicht noch mal in den Keller, oder?«, fragte Clemens, der inzwischen sein Telefonat beendet hatte.

»Nö, jetzt nicht, vielleicht später. Hm, wenn dann nicht schon abgeschlossen ist. Herr Bönisch sagte doch vorhin so etwas. Mach ich's halt morgen früh. Jetzt habe ich Hunger ... Clemens?«

Clemens schaute auf das Display seines Handys und reagierte nicht.

»Clemens?«

»Ja, entschuldige, ich habe gerade eine SMS bekommen.«

»Wichtig?«

»Nein, ja, nervig.« Er wischte die Nachricht weg und legte das Smartphone aufs Bett. »Sollen wir direkt los zum Essen?«

»Ich würde mich gerne kurz frisch machen, dann können wir.«

»Okay, und was ist mit Usti, hast du Futter für ihn dabei?«

»Ja, guck mal, da der Beutel. Da ist alles drin. Machst du ihm grad was?«

Jana schnappte sich ihre Schminksachen und blieb im Türrahmen stehen.

»Danke, Clemens.«

»Wofür? Fürs Füttern?« Er lachte.

Grinsend lief Jana aus dem Zimmer.

Als sie in die Gaststube traten, war nur noch wenig Betrieb. Am großen Tisch saßen zwar wieder Gäste, aber es waren längst nicht alle Stühle besetzt. Clemens steuerte einen Tisch weiter hinten am Fenster an. Dort hatte vorhin das Pärchen gesessen.

»Ob die noch etwas Warmes haben?«, fragte Jana.

»Keine Ahnung, wie lange die Küche hier geöffnet hat. Wir hören mal nach.« Clemens schaute sich suchend nach einer Bedienung um, als Marita Bönisch auch schon auf sie zukam.

»Hallo, ist Ihr Hund wiederaufgetaucht?«, fragte sie sofort.

»Oh ja, danke. Er hat sich im Keller … verlaufen«, antwortete Jana.

»So, so, dann ist ja alles wieder gut, oder? Wo ist er denn jetzt?«

»Im Zimmer. Er schläft bestimmt. Der Tag war aufregend für ihn.«

In Marita Bönischs Gesicht war ein leichtes Zucken zu erkennen.

»Wir würden gerne etwas essen, gibt es noch etwas Warmes?«, schaltete Clemens sich ein.

»Oh ja, kleine Gerichte sind noch da, mögen Sie eine Frühlingssuppe mit Gemüse aus eigenem Anbau oder Tagliatelle mit Bärlauch-Pesto oder eine Jägerpfanne mit Pilzen? Oder einen Flammkuchen oder ein Omelette? Wir verwenden übrigens nur frische Zutaten.«

Clemens bestellte eine Jägerpfanne, Jana die Tagliatelle. Während sie auf das Essen warteten, sprachen sie nicht viel. Jana beobachtete die Menschen im Raum und genoss die Ruhe und Gelassenheit, die Clemens ausstrahlte. Wenn sie mit ihm zusammen war, konnte sie sogar längere Gesprächspausen genießen, die sie beim Zusammensein mit anderen Männern fast durchweg als bedrohlich empfunden hatte. Jedenfalls waren diese kaum auszuhalten. Wie oft wäre sie gerne einfach aufgestanden und gegangen, weil sie diese bleierne Stille nicht mehr ausgehalten und sich innerlich verkrampft hatte. Mit ihm konnte sie schweigen. Sie musterte ihn liebevoll, während er an seinem Handy herumspielte, ohne darauf zu schauen. Ihr war nicht entgangen, dass er viel entspannter wirkte als bei ihrer ersten Begegnung. Sie mussten auf dem Zimmer unbedingt noch reden, über alles, was in der Zwischenzeit passiert war, über ihre Jobs und über sich. Sie war erleichtert, dass sie sich endlich eingestanden hatte, dass sie ihr Leben ändern musste. Sie wollte keine dieser kaputten Polizistinnen sein, die man aus Filmen kannte. Da spürte sie, dass Clemens den Blickkontakt zu ihr suchte.

»Ich habe eben mit einem Kollegen telefoniert«, flüsterte er, während er ihr tief in die Augen schaute. »Von der Abteilung Wirtschaftskriminalität.«

»Ach, das war das Gespräch eben im Zimmer?«, flüsterte Jana zurück. »Wegen …«, sie deutete mit einer Kopfbewegung zur Theke, hinter der Marita Bönisch in die Küche verschwunden war.

»Ja, genau. Aber der Kollege war schon zu Hause, er kommt erst am Montag wieder ins Büro. Leider sagte ihm der Name des Weinguts spontan nichts.«

Das Essen kam.

»Sie möchten doch sicherlich einen Wein dazu trinken,

ich hatte eben ganz vergessen zu fragen«, entschuldigte sich Marita Bönisch, während sie die gut gefüllten Teller auf den Tisch stellte. »Und Besteck, meine Güte, wo habe ich nur meinen Kopf?« Über sich selbst schimpfend verschwand sie.

»Die ist aber schon ein wenig neben der Spur, was meinst du?«, fragte Jana leise und beugte sich über den Tisch in seine Richtung.

»Stimmt, und sie hätte zumindest fragen können, welchen Wein wir bestellen möchten. Schließlich sind wir ja nicht in irgendeiner Eckkneipe, in der es nur Rotwein oder Weißwein gibt. Aber sie ist bestimmt nur angespannt wegen der morgigen Veranstaltung.«

»Hm, gut möglich.«

»Weißt du, ob das Weingut zum ersten Mal dabei ist?«

Während Jana versuchte, sich zu erinnern, ob sie etwas darüber gelesen hatte, kam Marita Bönisch zurück. Sie hatte offensichtlich ihren Fauxpas bemerkt und ließ die beiden aus den im Weingut Zerres hergestellten Weinsorten wählen. Sie entschieden sich für einen trockenen Spätburgunder aus dem letzten Jahr. Allerdings wollte Jana heute nicht zu viel trinken. Denn seit ihrem letzten Aufenthalt in Ahrweiler hatte sie kaum mehr Alkoholisches getrunken, schon allein wegen der Schlaftabletten, die sie ab und an nahm. Außerdem wollte sie wegen des Gesprächs mit Clemens, das ihr wirklich wichtig war, unbedingt Herrin ihrer Sinne bleiben.

Der ausgewählte Wein, den Marita Bönisch kurz darauf an ihren Tisch brachte, passte hervorragend zu ihren Gerichten.

»Frau Bönisch, darf ich Sie mal etwas fragen?«, bat Clemens, als sie das nächste Mal in ihre Nähe kam.

»Ja bitte?«

»Wer arbeitet eigentlich noch hier im Weingut, außer Ihnen und Ihrem ... Schwager?«

»Ähm, warum möchten Sie das wissen?«

»Weil der Wein wirklich ausgezeichnet ist und ich mir einfach nicht vorstellen kann, dass Sie das alles hier, mit dem Ausschank und den Pensionszimmern, alleine bewerkstelligen können.«

»Nun, der Ausschank ist nicht ganzjährig geöffnet. Das würden wir wirklich nicht schaffen. Wir sind eine sogenannte Straußwirtschaft und haben an insgesamt 90 Tagen im Jahr geöffnet.«

»Strauß? Nach dem Vogel?«, fragte Jana.

»Nein, nicht nach dem Vogel«, lachte Marita Bönisch. »Man hängt einen Strauß, also einen Blumenstrauß an die Tür, als Zeichen, dass man geöffnet hat.«

»Ach, ich kenne das auch als Besenwirtschaft ...«, sagte Clemens.

»Ja, das ist im Grunde dasselbe. Na, und zu diesen Zeiten haben wir einige Aushilfen hier. Und zur Lesezeit auch. Aber den Wein macht mein Schwager ganz alleine.«

»Ah, dann ist er – wie nennt man den Beruf – Weinbautechniker?«

Während Clemens weiterfragte, genoss Jana ihre Tagliatelle. Allmählich hörte ihr Magen auf zu knurren.

»Ja, heute nennt man den Beruf so, ganz genau eigentlich Techniker für Weinbau und Önologie. Man kann viele verschiedene Fachrichtungen studieren. Mein Schwager ist Kellermeister. Als wir das Weingut übernommen haben, also eigentlich ich, da ... Aber das führt jetzt zu weit. Mein Mann hatte kein Interesse an der Weinherstellung, er hat weiter in seinem Beruf gearbeitet. Aber mein Schwager, der ist eigentlich Schreiner, hat sich dann als Kellermeister ausbilden lassen. Ach, meine Güte, ist das alles lange her.« Sie hing ihren Gedanken nach.

»Das Weingut stammt gar nicht aus Ihrem Familienbesitz?«, fragte Jana. Sie war hellhörig geworden.

»Nein, das tut es nicht. Entschuldigen Sie bitte, aber ich muss jetzt wieder in die Küche. Wir haben noch viel für morgen vorzubereiten.«

»Hm«, murmelte Clemens mit vollem Mund. »Schmeckt gut, deins auch?«

»Ja, lecker. Das Weingut gehört also ihr? Und wieso heißt es dann Zerres?«

»Das ist bestimmt der Name des Vorbesitzers.«

»Ja, vielleicht hat er sogar bei der Übergabe darauf bestanden, dass es weiterhin so heißt. Und wir wohnen dann im Zimmer von Herrn Zerres … Wer das wohl war?«, überlegte Jana. Nachdem sie ihren Teller geleert hatte, ließ sie ihren Blick in der Gaststube umherschweifen. Ein Mann um die 50, vielleicht älter, der an einem etwas abseitig gelegenen Tisch in Reichweite der Theke saß, erregte ihre Aufmerksamkeit. Er hatte eine ausgeprägte Stirnglatze und das restliche, schüttere Haar fiel in Strähnen bis auf die Schultern. Auch wenn seine Kleidung sauber zu sein schien, so machte er insgesamt einen eher nachlässigen Eindruck. Das auffallendste an dem Mann aber war, dass er Clemens musterte.

»Kennst du den Mann dahinten, den mit dem schütteren Haar? – Aber jetzt nicht hingucken, Clemens«, sagte Jana mit gedämpfter Stimme, ohne den Blick von dem Mann zu lösen. »Er fixiert dich.«

Geschickt schob Jana ihre Serviette über die Tischkante, sodass diese letztendlich herunterfiel und vor Clemens

Füßen landete. Während Clemens danach griff, warf er einen raschen Blick auf den Mann, den Jana ihm beschrieben hatte. Als er die Serviette nach kurzem Zögern wieder auf den Tisch legte, sagte er mit gedämpfter Stimme: »Ja, das Gesicht sagt mir was.«

Jana konnte sehen, dass Clemens fieberhaft überlegte, woher er ihn kannte.

»Jetzt hab ich es. Er ist Privatdetektiv.«

»Was?«

»Ich denke nicht, dass er meinetwegen hier ist.«

»Wie kommst du denn darauf, dass er deinetwegen hier sein könnte?«

»Wegen meiner Ex!«

»Was? Die hat dir einen Privatdetektiv auf den Hals gehetzt?«

»Pst, nicht so laut.«

Jana war entrüstet. Sie versuchte, sich zu beruhigen. Es schien, dass der Privatdetektiv und auch die anderen Gäste nichts mitbekommen hatten, so fragte sie leise weiter: »Ich dachte, ihr seid geschieden.«

»Sind wir ja auch, aber genau der Typ sollte im Auftrag meiner Frau herausfinden, was ich so mache. Es ging mal wieder ums liebe Geld.«

»Meinst du, deine Frau steckt dahinter, oder ist er aus einem anderen Grund hier?«

»Keine Ahnung.«

»Wie hast du eigentlich herausgefunden, dass er dich beschattet hat?«

»Entschuldige mal, so was merkt man ja wohl. Ich kenne ja viele Privatdetektive, aber den hier kannte ich bis dahin nicht. Stell dir mal vor, die Detektei heißt ›Such‹.«

»Ist das sein Name?«

»Nein, aber sein Name fällt mir gerade nicht mehr ein.«
»Hat er denn was rausgefunden, was deiner Frau in die Hände gespielt hat?«
»Also mein Anwalt meint: nein. Es gab ja auch nichts aus meiner Sicht.«
»Aber wenn er nicht wegen dir hier ist, dann beschattet er vermutlich jemanden, der mit dem Weingut in Beziehung steht oder Gast ist. Er schaut sich schon verdächtig oft um und vor allem hat er in den letzten Minuten mehrfach auf seine Armbanduhr geblickt, als ob er auf jemanden warten würde.«

Mittlerweile hatte auch Clemens seine Jägerpfanne aufgegessen und legte das Besteck auf den Teller.

»Und was machen wir jetzt?« Clemens schob seinen Teller zur Seite und goss Jana und sich Wein nach.
»Nicht so viel, Clemens, ich trinke kaum noch etwas, seit ich …«
»Nimmst du Medikamente?«
Jana nickte verschämt. »Nicht regelmäßig, aber ich habe es mir abgewöhnt, das mit dem Alkohol.«

Das verschreibungspflichtige Mittel, das der Arzt ihr gegeben hatte, hatte sie nie eingenommen. Dagegen ein anderes, das sie sich in der Apotheke besorgt hatte. Es hatte ihr über die Schlaflosigkeit der ersten Monate hinweggeholfen. Aus dieser Zeit stammte ihre Vorsicht beim Umgang mit Alkohol.

Clemens schaute sie so eindringlich an, als würde er in Erfahrung bringen wollen, ob sie ein Drogenproblem hatte. Sie hielt seinem Blick stand, bis aus der Ecke, in der der Privatdetektiv saß, Fetzen einer Unterhaltung zu ihr herüberdrangen. Marita Bönisch war an dessen Tisch getreten und spielte mit einem Kugelschreiber, während der

Mann von der Detektei »Such« auf sie einredete. Marita Bönisch wirkte nervös. Schließlich reichte der Detektiv ihr eine Visitenkarte, stand auf, legte einen Zwanzigeuroschein auf den Tisch und verschwand durch die Tür nach draußen. Marita Bönisch sah sich kurz um, nahm dann den Geldschein an sich und räumte das leere Weinglas ab.

»Ich hab's doch gewusst, hier geht irgendwas vor«, zischte Jana.

Clemens, der von seiner Sitzposition aus nicht alles mitbekommen hatte, ließ sich Janas Beobachtungen schildern. Während sie erzählte, nahm sie ihr Smartphone zur Hand und suchte nach der Detektei »Such« im Netz.

»Aha, der Inhaber heißt Manfred …« Jana kicherte. »Manfred Hering. Ist er das?«

»Ja, genau, der Fisch. Mein Anwalt und ich haben uns damals über den Namen lustig gemacht.«

»Schau mal: ›billig und effizient‹ steht hier. Scheint eine Klitsche zu sein. Wie ist denn deine Frau auf den gekommen?«

»Ich habe keine Ahnung«, antwortete Clemens nachdenklich.

»Was macht deine Frau, also deine Exfrau eigentlich beruflich …« – und habt ihr Kinder, wollte Jana noch fragen. Aber sie kam nicht mehr dazu. Denn mit einem lauten Knall wurde die Tür geöffnet und ein großer, dunkelhaariger Mann in bordeauxrotem Hemd mit grauer Weste und gemusterter Fliege betrat die Gaststube. Er schien große Auftritte gewöhnt zu sein. Er zuckte nicht einmal, obwohl alle Blicke auf ihn gerichtet waren. Seine Aktentasche schwenkend durchschritt er den Raum und rief: »Wo ist denn die Inhaberin dieser Lokalität?«

Niemand antwortete ihm.

»Frau Bönisch, wo sind Sie?«, rief er laut und stürmte zur Theke. Er legte seine Aktentasche schwungvoll auf den Tresen, als sich die Küchentür öffnete und Marita Bönisch verwundert über den Lärm herausblickte.

»Ach, der Herr Radwahn!«, sagte sie und senkte das Spültuch, das sie in der Hand hielt.

Übertrieben höflich streckte er ihr seine Hand entgegen und murmelte eine Begrüßung, die Jana jedoch nicht verstand.

»Da macht aber einer gekonnt auf sich aufmerksam«, bemerkte Clemens.

»Wenn ich geahnt hätte, wie eingebildet der ist ...«, entgegnete Jana.

»Du kennst ihn?«, fiel ihr Clemens ins Wort.

Jana nickte. Sie war froh, dass sie mit dem Mann bisher nur schriftlichen Kontakt gehabt hatte, denn besonders sympathisch wirkte er nicht. Radwahn schaute sie nun direkt an, weshalb Jana es vermied, Clemens eine Erklärung zu geben.

»Ich sag's dir gleich«, antwortete sie deshalb. Da stand er auch schon an ihrem Tisch und streckte ihr selbstbewusst die Hand entgegen. Übertrieben umständlich stellte Jana ihr Weinglas ab.

»Sie sind Frau Vogt? Mein Name ist Kai-Uwe Radwahn.«

Clemens blickte auf und musterte den Mann, während er sein Smartphone umdrehte und neben sein Glas auf den Tisch legte.

»Ja, die bin ich. Sie sind der Redakteur von Wein und Genuss?«

»Kai-Uwe Radwahn vom Magazin Wein ... Genuss ... und ... mehr ...«, dehnte er die einzelnen Namensbestandteile in die Länge.

Jana konnte sich gerade so beherrschen, angesichts seiner Aufgeblasenheit nicht laut aufzustöhnen. Unbeirrt fuhr er fort, würdigte Clemens dabei keines Blickes.

»Wie ich sehe, lassen Sie es sich schmecken. Schön, schön. Ich übernachte heute hier, weil ich für unser Magazin einen Bericht schreiben möchte und die Künstler, die das Rahmenprogramm in den einzelnen Weingütern gestalten, gerne vorher persönlich kennenlernen möchte. Sie haben meine Mail also erhalten. Schön, schön. War ja recht kurzfristig.«

Jana wusste nicht wirklich, wovon er sprach.

»Wir werden später alle noch hier zusammensitzen.« Er zeigte auf den großen Tisch, auf dem nun ein »Reserviert«-Schild stand.

»Sie«, er wandte sich Clemens zu, »können uns als Frau Vogts Partner gerne Gesellschaft leisten.«

Jana stieß unter dem Tisch mit ihrer Schuhspitze gegen Clemens' Schienbein. Sie wollte mit diesem Stupser ausdrücken, was sie von Radwahns Aussage hielt, und hoffte außerdem inständig, dass Clemens nichts dazu sagen würde. Je weniger Aufmerksamkeit sie auf sich zogen, desto besser. Natürlich war Clemens ebenso daran gelegen und so lächelte er nur.

Kai-Uwe Radwahn klopfte dreimal auf die Tischplatte und verschwand mit ebenso viel Getöse wie beim Hereinkommen durch die Tür nach draußen.

»Äh«, murmelte Jana.

»Netter Typ«, bemerkte Clemens süffisant.

»Wovon redet der? Ich habe keine Mail bekommen, aber egal.«

»Wer war das denn nun genau und woher kennst du ihn?«

»Ach, so, ja.«

Jana erklärte Clemens, dass Kai-Uwe Radwahn das Schreiben an sie unterzeichnet hatte und nicht nur Redakteur, sondern auch Weinkritiker war.

»Wollen wir uns denn vielleicht doch dazusetzen, wenn nachher dieses Treffen ist?«, fragte sie nicht ganz ohne Hintergedanken. Schließlich konnten sie so am unauffälligsten Leute kennenlernen und fanden vielleicht etwas über dieses ominöse Gespräch vom Nachmittag heraus.

»Keine schlechte Idee, immerhin wird bestimmt viel geredet …« Er sah sie konspirativ an.

Jana begann, sich auf den Abend zu freuen. In ihr brodelte es. Wie sie selbst, so schien auch Clemens überzeugt davon zu sein, dass etwas im Busch war. Hätte er sonst eben mit dem Kollegen von der Abteilung Wirtschaftskriminalität gesprochen? Und dass dieser Detektiv hier war, sprach nicht für einen Zufall, das sah Clemens mit Sicherheit genauso.

»Was ist?«, fragte Clemens, der sie genau beobachtet hatte.

»Was meinst du?«, lachte Jana. »Ich gehe noch mal mit Usti Gassi, kommst du mit?«

TAG 1 – SPÄTER ABEND

Mittlerweile hatte sich der Himmel dunkelblau verfärbt und die ersten Sterne begannen zu funkeln. Allerdings waren im Westen dunkle Wolken zu sehen, die sich als schwarze Wand bedrohlich näherten. Die Luft roch sogar ein wenig nach Regen. Während Jana und Clemens schweigend nebeneinanderher gingen, schnüffelte Usti an jedem Blumentopf und an jeder Laterne. Die Straße, der sie in Richtung der Weinberge folgten, stieg immer weiter an. An einer Kreuzung überlegten sie nicht lange, sondern bogen nach links ab. Von hier oben wirkte der Ort richtig romantisch, mit den heimelig beleuchteten Gassen und der in gelbes Licht getauchten Kirche.

»Du, Clemens?« Jana hielt seinen Arm fest. »Ich habe ziemliche Schwierigkeiten in meiner Dienststelle. Ich weiß einfach nicht, was ich machen soll. Die Stimmung ist so mies. Ich weiß nicht, ob ich etwas falsch gemacht habe. Seit diesem einen Vorfall in der Halle …«

Die Worte sprudelten nur so aus ihr heraus, was sie selbst überraschte.

»So was habe ich mir gedacht. Ich würde dir gerne helfen. Vielleicht können wir gemeinsam eine Lösung für dich finden. Du hast schon mehrfach angedeutet, dass du gerne etwas anderes machen würdest …«

Jana wollte gerade antworten, als ein blinkendes Licht im gegenüberliegenden Weinberg ihre Aufmerksamkeit erregte.

»Was ist das?«, fragte sie.

»Wo?« Clemens drehte sich um.

Usti wurde unruhig und begann, an der Leine zu zerren.

»Da, da blinkt doch eine Lampe.«

»Tatsächlich.«

»Fast wie – Morsezeichen. Erinnerst du dich an den Miss-Marple-Film ›Mörder ahoi‹? Da kommunizieren Miss Marple und Mister Stringer auch per Morsezeichen miteinander.«

»Das ist ja heute wohl nicht mehr notwendig«, gab Clemens zu bedenken.

»Das weiß ich doch, aber da ist doch jemand im Weinberg. Und Usti scheint ebenfalls etwas gewittert zu haben. Guck mal, wie er zieht.«

Die beiden ließen sich von Usti lenken, der an einer Weggabelung nach rechts weiterlief. Doch mit einem Mal hörten die Blinkzeichen im angrenzenden Weinberg auf. Ob man sie bemerkt hatte?

»Komm, lass uns zurückgehen«, schlug Clemens vor.

Eigentlich wollte Jana nicht so recht, wäre stattdessen viel lieber der Herkunft des Lichts auf den Grund gegangen. Doch was versprach sie sich davon?

Ohne Vorankündigung fielen große, kalte Regentropfen vom Himmel, begleitet von einem auffrischenden Wind. Es wurde Zeit, den Rückweg anzutreten.

»Meinst du, hier kommen wir auch wieder zum Weingut zurück?«, fragte Clemens an der Weggabelung und zeigte geradeaus.

»Ich denke doch«, antwortete Jana mit Blick auf die Kirche. Der Regen wurde von Minute zu Minute stärker. Der eingeschlagene Weg stellte sich als der richtige heraus. Trotzdem waren sie ziemlich nass, als sie das Weingut erreichten. Noch in der geöffneten Tür schüttelte sich Usti so heftig, dass Janas Hose eine Extraportion Wasser abbekam.

»Du Wutz!«, schimpfte sie lachend.

Jana kramte in ihrer Tasche und zog einen kleinen Reiseföhn hervor.

»Nicht dein Ernst!«, lachte Clemens. »Frauen, was die alles in ihren Taschen herumtragen.«

»So, für diese Bemerkung gibt es einen Punkt auf dem Machosprüchekonto. Du kannst zusehen, wie du wieder trockene Haare bekommst. Meinen Föhn kriegst du jetzt jedenfalls nicht.«

»Dann eben damit«, Clemens deutete auf die frischen Handtücher, die auf dem Bett lagen.

»Die waren vorhin aber noch nicht hier«, stellte Jana fest, während sie ihre Haare mit Kamm und Föhn bearbeitete und sich dabei im Wandspiegel neben der Tür betrachtete.

Usti hatte sich derweil auf seine Decke gelegt, nachdem ihn Jana mit einigen Papiertüchern, so gut es ging, trocken gerieben hatte. Sein sich langsam hebender und senkender Brustkorb verriet, dass er bereits schlief. Als Janas Haare trocken waren, zog sie den Stecker aus der Steckdose, wickelte das Kabel um den Föhn und musste bei Clemens' Anblick lachen. Seine Wuschelfrisur machte ihn jünger und ließ ihn verwegener aussehen.

»Was ist?«, fragte er und strich sich instinktiv durch die Haare. Als Jana nicht antwortete, sondern nur amüsiert dreinblickte, schaute Clemens in den Spiegel. Augenblicklich musste er lachen.

»Sturmfrisur!«

Jana legte den Föhn auf den einzigen Stuhl im Zimmer und sah sich um, während Clemens damit beschäftigt war, seine Haare in Form zu bringen. Irgendwann vor 20 oder 30 Jahren war die Zeit angehalten worden, so schien es. Die alten, keineswegs verschlissenen Möbel, die Erinnerungsstücke, ja der Raum in seiner Gesamtheit wirkten merkwürdigerweise beruhigend auf Jana. Erinnerungen an ihre Großeltern wurden wach. Vor ihrem inneren Auge sah sie sich als kleines Kind in deren Haus herumtollen. Doch es war keine Zeit, sich in Erinnerungen zu verlieren, denn ihr fiel ein, dass sie und die anderen Teilnehmer der Veranstaltung verabredet waren. Die Vorstellung, als Letzte zu der Gruppe zu stoßen, während man vielleicht über sie redete, bereitete ihr Unbehagen.

»Wir sollten los …« Sie beeilte sich, zur Tür zu kommen, als Clemens sie am Arm festhielt.

»Halt, Jana. So kommst du mir nicht weg. Ich würde gerne mit dir über das reden, was du eben auf dem Spaziergang angedeutet hast. Und ich überfalle dich jetzt einfach mit meinen Fragen, und das sind eine ganze Menge. Was ist mit dir, was hat es mit der Narbe an deinem Hals auf sich? Rede mit mir.«

Dieser Frontalangriff erwischte Jana kalt, aber nicht unerwartet. Er sollte die Wahrheit erfahren. Sie setzte sich aufs Bett, Clemens blieb abwartend in einiger Entfernung stehen.

»Die ganze Geschichte?«

»Wenn du kannst und möchtest, ja. Hast du eigentlich schon einmal mit jemandem außer deinem Therapeuten darüber gesprochen?«

»Ja, mit Simone, aber nicht über alles … Okay, Clemens. Setz dich bitte auf den Stuhl da. Bitte frag nicht dazwischen. Ich muss erzählen, ohne unterbrochen zu werden, sonst verlässt mich vielleicht der Mut.«

Clemens nahm den Föhn und legte ihn auf Janas Tasche, dann setzte er sich.

Mit einem lauten Seufzer machte sich Jana Mut. »Also. Es war ein paar Tage vor meinem geplanten Urlaub in Ahrweiler. Der ganze Tag war schon irgendwie beschissen gelaufen. Warum genau, daran erinnere ich mich nicht mehr. Dann wurden wir zu einem Einsatz gerufen, nur Routine, wie es hieß. Spuren in einer Halle sichern, am Rande von Köln. Es war in einem echt abgerockten Industriegebiet, wie man es oft als Kulisse in Fernsehkrimis sieht. Nachbarn hatten angeblich Schüsse gehört. Da lag inmitten dieser Halle, in der Neonlicht flackerte, dieser Tote, ein Mann. Die Blutlache war ungewöhnlich groß. Wir waren fertig mit der Sicherung der Spuren. Ich ging zu meinem Wagen, den ich in einiger Entfernung von der Halle an der Straße geparkt hatte, und merkte da erst, dass ich mein Stativ vergessen hatte. In der Halle. Es begann schon zu dämmern. Ich habe einen Kollegen angesprochen, der mit dem Einsatzwagen neben mir parkte, ob er noch warten könne, bis ich wieder zurück sei. Er war nicht begeistert, weil er nach Hause wollte. Ich weiß gar nicht, warum ich ihn überhaupt gefragt habe. Als ich die Straße überquerte, kam aus einer Seitenstraße ein Auto, ohne Licht. Ich dachte, komisch, daran erinnere ich mich noch ganz genau. Aber ich habe daraus nicht die richtigen Schlüsse gezogen. Ich ging zurück zur Halle. Das Knirschen der Kieselsteine habe ich noch im Ohr. Die Eisentür, durch die ich gerade erst herausgekommen bin, ließ sich von außen nicht öffnen. Komisch, dachte ich wieder. Ich ging zu einer Seitentür, die ließ sich öffnen, und dann bin ich in die Halle hinein. Es war echt feucht da drinnen, kalt, und dieses komische Neonlicht, das ständig an- und ausging, nervte. Ich war ganz allein. Ich tastete an den Wänden entlang nach einem Lichtschalter. Als ich dann endlich einen fand, funktionierte der nicht. So habe ich dann mein Handy eingeschaltet und damit den Boden ausgeleuchtet, so gut es eben ging. Irgendwie fand ich dann mein Stativ, es lehnte an einer Wand gleich neben der Blutlache. Als ich danach greifen wollte, hörte ich plötzlich Schritte, und dann war da auch schon dieses Atmen. Ich wusste sofort, dass es keiner von unseren Leuten war. Logisch, es würde sich keiner von denen so anschleichen. Ich bekam das Stativ zu fassen und wollte es als Schlagwaffe benutzen, falls es nötig sein sollte, aber da schlug mir der Typ es auch schon aus der Hand. Ich konnte gar nicht so schnell reagieren, da drehte er mir die Arme auf den Rücken und hielt mich fest. Ich hab versucht zu schreien, aber es ging nicht. Dann war da dieser zweite Mann, der mir ein Messer an den Hals hielt, während der erste anfing, mich zu begrapschen. Ich roch diesen Atem, ich hatte ja keine Chance gegen die beiden. Während der eine mir weiter seine Finger in die Unterwäsche schob, fragte der andere ständig nach Iwanow. Keine Ahnung, ob so der Tote hieß. Und dann spürte ich diesen stechenden Schmerz am Hals. Ich spürte, wie warmes Blut an meinem Hals herunterlief, ich bekam noch mit, dass ich zusammensank. Der Boden war eisigkalt, und dann bemerkte ich noch, wie sich etwas zwischen meine Beine schob. Ab dem Zeitpunkt weiß ich nichts mehr.«

»Oh, mein Gott. Was haben sie mit dir gemacht?«

Jana seufzte. »Ich bin erst im Krankenhaus zu mir gekommen. Aus eigener Erinnerung weiß ich nicht, was passiert ist. Aber wäre mein Kollege Ralf nicht gewesen, dann wäre es anders ausgegangen. Einer der beiden ist entkommen, der mit dem Messer, den anderen, der versucht hat … den haben sie erwischt. Nachher kam heraus, dass es um eine Art Bandenkrieg gegangen war. Und ich befand mich einfach zur falschen Zeit am falschen Ort.«

»Warum hast du dich nicht beurlauben lassen? Stattdessen suchst du in Ahrweiler mit mir den Mörder von Herbert Tewes?«

»Clemens, du erinnerst dich, du hast mich doch dazu angestiftet.«

»Ja, du hättest aber auch … Du dachtest sicher, mit dir wäre alles in bester Ordnung? So wie ich nach dem Selbstmord meines Freundes!«

»Irgendwie so, ja. Diese Albträume, die ich seitdem habe, die sind schon ziemlich heftig, manchmal. Gerade in Ahrweiler hatte ich ganz schön mit merkwürdigen Ereignissen zu kämpfen. Diese Alte, die ständig diese rätselhaften Sprüche von sich gab. Ich weiß bis heute nicht, ob ich mir das nur eingebildet habe oder ob sie wirklich den sechsten Sinn hatte.«

Clemens wirkte betroffen. »Daher deine Angst vor der Dunkelheit. Und ich mache vorhin auch noch so blöde Scherze im Keller.«

»Du konntest ja nicht ahnen, dass ich ein Psycho bin.«

»So ein Quatsch, du bist doch kein Psycho. Aber dir geht es schon besser als bei unserer ersten Begegnung in Ahrweiler, oder?«

»Ja, doch. Ich habe das Gefühl, dass ich das Schlimmste hinter mir habe. Und ich fühle mich echt besser, jetzt, da ich darüber sprechen kann. Vielleicht hätte ich das schon viel früher tun sollen. Die Dämonen behält man einfach tief in seinem Innersten. Wenn man über deren Existenz schweigt, werden sie noch mächtiger. So geht es mir zumindest.«

»Soll ich dich jetzt nach Hause fahren? Ich bring dich gerne nach Köln und hole dich auch morgen ab oder bleibe auch da, wie du willst.«

»Nein, Clemens. Ich denke, das ist nicht nötig. Vielleicht tut mir ein bisschen Gesellschaft gut. Lass uns runtergehen.«

»Ernsthaft?«

Demonstrativ knotete Jana das Tuch, das sie um ihren Hals trug, auf und legte es aufs Bett. Clemens vermied es, auf die Narbe zu starren, und blickte stattdessen auf einen imaginären Punkt an der Wand.

Sie betraten gerade die Eingangshalle, als ihnen eine aufgeregte Marita Bönisch entgegenkam.

»Sie suche ich!«

»Ja?«

»Sie sind doch von der Polizei, oder?«, wollte sie von Clemens wissen.

»Ja, aber ich bin privat hier. Woher wissen Sie das eigentlich?«

»Das hat dieser Detektiv gesagt.«

»Welcher Detektiv denn bitte?«

»Der Mann, der mir vorhin in der Gaststube … der von mir etwas wissen wollte.«

Das klang alles andere als wahrheitsgemäß. Jana konnte es Marita Bönisch an der Nasenspitze ansehen, dass sie etwas zu verbergen hatte. Aber Clemens schien das erst einmal auf sich beruhen lassen zu wollen.

»Also, worum geht es denn?«, fragte er mit gedämpfter Stimme.

»Aus unserem Weinkeller wurden kostbare Flaschen gestohlen. Aus einer sehr alten Sammlung.«

»Können wir dorthin gehen?«, bat Clemens.

»Aber ja, bitte folgen Sie mir.«

Marita Bönisch lief aufgeregt voran, die Kellertreppe hinunter. Auf halber Höhe bog sie in den seitlich abzweigenden Gang ein, es ging die nächste Treppe hinunter und dann standen sie auch schon in dem weitläufigen Weinkeller, in dem sie zuvor Usti wiedergefunden hatten. Auf den ersten Blick konnte Jana nichts Ungewöhnliches erkennen. Doch als Marita Bönisch auf ein vergittertes Regal zeigte, das in eine Wandnische eingebaut war, erschloss sich ihr die Situation.

»Hier, sehen Sie selbst: keine einzige Flasche mehr drinnen!«

»Wann haben Sie denn das Fehlen der Flaschen bemerkt?«

»Vor einigen Minuten, als ich den Raum hier abschließen wollte und noch mal einen Rundgang durch den Keller machte. Was sonst immer mein Schwager macht, aber der … ist gerade nicht da.«

»War dieses Gitter denn verschlossen, ich meine abgeschlossen, als Sie den Verlust festgestellt haben?«

»Ja, das ist es ja. Zu. Das Gitter ist zu!«

Während Clemens das Schloss aus der Nähe betrachtete, kramte Jana ihre Kamera hervor. Sie rief die Fotos auf, die sie vorhin gemacht hatte. Tatsächlich war auf einem der Fotos das Regal zu sehen mitsamt den darin gestapelten Weinflaschen. Um Clemens' Aufmerksamkeit zu erhalten, stupste sie ihn sanft in die Taille.

»Hier, schau«, flüsterte sie.

»Wer hat denn außer Ihnen noch einen Schlüssel?«, fragte Clemens, während er Jana zunickte.

»Nur mein Schwager, aber der verschusselt sie manchmal. Erst gestern lagen sie hinten im Hof neben einem Blumenkübel.«

»Wer wusste denn von den Weinen?«

»Im Grunde wusste jeder davon, der hier mal eine Besichtigung mitgemacht hat.«

»Wie wertvoll sind die eigentlich?«

»Es ist jetzt nicht so, dass man dafür ein Vermögen bekommt, es sind ja keine französischen Jahrgangsweine wie etwa vom Château Lafite-Rothschild. Obwohl schon ein paar Schätzchen darunter sind. Aber die Flaschen besitzen eher ideellen Wert, vor allem für mich.«

»Wohin führt denn das große Tor dahinten?«, fragte Clemens und zeigte zum hinteren Ende des Weinkellers.

»Das führt auf den Hof, da bekommen wir die Weintrauben angeliefert. Ist aber verschlossen, das hab ich schon ausprobiert.«

»Gut. Ich schlage vor, Sie fragen zuerst mal Ihren Schwager, ob der etwas weiß. Und dann sehen wir weiter.«

Jana hatte eine Vermutung, was sich hier abgespielt haben konnte. Wenn Johannes Bönisch nicht gut auf seine Schwägerin zu sprechen war, dann hatte er vielleicht etwas mit dem Verschwinden der Weinflaschen zu tun. Wenn die Flaschen für sie von Bedeutung waren, wie sie eben angedeutet hatte, dann wäre es denkbar, dass ihr Schwager sich einen üblen Scherz erlaubt hatte oder die Flaschen als Druckmittel nutzen wollte. Jedenfalls steckte bestimmt eine innerfamiliäre Geschichte dahinter. Was anderes konnte sich Jana nicht vorstellen. Auch wenn sie nicht recht glauben wollte, dass der hilfsbereite und ruhige Johannes Bönisch zu einer solchen Tat fähig war. Aber wenn sie eins in ihrem Job gelernt hatte, dann, dass man dem Menschen nicht hinter die Stirn schauen konnte. Und Johannes Bönisch hatte die Schlüssel zu dem Regal. Andererseits, wenn dem nicht so war, ging es möglicherweise um eine Wein-Entführung. Erst neulich hatte sie in einer Tageszeitung von Wein-Napping an der Mosel gelesen. Jemand hatte aus einem Weingut teure Weine entwendet und später dafür Lösegeld verlangt. Wer war nur der Typ, den sie im Keller belauscht hatte? Ohne dass sie es bewusst wahrgenommen hatte, war sie während ihrer Überlegungen herumspaziert und fand sich vor dem Weinfass, das sie vorhin untersucht hatten, wieder.

»Was ist das?« Sie traute kaum ihren Augen.

Statt der völlig verwischten Schrift stand da nun in großen Buchstaben: »Eine Million €«.

»Clemens, Frau Bönisch. Bitte hier mal schauen«, bat Jana.

»Was soll das?«, fluchte Marita Bönisch.

»Werden Sie erpresst?«, fragte Clemens geradeheraus.

»Nein, nein, so was doch nicht. Nein, Sie meinen, weil die Sammlung weg ist? Hier will jemand Geld von mir, meinen Sie das? Aber so viel Geld habe ich doch gar nicht. Eine Million Euro?«

Marita Bönisch geriet völlig außer sich. Tränen stiegen ihr in die Augen. Ob es Tränen der Wut oder der Verzweiflung waren, konnte Jana nicht ausmachen.

»Also, Frau Bönisch. Wir stellen fest: Die Sammlung ist weg und hier steht etwas, das Ihnen – oder Ihrem Schwager – als Botschaft dienen soll.«

Clemens hatte recht, Johannes Bönisch konnte ebenso gemeint sein, oder beide.

»Sie suchen jetzt schleunigst Ihren Schwager und dann sehen wir weiter. Bis dahin verschließen wir den Raum«, stellte Clemens klar.

Während Clemens noch sprach, nahm Jana die Schrift auf dem Fass genauer in Augenschein. Auf einmal war alles ganz logisch. Sie hatte heute Nachmittag ein dickes Brett vor dem Kopf gehabt. Sie hatte bei den Partikeln unter dem Fass an alles Mögliche gedacht. Aber dass es sich schlichtweg um den Abrieb eines Kreidestiftes handelte, das hatte sie nicht in Erwägung gezogen.

»Das ist mit Kreide geschrieben«, flüsterte sie Clemens ins Ohr, der dabei war, Marita Bönisch aus dem Weinkeller zu geleiten. Er nickte nur.

Jana ließ die beiden vorausgehen und schoss noch einige Fotos. »Kreide«, murmelte sie dabei. »Kreide, wie damals in der Schule. Tafelkreide … natürlich … Tafelkreide.«

Endlich hatte sie es begriffen: Der Papierschnipsel, den sie gefunden hatten, war Teil einer Verpackung. »Ta-felk-reide«.

Sie rannte aus dem Weinkeller und holte Clemens an der Tür zur Weinstube ein. Von Marita Bönisch war nichts mehr zu sehen.

»Warte mal«, zog sie ihn am Ärmel. »Willst du nicht die Polizeikollegen verständigen, damit sie Spuren nehmen können?«

»Frau Bönisch hat, so sagte sie mir, die Polizei bereits verständigt, bevor sie mit mir gesprochen hat.«

»Hat sie das wirklich?«

»Wieso meinst du? Nur so.«

»Sag schon …«

»Sie ist die Betroffene, die aber mehr weiß, mutmaßlich.«

»Hm, das lässt sich ja in Erfahrung bringen.« Clemens zog sein Handy hervor, wartete jedoch ab, was Jana ihm noch zu sagen hatte.

»Ich überlege nur, ob es nicht Teil ihres Plans ist, dich mit hineinzuziehen. Ich meine, der Detektiv kennt dich, er lungert hier rum. Wenn das ein abgekartetes Spiel ist? Sie mit dem Detektiv unter einer Decke steckt ...«, gab Jana zu bedenken.

»Seltsam ist das schon. Da muss ich dir recht geben und daran habe ich ehrlich gesagt auch schon gedacht. Aber welche Rolle spiele ich in dem Spiel?«

»Frag mich mal was Leichteres. Vielleicht will uns jemand, ich nenne mal keinen Namen, glauben machen, dass es hier um Wein-Napping geht«, antwortete sie. »Ein Ablenkungsmanöver, um dich auf eine falsche Fährte zu locken.«

Clemens schaute sie nachdenklich an. »Du denkst, das ist erst der Anfang?«

Jana nickte. Sie spürte, dass etwas im Busch war.

»Wie dem auch sei. Es ist alles zu offensichtlich, da hast du recht. Willst du schon einmal vorgehen zu deinen Künstlerkollegen? Ich muss noch etwas erledigen und komme dann später nach. Ich bin ja eingeladen«, grinste er.

»Stimmt, Kai-Uwe Radwahn hat dich als meinen Begleiter ausdrücklich eingeladen.«

Ihr war mulmig zumute, doch ihre Neugier siegte über ihr Unbehagen, das sie angesichts der unbekannten Gruppe empfand. Drinnen hörte sie nur eine Person reden, das Stimmengewirr, das während des gesamten Abends aus dem Gastraum erklungen war, war verstummt. Sie nahm sich ein Herz und drückte die Tür auf. Außer einem Paar, das an einem Zweiertisch speiste, waren nur die Teilnehmer der morgigen Veranstaltung im Raum. Um den großen Tisch herum hatten sich viel weniger Leute versammelt, als Jana erwartet hatte. Am Kopfende thronte Kai-Uwe Radwahn und sprach mit ausladenden Handbewegungen. An seinen Lippen hingen mit geweiteten Augen zwei Frauen. Eine blonde Frau in Janas Alter mit einem stoppeligen Kurzhaarschnitt und athletischen Armen, die aus einem kurzarmigen T-Shirt herausragten, sowie eine vielleicht einige Jahre ältere Frau. Jana hatte selten eine solch üppige Lockenmähne gesehen, die breitere Stupsnase und ihre Pausbacken ließen das Gesicht der Frau überaus sympathisch wirken. Nach Janas klischeehaften Vorstellungen mussten das die beiden Künstlerinnen sein. Neben der Frau mit dem Kurzhaarschnitt hatte ein schwarz gekleideter Mann mit schulterlangen braunen Haaren Platz genommen, für Jana ein Intellektueller, vielleicht ein Deutschlehrer. Auf der Sitzfläche eines freien Stuhls neben ihm lag ein breitkrempiger Hut.

»Ach, da ist ja Frau Vogt, unsere zweite Fotografin.«

Kai-Uwe Radwahn winkte sie heran. »Setzen Sie sich zu uns. Ich hatte den Ablauf des heutigen Abends referiert und wollte gleich mit der Vorstellungsrunde beginnen. Gut dass wir jetzt komplett sind. Zwei Absagen haben mich leider gerade erreicht.«

Neben der Pausbackigen mit der üppigen Lockenmähne waren noch zwei Plätze frei und so setzte sich Jana neben sie. Der ihr gegenüber sitzende Intellektuelle blickte sie freundlich an.

»Lassen Sie uns mit der Vorstellungsrunde beginnen«, redete Kai-Uwe Radwahn weiter. »Noch einmal für alle, mein Name ist Kai-Uwe Radwahn und ich bin Herausgeber des Magazins WeinGenuss&mehr und außerdem schon seit vielen Jahren Weinkritiker. Unser Magazin hat eine monatliche Auflage von über 30.000 Exemplaren, mit einer wesentlich höheren Reichweite. Zu unseren Inserenten gehören Spitzengastronomen und auch Fernsehköche. Über 75 Prozent unserer Leser haben eine höhere Ausbildung …«

Der Intellektuelle räusperte sich. Während Jana in dessen Gesicht zu lesen versuchte, referierte Kai-Uwe Radwahn immer noch Erfolgszahlen. Sie hörte nicht mehr zu.

»… So, und nun möchte ich die Dame zu meiner Linken bitten, sich vorzustellen.«

Glücklicherweise war das nicht Jana, denn sie hatte sich noch gar nichts zurechtgelegt. Die pausbackige Frau nestelte an ihrer langen Kette, die über ihren Busen fiel.

»Frau Neu? Möchten Sie nicht ein paar Worte über sich sagen?«, fragte Kai-Uwe Radwahn ungeduldig.

Sie warf Jana einen verunsicherten Blick zu.

»Nur zu«, flüsterte Jana aufmunternd.

»Also, ich bin Katja Neu«, begann sie mit piepsiger Stimme. »Ich male Acrylbilder. Aber nur hobbymäßig. Meine Lieblingsmotive sind die Ahr und Burgen. Und mein Beruf ist Erzieherin.«

»Und Sie haben auch beim Wettbewerb von Wein-Genuss&mehr gewonnen …«

»Ach ja, und meine Bilder hängen im Weingut Luzia.«

»Sehr schön, Frau Neu. Und nun zu Ihrer Sitznachbarin.«

Jana holte kurz Luft und konzentrierte sich auf ihre zurechtgelegte Version. Sie berichtete mit fester Stimme, dass sie vor einiger Zeit das Ahrtal als Wanderziel entdeckt habe und seitdem immer wieder hierherkäme. Während ihrer Wanderungen auf dem Rotweinwanderweg und dem Ahrsteig habe sie nicht nur die Landschaft genossen, sondern eine Vielzahl von Fotos gemacht. Die Teilnahme am Wettbewerb des Magazins sei ein spontaner Entschluss gewesen, und sie sei sehr glücklich darüber, dass sie eine der Ausgewählten sei und nun ihre Fotografien im Weingut Zerres ausstellen dürfe.

»Und Sie machen bitte was genau beruflich?«, fragte Kai-Uwe Radwahn.

Jana hatte sich eine Antwort auf diese Frage in Gedanken bereits zurechtgelegt. Sie fand es schwierig zu lügen, weshalb sie ihren Job etwas ungenauer beschrieb. »Ach, nichts Besonderes. Ich bin im öffentlichen Dienst tätig«, antwortete sie und es war noch nicht einmal die Unwahrheit.

Dass Kai-Uwe Radwahn sie ein wenig zu eindringlich anschaute, gefiel ihr gar nicht und so schaffte sie es nicht, den Augenkontakt zu ihm zu halten. Stattdessen betrachtete sie seine Fliege genauer und erkannte, dass auf den weinroten Stoff bunte Weinetiketten gedruckt waren.

»Dann fahren wir mit dem weiteren Herrn in der Runde fort. Bitte stellen Sie sich vor«, gab der Weinkritiker wieder den Conférencier.

»Entschuldigung. Ich hätte noch eine Frage an Sie, Herr Radwahn«, unterbrach ihn Jana.

»Ja?«

Ihre Einmischung schien ihn aus dem Konzept zu bringen.

»Sind wir denn wirklich schon komplett? Es sind doch noch mehr Künstler beim morgigen Event dabei, oder etwa nicht?«

Kai-Uwe Radwahn zögerte einen Augenblick, blätterte umständlich in seinen Unterlagen und warf Jana schließlich einen strengen Blick zu. Jana wich diesem Blick aus und sah zum Intellektuellen hinüber, der ihren Augenkontakt erwiderte.

»Ja, schon, Bianca, meine Kollegin kommt später und

die Journalistin, die sich eigentlich für heute Abend angekündigt hatte, um einige Interviews mit Ihnen zu führen, hat leider abgesagt. Genauso wie Herr«, Kai-Uwe Radwahn schaute in seine Unterlagen, »Lobmüller, der Bildhauer. – Und wo ist Ihr Begleiter, Frau Vogt?«, fragte Radwahn plötzlich scharf. Es hörte sich wie eine Retourkutsche an. War er sauer, weil sie ihn mit einer Gegenfrage unterbrochen hatte? Jana hatte bis jetzt den Blickkontakt mit dem Intellektuellen gehalten und ließ sich nun auf das Spielchen ein, indem sie aufsah und Kai-Uwe Radwahn selbstsicher in die Augen schaute.

»Ich danke Ihnen dafür, dass Sie meinen Begleiter eingeladen haben, aber da er ja nicht in das Rahmenprogramm eingebunden ist, hat er es vorgezogen, sich lieber zurückzuziehen. Und mein Hund freut sich, wenn er mit ihm Gassi geht«, antwortete sie geistesgegenwärtig.

Es folgten einige Sekunden der Stille, während derer Radwahn sie mit einem süffisanten Gesichtsausdruck musterte. Schließlich fiel er in seine vertraute Rolle zurück.

»Aber nun lassen wir unseren Autor zu Wort kommen.«

Hatte er Autor gesagt? Der Mann, der ihr unmittelbar gegenübersaß, war also ein Autor. Sie war gespannt, welche Art von Literatur er vertrat.

Dieser griff neben sich nach seinem Hut, setzte ihn auf, schob mit den Beinen seinen Stuhl nach hinten und erhob sich. Kai-Uwe Radwahn ließ ihn nicht aus den Augen, auch nicht, als er seine Kleidung glatt strich und ein Taschenbuch von der Sitzfläche des Stuhles nahm, auf dem zuvor sein Hut gelegen hatte. Bevor er zu reden begann, räusperte er sich und rückte das Weinglas, in dem nur noch ein letzter Rest roten Weins schimmerte, beiseite.

»Hallo!«, er lächelte fast ein wenig verlegen. »Ich bin

Benjamin Frost. Ich denke, der ein oder andere kennt mich.«

Er hielt das Buch für alle gut sichtbar in die Höhe.

»Weinmörder« stand auf dem Cover. Der Mann war Kriminalschriftsteller!

»Dies hier ist mein aktueller Band mit Kurzgeschichten, die sich mit Morden in Weinregionen beschäftigen. Manche der Morde, über die ich berichte, haben sogar wirklich stattgefunden.«

»Oh!«, raunte die Pausbackige. »Aber doch nicht etwa hier, in diesem Weingut?«

»Nein, nein, ich kann Sie beruhigen, hier in Rech hat es kein wirkliches Tötungsdelikt gegeben. Ich werde später, wenn Sie Interesse haben, gerne einige Stellen aus meinen Geschichten vorlesen.« Er schaute zu Kai-Uwe Radwahn, als müsse er sich dessen Einverständnis einholen.

»Später haben Sie noch genügend Gelegenheit dazu«, antwortete der Weinkritiker eher beiläufig. »Ich möchte noch ergänzen«, lenkte er die Aufmerksamkeit wieder ganz auf sich, »dass Herr Frost kein Gewinner unseres Magazins ist. Er wurde von der regionalen Weinwerbung für das Rahmenprogramm zum Tag der offenen Weinkeller engagiert. Ich freue mich, dass er den Weg hierher gefunden hat.«

War es nicht egal, wer wen wann engagiert hatte?, wunderte sich Jana.

»Wie dem auch sei«, entgegnete Benjamin Frost und setzte sich.

»Darf ich mal sehen?«, flüsterte Katja Neu über die Tischplatte hinweg und zeigte auf das Taschenbuch.

»Aber gerne«, sagte Benjamin Frost und schob den Band mit den Kriminalgeschichten zu ihr herüber.

»Bin ich jetzt dran?«, meldete sich die blonde Frau mit dem Kurzhaarschnitt zu Wort. Erst jetzt fielen Jana die Tattoos auf, die unter beiden Ärmeln ihres T-Shirts hervorlugten. Während Jana versuchte, sich vorzustellen, wie die Motive unter dem Ärmel weitergingen, begann die blonde Frau mit ihrer Vorstellung.

»Ich heiße Alexandra Güsgen und bin Fotografin, allerdings im semi-professionellen Bereich.« Ihr kühler Blick streifte Jana.

Sie hatte einen beachtlichen Werdegang vorzuweisen und konnte die Teilnahme an etlichen Akademiekursen für sich verbuchen. Kein Wunder, dass sie Janas Ambitionen nicht ernst zu nehmen schien. Oder sah sie in ihr, die das Fotografieren nur hobbymäßig betrieb – so ihre Legende –, eine Konkurrentin? Wenn sie wüsste, dass Jana alles andere als eine Hobbyfotografin war. Die Motive, die Jana jedoch während ihrer Berufsausübung vor die Kameralinse bekam, würden ihr mit Sicherheit weniger behagen. Warum machte sie sich überhaupt Gedanken über Alexandra Güsgen? Sie würde in Zukunft kaum wieder mit ihr zu tun haben. Vielleicht lag es daran, dass ihr Menschen, die Konkurrenz nicht als etwas Belebendes begriffen, suspekt waren. Über ihre Reflexionen über Neid und Missgunst hatte Jana das Ende von Alexandra Güsgens Vorstellung verpasst.

Da sich nun kein weiterer Teilnehmer vorzustellen hatte, waren alle Augen auf Kai-Uwe Radwahn gerichtet. Alle warteten gespannt, wie es weitergehen würde, was für den Abend noch vorgesehen war. Da er keinerlei Anstalten machte, seine Rolle als Conférencier weiter auszuüben, erfüllte eine ratlose Stille den Raum.

»Was ist denn nun geplant?«, flüsterte Katja Neu Jana ins Ohr.

»Keine Ahnung«, flüsterte Jana zurück, während sie den Weinkritiker aus dem Augenwinkel fixierte.

Jana begann, sich fehl am Platz zu fühlen. Außerdem rätselte sie, wo Clemens so lange blieb. Er hatte doch versprochen, gleich nachzukommen und ihr Gesellschaft zu leisten. Als die Tür aufschwang, hoffte sie, er wäre es, doch es war nur Johannes Bönisch. Geschäftig lief er zur Theke, griff nach zwei Flaschen Wein, die dort bereitstanden, und kam damit an ihren Tisch.

»Marita, bring doch bitte mal die Probiergläschen mit«, rief er in Richtung Küche. »So, meine Herrschaften, was gibt es Schöneres, als an einem Abend wie diesem gemütlich zusammenzusitzen und unseren Wein zu probieren?«

Seine gute Laune ließ die angespannte Stimmung, die unter ihnen geherrscht hatte, schwinden.

Um seiner Schwägerin zu helfen, die gerade einhändig ein Tablett mit Probiergläsern durch die Küchentür balancierte, stellte Johannes Bönisch die Weinflaschen auf den Tisch und eilte zu ihr. Doch als er bei ihr ankam, zog sie ihn mit ihrer freien Hand an seinem Ärmel in die hinterste Ecke der Theke. Jana spitzte die Ohren, aber das Gemurmel um sie herum war einfach zu laut. Vorgebend, sie würde in ihrem Handy eine Telefonnummer suchen, schlich sie sich Schritt für Schritt an die beiden heran und konnte tatsächlich einige Gesprächsfetzen erhaschen.

»Nun glaub mir doch endlich, ich hab den Wein nicht!«, versicherte Johannes Bönisch nachdrücklich.

Jana schaute sich um, aber niemand achtete auf sie.

»Schon gut«, sagte Marita Bönisch resigniert, während sie ihrem Schwager das Tablett entgegenhielt. »Nimm mal, bitte.«

Ohne Eile kehrte Jana wieder zu ihrem Platz zurück.

Gleichzeitig mit Marita und Johannes Bönisch kam sie bei den anderen an. Johannes Bönisch nahm die Flaschen vom Tisch und bat die Gäste, ihm in den Probenraum im Keller zu folgen.

»Dann können Sie sich auch gleich die schönen Fotos von Frau … Vogt anschauen«, fügte er hinzu, während er vorausging. Stühle wurden gerückt, die kleine Gruppe setzte sich in Bewegung. Jana wäre es zwar lieber gewesen, hier oben zu bleiben, schon allein, um Clemens nicht zu verpassen. Aber um kein Misstrauen zu erregen, wollte sie mitgehen.

»Hätten Sie etwas dagegen, wenn wir uns der Weinprobe anschließen?«, schaltete sich unerwartet der Mann vom Nachbartisch ein. Jana hatte völlig vergessen, dass da noch zwei Leute saßen. Hatten sie etwa beobachtet, wie sie die Bönischs hinter der Theke belauscht hatte? Sie sah Kai-Uwe Radwahn an in der Hoffnung, er würde antworten, aber Benjamin Frost kam ihm zuvor: »Wir haben dagegen nichts einzuwenden, wir sind doch sowieso weniger Personen als gedacht.«

»Also meine Zeitung zahlt die Weinprobe aber nicht!«, sagte Kai-Uwe Radwahn scharf.

Die Gespräche verstummten.

Jana hielt diese deutliche Ansage zunächst für einen Scherz.

»Wir wollten uns nicht aufdrängen«, entgegnete die Frau. Ihr schien die Situation unangenehm zu sein.

»Der Wein geht selbstverständlich aufs Haus«, sagte Marita Bönisch.

»Aber ja, kommen Sie nur«, meinte Johannes Bönisch.

Von einer Missstimmung zwischen den beiden war nichts mehr zu bemerken.

Jana ließ die froh gelaunt losziehende Gruppe vorausgehen und hielt nach Clemens Ausschau. In der Halle war er jedenfalls nicht. Sie zog ihr Handy aus der Jackentasche, um ihn anzurufen.

»Sie sind auch nicht so der Gruppenmensch, oder?«

Jana drehte sich erschrocken um. Hinter ihr stand Benjamin Frost und lächelte. Sie hatte ihn in der Gruppe vermutet.

»Ähm, ja, also nein, nicht so direkt, wenn ich ehrlich bin«, gestand Jana.

Aus dem Keller drang lautes Lachen nach oben.

»Na, was meinen Sie, machen wir gute Miene zum Spiel? Ist ja sonst auch nichts los hier. Kein Theater oder Kino in der Nähe.«

Da hatte er wohl recht.

»Wollen wir?« Benjamin Frost zeigte zur Kellertreppe. »Oder warten Sie auf Ihren Begleiter?«

»Nein, nein«, sie zögerte, denn eigentlich entsprach das gar nicht den Tatsachen. Das Gegenteil stimmte. Sie sehnte sich sogar nach Clemens. Aber andererseits gab es einen bestimmten Grund, warum sie überhaupt hier war.

»Ich gehe vor, passen Sie bitte auf, die Treppe ist ziemlich steil.«

Noch immer zögerte Jana, denn wer würde jetzt ein Auge auf Marita Bönisch haben, die offensichtlich nicht mit hinunter in den Probenraum gegangen war? Gedankenversunken folgte sie Benjamin Frost nach unten. Die Mitglieder der zusammengewürfelten Gruppe hatten sich in Erwartung der Weinprobe um den großen Holztisch versammelt.

»Schau mal hier, *lieverd*, ›Ahrweiler Felsentraum‹ steht da auf dem Etikett.«

»Ja, Herman, der Wein ist auch bestimmt ein Traum«, antwortete seine Frau.

Das Paar hatte sich am hinteren Ende des Tisches platziert. Vorne am Tisch waren noch zwei Stühle frei. Jana ließ Benjamin Frost den Vortritt. Aus strategischen Gründen setzte sie sich lieber in unmittelbare Nähe des Ausgangs. Man konnte nie wissen, was passieren würde.

Jana gegenüber saß die pausbackige Katja, neben dieser Kai-Uwe Radwahn, daneben die blonde Fotografin Alexandra. Alle beobachteten Johannes Bönisch bei seinen Vorbereitungen.

»Sind das Ihre Fotos?«, fragte Benjamin Frost.

Plötzlich war es mucksmäuschenstill im Raum. Ohne es zu wollen, streifte Janas Blick Alexandra Güsgen, die ihren Mund zu einem schmalen Stich zusammengepresst hatte. Jana wollte sich nicht einschüchtern lassen. Sie wusste, dass ihre Fotos von guter Qualität waren.

»Das Foto«, sie zeigte auf eine Panoramaaufnahme von Mayschoß, die sie von der Saffenburg aus fotografiert hatte, »ist eines meiner Lieblingsmotive.«

»Ja, und mit dieser Aufnahme hat sie unsere Jury überzeugt«, schaltete sich Kai-Uwe Radwahn ein. »Es gibt viele Fotos, die von dort aus aufgenommen wurden, aber bei diesem Bild stimmt die Gesamtkonzeption, wenn Sie einmal schauen möchten, hier …«

»Wir wollen doch Wein probieren und keine Bildanalyse hören«, unterbrach ihn Alexandra.

»Ich möchte doch bitten …«, entgegnete Kai-Uwe Radwahn.

»Unmögliche Bemerkung«, stöhnte Janas Sitznachbar, allerdings so leise, dass nur sie es hören konnte. Sie fragte sich, wen Benjamin Frost gerade meinte.

Die Stimmung war kurz davor zu kippen.

»Also ich mag Ihre Fotos«, sagte Katja Neu. Sie warf Jana ein aufmunterndes Lächeln zu.

»Uns gefallen die Fotos auch«, sagte die Frau am Ende des Tisches.

»Es wäre ja mal an der Zeit, sich vorzustellen«, bemerkte Alexandra Güsgen schnippisch.

Na, das konnte ja ein heiterer Abend werden, dachte Jana bei sich. Sie nahm sich vor, nur einige Minuten hierzubleiben und sich dann heimlich davonzustehlen.

»Sie haben recht, entschuldigen Sie bitte. Wir haben uns einfach so zu Ihnen gesellt, weil wir … Wir möchten wirklich nicht stören.« Sie war im Begriff aufzustehen.

Mittlerweile hatte Johannes Bönisch seine Vorbereitungen beendet. »Wir können mit der Weinprobe beginnen. Ich denke doch, hier ist Platz für alle. Da sich die Teilnehmer vorhin gegenseitig vorgestellt haben, möchten sie vermutlich gerne wissen, wer mit ihnen am Tisch sitzt.« Johannes Bönisch schien den Umgang mit schwierigen Kunden gewöhnt zu sein. Er nickte der Frau aufmunternd zu.

»Wir sind das Ehepaar Devrient aus Aachen, mein Mann Herman und ich, Birgit. Wir sind auf der Durchreise nach Südfrankreich mit unserem Wohnmobil …«

»Das interessiert doch niemanden, Birgit«, fiel ihr Mann ihr ins Wort.

Johannes Bönisch seufzte einmal kurz auf, dann nahm er Haltung an und begann die Weinprobe mit einer Einführung in den Weinanbau an der Ahr. Er erklärte, dass man immer noch nicht sicher sagen könne, wer den Wein an die Ahr gebracht habe. Einiges spräche dafür, dass das die Römer getan hätten. Die Franken aber ganz sicher den Grundstein für den Weinanbau an der Ahr gelegt hätten. Dass es an der Ahr 43 Einzellagen gebe, 87,5 Prozent der angebauten Weine Rotweine seien und dass sich hier das größte geschlossene Weinanbaugebiet für Rotwein befände. Bei den Informationen zur Weinherstellung schaltete Jana dann allerdings ab und ließ Begriffe wie Terroir, Orografie, Maischegärung oder Öchslegrade einfach vorbeiziehen. Obwohl Johannes Bönisch die anderen mit seinen Ausführungen fesselte, konnte sie ihm nicht länger folgen. Sie war versucht, sich davonzuschleichen, und wollte gerade aufstehen, als ihr Benjamin Frost ein gefülltes Weinglas vor die Nase hielt.

»Den müssen Sie unbedingt probieren.«

Jana griff nach dem Glas, das einen tiefroten Wein enthielt. Da die anderen ihre Gläser hin und her schwenkten, tat Jana es ihnen gleich.

»Schauen Sie bitte auf die Fenster, man nennt diese auch Kirchenfenster.«

Damit waren wohl die Schlieren innen am Glas gemeint.

»Ja, hier, ganz deutlich«, pflichtete ihm Kai-Uwe Radwahn bei. »Man nennt sie übrigens auch Weintränen.«

»Muss der sich immer so in Szene setzen?«, flüsterte jemand. Jana spitzte die Ohren. Wer hatte das gesagt? Es war eindeutig eine Frauenstimme gewesen. Natürlich kannte sich Kai-Uwe Radwahn von Berufs wegen mit Weinen aus. Was sollte also die Bemerkung?

Nun waren sie bei den Sinneseindrücken angelangt. Alle möglichen Geruchseindrücke wurden in den Raum geworfen.

»Wie Waldbeeren«, meinte Benjamin Frost.

»Ich rieche Mandelaromen«, meinte Katja.

Johannes Bönisch nickte anerkennend und bat, nun einen Schluck zu nehmen.

»Bitte behalten Sie den Wein möglichst lange im Mund, damit Sie die Aromen in ihrer Vielfalt schmecken.«

Sie setzten das Glas fast gleichzeitig an den Mund und ließen die Flüssigkeit leise in der Mundhöhle hin und her kreisen. Aus der Richtung des Weinkritikers war ein deutliches Schmatzen und Schlurfen zu hören.

»Was meinen Sie, um welchen Wein handelt es sich?«, fragte Johannes Bönisch in die Runde.

Also darum ging es. Jana hatte wohl doch nicht alles mitbekommen, was Johannes Bönisch erklärt hatte.

»Das ist ein Spätburgunder«, war sich Benjamin Frost sicher.

Katja nickte.

»Ja, das müsste ein Spätburgunder sein«, pflichtete ihm der Mann aus Aachen bei.

»Die Rebsorte stimmt. Weiß jemand eventuell, von welcher Lage er kommen könnte? Ich weiß, das ist nicht ganz leicht herauszuschmecken.«

»Marienthaler Leywingert!«

Die Weinlage sagte Jana etwas und nach kurzem Nachdenken wusste sie auch, was: Der Weinberg, in dem sie und Usti die Leiche von Herbert Tewes gefunden hatten, befand sich in eben dieser Weinlage. Aber wer hatte das gesagt?

»Ich bin mir sicher, dass das der Marienthaler Leywingert ist«, wiederholte Benjamin Frost.

Alle Augen richteten sich auf ihn.

»Ein eleganter Duft von reifen Waldbeeren, leichte Mandelaromen, ganz genau«, mischte sich Kai-Uwe Radwahn ein. »Eine Trinktemperatur von 17 bis 19 Grad Celsius ist ideal.«

Langsam verstand Jana, was mit der Bemerkung von

eben gemeint war. Irgendjemand kannte Kai-Uwe Radwahn offensichtlich näher.

Der Marienthaler Leywingert war nur der erste Wein, den es zu probieren galt. Die anderen waren nicht so einfach herauszufinden. Sie hatten so klangvolle Namen wie Neuenahrer Mondberg, Recher Ahrstern oder Ahrweiler Felsentraum.

»Ich habe noch eine Frage, Herr Bönisch«, sagte Jana, als sie alle Weine durchprobiert hatten.

»Ja bitte, gerne.«

»Warum haben Sie hier im Weingut denn Weine aus Ahrweiler, Neuenahr und Marienthal? Ich dachte, Sie stellen diese alle selbst her?«

Kai-Uwe Radwahn rollte mit den Augen.

»Oh, das ist eine gute Frage«, antwortete Johannes Bönisch. »Das sind unsere Weine. Allerdings haben die meisten Ahr-Winzer Weinberge an verschiedenen Orten. Dadurch können wir Weine ausschenken, die aufgrund der Bodenbeschaffenheit zum Beispiel unterschiedlich schmecken. Ich hatte vorhin ja schon über das Terroir gesprochen.«

Da war er wieder, einer dieser verwirrenden Begriffe. Terroir, was sollte das sein? Obwohl Jana nur an den Gläsern genippt hatte, merkte sie die Wirkung des Alkohols und wurde allmählich müde. Sie musste an die frische Luft, wenn sie wach bleiben wollte. Der Augenblick war gerade günstig. Sie stand auf, warf ihrem Sitznachbarn ein »Bin mal kurz weg!« zu und lief, ohne sich noch einmal umzublicken, die Treppe hinauf. Glücklicherweise hatte Marita Bönisch nicht erneut am Lichtautomaten gedreht. Oben angekommen machte ihr Herz einen kleinen Hüpfer, denn sie konnte Clemens' Stimme hören. Er musste in der Gaststube sein. Möglichst geräuschlos öffnete sie die Tür, die nur angelehnt war. Clemens stand an der Theke. Er hatte seinen rechten Arm auf den Tresen gestützt und hörte Marita Bönisch zu, die mit einem Geschirrtuch ein Weinglas polierte. Mit einem Handzeichen gab er ihr zu verstehen, dass er sie bemerkt hatte.

Jana setzte sich und kämpfte gegen die Müdigkeit an. Zum Glück dauerte es nicht lange, bis Clemens zu ihr an den Tisch kam. Sein Gespräch mit Marita Bönisch hatte er offensichtlich beendet.

»Du hast die Weinprobe verpasst«, beschwerte sich Jana und musste gähnen.

»So langweilig?«

»Nein, schon interessant. Aber … ich hab dich vermisst.«

»Oh … ich dich auch. Aber ich wollte etwas abklären.« Er schwieg vielsagend.

»Was ist los?«

»Meinetwegen könnten wir uns bald schlafen legen. Was meinst du?« Er lächelte.

Sie hatte alles Mögliche erwartet, aber nicht, dass er ihr das vorschlagen würde.

»Ich dachte, du hättest mir etwas zum Fall zu erzählen?«

»Zu welchem Fall? Jana, es gibt keinen Fall. Jedenfalls nicht für mich.«

»Also gibt es doch eine Erpressung?«

»Das fällt nicht in mein Aufgabengebiet.«

»Warum warst du dann so lange hier oben? Ich hätte es schön gefunden, wenn du mir bei der Weinprobe Gesellschaft geleistet hättest. Ich fühlte mich dort recht verloren, angesichts des geballten Fachwissens einiger. Hast du überhaupt Ahnung vom Weinbau? Weißt du zum Beispiel was Terroir ist?«

»Häh?«

»Ach, egal. Aber nun sag schon …«

»Na gut. Ich habe versucht, über ein paar gemeinsame Freunde herauszufinden, ob meine Exfrau wieder etwas gegen mich im Schilde führt.«

»Um diese Uhrzeit?«

»Warum nicht? Wir sind Erwachsene und Erwachsene gehen an einem Freitagabend gewöhnlich nicht um zehn Uhr abends ins Bett.«

Jana gab sich geschlagen. Innerlich rumorte es in ihr. Ob er noch an seiner Exfrau hing?

»Und führt deine Exfrau denn etwas gegen dich im Schilde?«, sagte sie kühler, als sie es wollte.

»Ich weiß es nicht. Allerdings kann ich mir immer noch nicht vorstellen, dass Hering wegen mir hier ist. Woher sollte er gewusst haben, dass du mich hierherbestellst?«

»So siehst du es, dass ich dich herbestellt habe?«

»Nein, natürlich nicht. Du bist aber auch empfindlich.«

Jana ging nicht darauf ein. Vielleicht hatte er sogar recht, mit Sicherheit hatte er recht.

»Der Detektiv, dieser Hering, hätte dir natürlich gefolgt sein können. Vielleicht hat ihn deine Frau …«

»Ex!«

»Ja, deine Exfrau gar nicht engagiert, sondern jemand anderes.«

»Da fällt mir aber keiner ein. Was ich eigentlich damit sagen wollte, ist, dass seine Anwesenheit etwas mit dem Weingut zu tun haben könnte, zum Beispiel«, antwortete Clemens ruhig.

»Also doch. Was hast du denn mit Frau Bönisch gesprochen?«, fragte Jana neugierig.

»Nur Small Talk.«

»Ja, ne, ist klar … Was weiß sie denn über die verschwundenen Weinflaschen? Nun sag schon.«

Mittlerweile wusste Jana, dass Clemens ihr nicht lange etwas vorenthalten konnte. Und tatsächlich ließ er sich nicht lange bitten.

»Sie«, er begann zu flüstern, während er sich umschaute, »Frau Bönisch, hat mir eben erzählt, dass ihr Schwager nach eigener Aussage nichts mit dem Verschwinden der Weinflaschen zu tun habe. Aber was viel interessanter ist: Hering hat zu ihr gesagt, Moment …« Er kramte umständlich sein Notizheft hervor.

Jana musste schmunzeln. Es war ein ähnliches wie das, welches er beim Ahrweiler-Fall benutzt hatte. Nur ein wenig bunter.

»Du lächelst?« Er sah sie liebevoll an. »Ach, wegen meines Notizheftes, oder?«

Jana nickte und legte ihre Hand auf seinen Unterarm. »Also?«, fragte sie.

»Ach ja, also, der Detektiv, dieser Manfred Hering, meinte: »Ich werde heute wegen einer Angelegenheit noch einmal auf Sie zukommen.«

»Das kann ja alles bedeuten.«

»Hm.«

»Ob er etwas mit dem Verschwinden der Weine zu tun hat, oder etwas darüber weiß?«

»Möglich, aber eher unwahrscheinlich, nicht wahr? Ich vermute, es geht um etwas ganz anderes. Sofern Frau Bönisch überhaupt den wahren Inhalt des Gesprächs wiedergegeben hat.«

»Du zweifelst daran?«

»Ja, die Ahrweiler Kollegen habe nämlich ich bestellt.«

»Ah, aber sie wollte doch …«

»Sie war angeblich noch nicht dazu gekommen.«
»Merkwürdig, oder?«, sagte Jana.
»Jedenfalls wird sich die Polizeiinspektion Bad Neuenahr-Ahrweiler den Keller genauer anschauen.«
»Da sind dann aber auch jede Menge Spuren von uns.«
»Die werden wir herausfiltern.«
»Sag mal, wer weiß denn eigentlich, dass ich bei der Polizei arbeite?«, fragte Jana nach einer Pause.
»Niemand, jedenfalls nicht von mir.«
»Gut, ich habe nämlich erzählt, dass ich im öffentlichen Dienst arbeite.«
»Sehr gut, sehr gut.« Clemens schaute sie eindringlich an. Jana musste sofort wieder an die unzulässige Zusammenarbeit im vergangenen Jahr denken. Noch einmal durfte das so nicht ablaufen. Aber mit Clemens in einem Team zu arbeiten, das konnte sie sich immer besser vorstellen. Ein Versetzungsgesuch …
»Jana?«
»Hä?«
»Wo bist du mit deinen Gedanken? Ist dir vielleicht etwas zu Ohren gekommen, was uns weiterbringen könnte?«
Jana überlegte. Denn während der Weinprobe war eine Bemerkung gefallen, die ihr komisch vorgekommen war.
»Moment, ich habe es gleich!«
Clemens blickte sie erwartungsvoll von der Seite an.
Trotz der Müdigkeit funktionierten die Vernetzungen ihrer Hirnhälften einwandfrei.
»Die Frau! Die hat das gesagt!«
»Bitte?«
»›Muss der sich immer so in Szene setzen?‹, hat sie gesagt.«

»Wer und von wem sprichst du?«

»Es war diese Frau aus Aachen, Devrient heißt sie mit Nachnamen. Als Kai-Uwe Radwahn, der Weinkritiker, sich engagiert an der Weinprobe beteiligte, also irgendwelche Fachbegriffe einbrachte, da flüsterte eine der Frauen: ›Muss der sich immer so in Szene setzen?‹ Und das war die Frau aus Aachen. Und das bedeutet, dass sie ihn kennt. Und die, also ihr Mann und sie, die während unserer Vorstellungsrunde am Tisch nebenan saßen, die taten so, als wären sie zufällig hier. Das sind sie aber nicht!«

»Jana, noch mal langsam …«

»Das Aachener Ehepaar scheint Kai-Uwe Radwahn von irgendwoher zu kennen. Also nicht nur namentlich. Es besteht zwischen ihnen irgendeine Beziehung. Jedenfalls kennen sie ihn. Aber sie tun so, als wären sie sich nie vorher begegnet.«

»Interessant. Hast du die Vornamen der beiden?«

»Äh, Hermann und … Britta … nein, Birgit. Ja, Birgit heißt sie. Warte mal, sein Akzent, ja, genau, er hat nicht viel gesagt, aber ich glaube, er sprach mit Akzent. Na klar, mit holländischem Akzent. Wir hatten während unserer Ermittlungen einmal Kontakt mit einem Holländer, der hieß Herman, aber der schrieb sich mit nur einem N.«

»Das könnte etwas zu bedeuten haben. Dann sind sie wirklich nicht zufällig hier. Vielleicht sollte ich doch versuchen, mit dem Detektiv zu sprechen.«

»Meinst du, er ist hier noch irgendwo in der Nähe? Soll ich Usti schnappen und mit ihm eine Runde durchs Dorf drehen, vielleicht spürt Usti ihn auf?«

»Nein, Jana, lass das bitte. Du bleibst hier. Hältst du dich bitte dran?«

»Ja.« Sie klang überzeugend. »Aber was machen wir nun? Irgendwie habe ich keine Lust auf diese seltsame Truppe. Es ist ja auch schon spät.«

»Ich habe vorhin einen Vorschlag gemacht«, grinste Clemens.

Jana nickte.

»Ich schaue nur noch nach den Kollegen aus Bad Neuenahr-Ahrweiler und dann komme ich nach, okay?« Clemens streichelte sanft über ihren Handrücken.

Sie konnte es kaum erwarten, ihn gleich im Zimmer wiederzusehen. Doch dann musste sie feststellen, dass sie ihren Rucksack unten im Probenraum vergessen hatte. Sie stand auf und berührte Clemens am Arm.

»Ich muss noch meinen Rucksack aus dem Keller holen.«

»Okay, dann bis gleich.«

Gut gelaunt lief sie hinunter in den Keller. Die Tür zum Probenraum stand offen. Ihr Rucksack lag auf der Sitzfläche des Stuhls. Birgit Devrient, Katja und Alexandra begutachteten Janas Fotos und unterhielten sich leise. Wo waren die Männer?

»Na, Damenrunde?«, fragte Jana.

Es sollte witzig klingen. Doch nur Katja drehte sich um. »Ihre Fotos sind wirklich schön«, sagte sie freundlich.

»Oh, danke. Ihre Bilder würde ich auch gerne sehen. Vielleicht schaffe ich es, morgen mal im Weingut Luzia vorbeizuschauen.«

»Ich kann Ihnen ein paar Postkarten zeigen, die habe ich dabei.« Sie kramte in ihrer grauen Beuteltasche aus Leder und zog einen Stapel Postkarten hervor.

»Die habe ich extra drucken lassen. Das ist das Bild ›Wengstöck‹.«

Sie hielt Jana die Postkarte hin. Jana gefiel Katjas Malstil auf Anhieb. Sie hatte ihr diese künstlerische Leistung gar nicht zugetraut. Dieses und die anderen Bilder mit Titeln wie »Jode wing un sunnesching«, »Jemödlichkeit« oder »Katzesprong« wirkten mit der intensiven Farbigkeit und den sich auflösenden Formen sehr modern.

»Ich muss mir Ihre Bilder morgen unbedingt in natura anschauen. Wirklich, alle Achtung.«

Die beiden anderen Frauen, die die Postkarten neugierig über Katjas Schulter hinweg betrachteten, waren ebenfalls voll des Lobes. Gerührt bot Katja den Frauen das Du an.

»Wo sind eigentlich die Männer?«, wollte Jana wissen, nachdem sie sich alle mit Vornamen vorgestellt hatten.

»Herr Bönisch wollte spülen«, erklärte Alexandra. »Und wohin die anderen wollten, das habe ich gar nicht mitbekommen, aber Sie, äh, du müsstest doch wissen, wo dein Mann hin ist?«

Birgit Devrient zuckte zusammen. »Ja, soviel ich weiß, wollte er zum Wohnwagen und alles für die Nacht herrichten.«

»Ihr übernachtet im Wohnwagen?«

»Ja, der steht auf dem Parkplatz hinter dem Weingut.«

»Ach, das ist euer Wohnwagen«, sagte Jana. »Und ihr beiden, was ist mit euch? Bleibt ihr heute Nacht hier?«

»Was du alles wissen willst«, kicherte Katja.

»Na ja, ich mache mir nur Gedanken, weil ihr was getrunken habt. Ihr wollt doch nicht etwa noch nach Hause fahren, oder?«

»Och, ich kann noch gut fahren«, stellte Alexandra fest. »Ist ja nur bis Dernau.«

»Und ich habe nicht so viel getrunken, immer nur probiert. Wir haben ja zu Hause auch ein Weingut und ich habe mir angewöhnt, bei Weinproben wirklich nur den Charakter des Weines zu erfassen, nicht aber jedes Gläschen auszutrinken«, sagte Katja.

»Wo befindet sich denn euer Weingut?«, wollte Alexandra wissen.

»In Ahrweiler. Aber meine Eltern wollen sich bald zur Ruhe setzen und mein Bruder hat kein Interesse am Weingut.«

»Du auch nicht?«, fragte Jana.

»Nein, weißt du, wie anstrengend das ist? Und als Nebenerwerbswinzer hast du keine Freizeit mehr. Ich male lieber.«

»Was du wirklich gut kannst«, sagte Jana.

»So, ich werde mich dann auch aufmachen. Es ist ja schon spät. Wir sehen uns morgen.« Alexandra schulterte ihre schwarze Stofftasche und lief die Treppe hinauf, immer zwei Stufen auf einmal nehmend. Sie schien noch fahrtüchtig.

»Und was machen wir?«, fragte Jana.

»Wollen wir nach oben gehen? Mein Mann müsste längst zurück sein. Es ist im Wohnmobil nicht viel vorzubereiten.«

»Gute Idee, ich fahr dann nach Hause«, sagte Katja. »Es ist ja schon spät.« Fast gleichzeitig blickten Jana und Katja auf ihre Armbanduhr. Es war Viertel vor zwölf.

TAG 1 – VOR MITTERNACHT

Aus der Gaststube drang lautes Gelächter.

»Bist du denn von allen guten Geistern verlassen, Herman?«, fluchte Birgit und eilte zu ihrem Mann an den Tresen, der sich gerade von Johannes Bönisch ein Schnapsgläschen auffüllen ließ.

»Wir wollen morgen beizeiten los und du trinkst hier Schnaps!«

»Trester«, ulkte ihr Mann. »Trester, *lieverd*.«

Jana und Katja warteten an der Tür, während Birgit versuchte, ihren Mann vom Schnapstrinken abzuhalten.

»Nein! Ich bleibe hier, es ist gerade so gemütlich. Außerdem sind wir bald wieder flüssig, das muss doch gefeiert werden.« Er wehrte sich mit den Händen, spielerisch zwar, aber doch kraftvoll, sodass Birgit ihn schließlich gewähren ließ.

»Dann fahr ich morgen halt den ersten Teil der Strecke, aber wehe du kotzt ins Wohnmobil.«

»Ach.« Er machte eine abwiegelnde Handbewegung.

»Dann gib mir wenigstens den Schlüssel.«

»Welchen *sleutel*?«

»Na, den vom Wohnmobil. Ich will mich hinlegen. Ich bin müde und einer muss ja morgen früh fit sein.«

Umständlich suchte Herman Devrient in seinen Hosentaschen, wurde aber nicht fündig. »Wo ist denn meine Jacke? Ich hatte doch vorhin eine Jacke an!«

»Oh, Herman, du nervst. Ich will mich jetzt hinlegen. Und du sagst, dass du den Schlüssel nicht findest?«

»Genau, *lieverd*.«

»Nix *lieverd*. Wo ist jetzt deine Jacke?«

»Weiß ich nicht, und nun lass mich in Ruhe.«

Wütend drehte sich Birgit um und verließ die Gaststube. Jana und Katja schauten sich belustigt an, während sie Birgit folgten.

»Sollen wir dir bei der Suche nach der Jacke helfen?«

»Oh, ja bitte!«

Nachdem sie alle infrage kommenden Orte abgegangen waren, gaben sie auf. Die Jacke und die Schlüssel blieben verschwunden.

»Ich frag ihn jetzt, wo er vorhin war. Irgendwo muss die Jacke ja sein!«, beschloss Birgit und verschwand wieder in der Gaststube.

»Ich fahr dann heim«, sagte Katja und umarmte Jana kurz. »Schön, dass wir uns kennengelernt haben.«

»Ja, find ich auch.«

»Bis morgen!«

»Bis morgen!« Jana wartete, bis sich die schwere Holztür hinter Katja geschlossen hatte. Bei dem Gedanken an Clemens, der im Nebengebäude auf sie wartete, wurde ihr mulmig zumute, doch die Vorfreude überwog. Sie hatte die Tür zum Hinterhof gerade erreicht, als sie die vordere Eingangstür erneut ins Schloss fallen hörte. Sie drehte sich jedoch nicht noch einmal um und passierte aufgeregt den schlecht beleuchteten Innenhof. Der Himmel war bewölkt, ab und zu blinzelte ein Stern zwischen der Wolkendecke hervor. Die kühle Nachtluft tat Jana gut und fegte den letzten Rest von Müdigkeit weg.

Sie versuchte ihren Atem zu beruhigen, während sie mit klopfendem Herzen vor der Zimmertür innehielt. Sie lauschte, ob sie drinnen etwas hören konnte. Ob Clemens überhaupt da war? Wenn, dann hätte er eigentlich das Knarzen der Dielen unter ihren Füßen hören müssen. Noch einmal atmete sie konzentriert ein und langsam wieder aus, um sich zu beruhigen. Dann öffnete sie die Tür. Clemens saß mit dem Rücken zu ihr auf dem Bett. Usti lag auf der Seite und schlief. Seine Decke hatte er mit den Füßen von sich geschoben. Sie musste lächeln.

In dem Moment drehte sich Clemens um.

»Na?«

»Selber, na.«

Er streckte ihr die Hand entgegen. Jana griff danach und ließ den Rucksack auf den Boden gleiten. Er zog sie zu sich heran, sodass sie sanft neben ihm auf dem weichen Bettzeug zu liegen kam. Er beugte seinen Kopf zu ihr herunter, strich eine Haarsträhne aus der Stirn und blickte ihr tief in die Augen. Ein warmer Schauer durchflutete Jana und dann ein Gedanke: »Clemens, Herman Devrient und seine Frau sind in irgendwas verwickelt!«

»Du bist echt unglaublich.« Clemens lachte und schüttelte den Kopf, während er sich auf seinem Ellenbogen aufstützte.

»Doch, doch! Erst ihre Bemerkung und dann seine. Vorhin, als er in der Gaststube mit Johannes Bönisch den Trester trank, da sagte er zu seiner Frau, dass sie ihn doch in Ruhe lassen sollte, weil … jetzt hör genau zu … weil sie bald wieder *flüssig* seien. Was sagt dir das?«

»Was sagt mir das? Dass sie morgen Geld haben werden …«

»Das ihnen heute noch fehlt.«

»Waren deine Polizeikollegen eigentlich schon hier, um im Keller die Spuren zu sichern?«

»Nein, sie waren auf dem Weg hierher und mussten dringend zu einem Verkehrsunfall.«

Jana richtete sich auf und schlang die Beine zum Schneidersitz ineinander.

»Uns wurde noch keine Erpressung bekannt, zumindest wissen wir von keiner. Aber wenn es nach dir geht, haben wir einen ersten Verdächtigen. Jana …«

»Oder zwei. Ich habe schon den ganzen Abend das Gefühl, dass etwas passieren wird. Ich spüre das.«

»Ich dachte, du würdest vielleicht etwas anderes spüren …«

»Ja, entschuldige. Tut mir leid. Ich hatte mich doch auch auf unsere gemeinsame … Zeit gefreut. Aber ohne meinen Verdacht wärst du niemals hier …«

Plötzlich klopfte es heftig an der Tür. Clemens sprang vom Bett auf.

Es klopfte wieder.

»Hallo, sind Sie da? Herr Wieland?«

»Marita Bönisch?«, flüsterte Jana.

Clemens öffnete die Tür und stand einer atemlosen Weingutsbesitzerin gegenüber. Usti war aus dem Schlaf erwacht und stand wie in Trance auf.

»Was kann ich …?«

»Herr Wieland …« Sie holte kurz Luft. »Wir brauchen Sie jetzt unten … Kommen Sie bitte mit.«

»Okay, ich komme. Warte bitte hier, Jana.«

TAG 2 – NACH MITTERNACHT

Das glaubte er ja wohl nicht ernsthaft, dass sie im Zimmer wartete, während man ihn unten benötigte. Als sie vom Bett herunterrutschte, fiel ihr Blick auf den Rucksack, den sie eben auf den Boden hatte fallen lassen. An einer Seite war der Reißverschluss nach unten gezogen. Seltsam, dachte sie. Ihr fiel ein, dass sie den Rucksack vorhin von der Sitzfläche ihres Stuhles genommen hatte, dabei hatte sie ihn vor dem Beginn der Weinprobe ganz sicher an die Lehne gehängt. Es musste ihn jemand angefasst haben. Hoffentlich hatte niemand etwas daraus gestohlen. Ihre Hand glitt suchend in alle Fächer, sie kontrollierte ihre Wertgegenstände, als ihr ein unbekannter Gegenstand in die Finger geriet. Sie zog ihn hervor. Es war ein Taschenbuch: »Weinmörder« von Benjamin Frost.

»Was zum Teufel macht das da drinnen?«, schimpfte sie.

Vermutlich hatte ihr Benjamin Frost mit dem Buchgeschenk eine kleine Freude bereiten – oder seine eigene Eitelkeit bedienen wollen. Wie dem auch sei, darüber nachzudenken, hielt sie nur von ihrem eigentlichen Plan ab.

Sie holte das Handy aus dem Rucksack, schnappte sich die Jacke und drückte die Türklinke herunter, als sie innehielt. Dass jemand an ihrem Rucksack herumhantiert hatte, wenn auch nur, um etwas hineinzulegen, gefiel ihr nicht. Sie sollte besser abschließen. Aber wo war der Schlüssel für das Zimmer? Ob Clemens den eingesteckt hatte? Bisher hatte sie sich nicht darum gekümmert und das Zimmer bislang ohne abzuschließen verlassen. Ein Schlüssel war nirgends aufzutreiben und so legte sie ihren Rucksack in ein verschließbares Fach des alten Schreibtischs. Den Schlüssel steckte sie in ihre Hosentasche, schaute noch einmal auf den nun wieder schlafenden Usti und zog leise die Zimmertür zu.

In der Eingangshalle traf sie Clemens wieder. Er war umringt von einigen Gästen, und Marita Bönisch redete aufgeregt auf ihn ein. Auf einem alten Ledersofa neben dem Eingang saß eine völlig aufgelöste Katja.

»Was machst du denn noch hier? Du wolltest doch schon längst nach Hause fahren«, sagte Jana.

Katja schluchzte.

»Hey, was ist denn?«, fragte Jana und streichelte sanft über ihre Schulter.

Katja schluchzte wieder.

Clemens hielt sein Handy in der Hand.

»Ruhe! Ich darf um Ruhe bitten. Ich muss telefonieren und hier rührt sich jetzt keiner vom Fleck!«

So energisch hatte Jana Clemens selten erlebt.

»Ich habe gerade einen Toten gesehen«, flüsterte Katja. Dicke Tränen liefen ihr über die Wangen.

»Was hast du?«

»Ja. Ich habe zum ersten Mal in meinem Leben einen Toten gesehen.« Sie schluchzte wieder. »Er saß da auf der Brücke, ich hatte Angst über seine Füße zu fahren. Ich stieg aus, weil ich dachte, er ist betrunken. Und da erst sah ich …«

»Dass er nicht mehr lebte?«

»Nein, ja, das auch, aber …« Katja atmete tief ein. »Es war Kai-Uwe Radwahn.« Sie brach in Tränen aus.

»Was? Wer?« Jana nahm Katja in den Arm.

Jana sah sich über Katjas Schulter hinweg in der Eingangshalle um, und als sie merkte, dass niemand sie beobachtete, versuchte sie, Clemens dazu zu bewegen, sie anzuschauen. Tatsächlich suchte auch er ihren Blick und winkte sie zu sich.

»Ich bin gleich wieder bei dir, Katja«, sagte sie und folgte Clemens unauffällig, bis sie sich außer Hörweite der anderen befanden.

»Jana, du sorgst dafür, dass keiner das Weingut verlässt, bis meine Leute hier sind.«

»Wie soll ich das denn bitte bewerkstelligen? Ich kann doch keine Anweisungen geben.«

»Mit Charme, Jana. Ich muss jetzt dringend zum Tatort.«

»Du willst mich einfach so hier stehen lassen?«

»Ich muss, Jana, ich muss …«

»Ich weiß …«

Ohne sich noch einmal nach ihr umzusehen, verschwand er in der Tür, die hinter ihm mit einem dumpfen Ton ins Schloss fiel.

Katja zuckte zusammen.

Bevor sie sich wieder um Katja kümmern konnte, musste sich Jana erst einmal einen Überblick verschaffen. Hier unten sah sie Marita Bönisch, ihren Schwager, das Ehepaar Devrient und Katja. Alexandra war nach Hause gefahren.

»Sind noch irgendwelche Angestellten hier?«

Marita und Johannes Bönisch schüttelten den Kopf.

»Sonst noch jemand? Gäste, die nicht zu unserer Runde gehören?«

Wieder schüttelten beide den Kopf.

»Was machen wir denn nun?«, fragte Birgit Devrient.

»Erst einmal warten wir ab, bis wir weitere Instruktionen erhalten«, antwortete Jana und setzte sich wieder neben Katja. Sie hoffte, wenn sie sich ruhig und besonnen verhielt, würde sich das auf die anderen übertragen. Auf keinen Fall durfte sie zu routiniert oder resolut handeln, sonst würde noch jemand auf die Idee kommen, dass sie bei der Polizei und nicht bei irgendeiner Verwaltung angestellt war. Sie musste es tunlichst vermeiden, Fachbegriffe zu benutzen.

Katja schien es immer schlechter zu gehen. Es sprach einiges dafür, dass sie psychologische Betreuung benötigte. Als sie um sich blickte, merkte Jana, dass Birgit Devrient sie musterte.

»Birgit, könntest du mal kommen?«

»Ja? Katja geht es schlecht, oder?«

»Das sehe ich auch so. Könntest du vielleicht netterweise ein Glas Wasser für sie organisieren?«

Birgit Devrient nickte.

»Dein Mann sieht aber auch nicht gut aus.«

Aus Herman Devrients Gesicht war sämtliche Farbe gewichen. Seine Haut schimmerte grau. Er schien mit einem Mal nüchtern geworden zu sein.

Birgit Devrient nickte stumm und verschwand im Gastraum.

»Geht es?«, fragte Jana besorgt. Katja seufzte.

»Ich glaube schon. Man hat sich vorhin noch gesehen und dann plötzlich …«

»Was ist denn hier für ein Aufstand?« Benjamin Frost erschien in der Eingangshalle. Er sah müde und zerzaust aus. Mit einer Hand fingerte er am obersten Knopf einer schwarzen Strickjacke herum. »Ich habe schon geschlafen, was machen Sie denn alle noch hier?«

Jana hatte glatt übersehen, dass er fehlte. »Wir warten auf weitere Instruktionen der Polizei«, sagte sie schnell, als sie merkte, dass Herman Devrient zu ihm eilte. Sie wollte vermeiden, dass es Absprachen zwischen den Teilnehmern gab, bevor die Polizei eintraf. Ganz verhindern konnte sie das nicht.

»Aber was ist denn …?«, fragte Benjamin Frost verunsichert.

»Wir werden alle als Zeugen benötigt«, antwortete sie. Sie hoffte inständig, dass bald die Kollegen eintrafen, denn sie würde allein nicht unterbinden können, dass Detailwissen untereinander ausgetauscht wurde. Derzeit schien allerdings niemand das Bedürfnis zu haben, zu sprechen, und so hing jeder mehr oder weniger seinen Gedanken nach.

Birgit kehrte mit einem Glas Wasser zurück und hielt es Katja hin, die dankbar daran nippte. Inmitten der Stille war plötzlich ein Kratzgeräusch zu hören. Es schien von der Tür zum Hof zu kommen. Das Kratzen wurde immer energischer. Katja hielt sich an ihrem Glas fest, Birgit Devrient legte ihr fürsorglich einen Arm um die Schulter.

Jana kannte dieses Geräusch, aber sie konnte sich beim besten Willen nicht erklären, was gerade vorging. Sie musste nachsehen. Die anderen blickten ihr nach, als sie die Tür zum Innenhof aufriss und ein schlecht gelaunter Usti an ihr vorbeitrottete. Seine Krallen klackerten auf dem steinernen Fußboden. Mitten in der Eingangshalle blieb er stehen, orientierte sich und begann dann Bein um Bein der Anwesenden zu beschnüffeln. Schließlich blieb er bei Katja vor dem Sofa stehen, um sich nur einen Augenblick ihr zu Füßen zu legen.

»Wo kommt denn der Hund her?«, fragte Benjamin Frost. »Ich werd jeck!«, lachte er.

In der Eingangshalle wurde es still. Alle schauten Benjamin Frost an.

»Was?«, fragte er unschuldig.

»Sie haben aber Nerven, hier gibt es nichts zu lachen«, durchbrach Herman Devrient die Stille. Katjas Schluchzen setzte wieder ein.

»Oh, Entschuldigung«, sagte er beleidigt. »Was ist denn überhaupt los?«

Er schien wirklich keine Ahnung zu haben.

»Und warum weint sie?«

»Es wurde ein Toter gefunden«, flüsterte ihm Jana ins Ohr.

»Ach was, wer?«, fragte er laut.

»Na, der Weinkritiker«, antwortete Birgit Devrient.

Jetzt war es raus, vermutlich wusste es sowieso längst jeder.

Katjas Zustand besserte sich ein wenig, woran Usti seinen Anteil zu haben schien. Hingebungsvoll kraulte sie ihn, ihre Gesichtszüge entspannten sich. Nicht ohne Stolz beobachtete Jana die beiden, bis ihr ein Gedanke durch den Kopf schoss. Vor lauter Aufregung hatte sie gar nicht weiter darüber nachgedacht, wie er es vom Zimmer im Nebengebäude bis zur Hoftür geschafft hatte? Es bestand kein Zweifel daran, dass sie die Zimmertür feste zugezogen hatte, obwohl sie es vorhin eilig gehabt hatte. Ihr fiel nur eine Erklärung ein, nämlich dass er – durch Zufall oder absichtsvoll – die Türklinke mit den Vorderpfoten heruntergedrückt hatte. Sie kam nicht dazu, sich weiter den Kopf darüber zu zerbrechen, denn die Eingangstür flog auf und zwei uniformierte Polizeibeamte betraten die Halle. Endlich, dachte sie. Dann erkannte sie die beiden: Es waren die Polizisten, mit denen sie sich in der Nähe des Leichenfundortes im Weinberg zwischen Marienthal und Ahrweiler unterhalten hatte, bis Clemens aufgetaucht war, der Mann mit den grün-braunen Augen.

»Uns schickt Hauptkommissar Wieland. Ich bin Roland Berger und das ist mein Kollege Rudolf Meng«, sagte der mit dem grau-melierten Bart. Sie hielten zur allgemeinen Information ihre Ausweise in die Höhe.

»Wir wurden angewiesen, dafür zu sorgen, dass niemand das Weingut verlässt, bis wir Ihre Personalien aufgenommen haben.«

»Das heißt, wir sind jetzt – festgesetzt?«, wollte Herman Devrient wissen.

»Nein, das nun wirklich nicht. Aber Sie würden unsere Arbeit erleichtern, weil wir Ihre Zeugenaussagen benötigen.«

»Und wann fangen Sie damit an, unsere Personalien aufzunehmen?«, fragte Birgit Devrient missmutig.

»Sobald wir weitere Instruktionen des ermittelnden Hauptkommissars erhalten. Wir beginnen aber in wenigen Minuten.«

»Moment, Sie kenne ich doch«, sagte Rudolf Meng.

Jana konnte es nicht fassen, gleich würde ihre Tarnung auffliegen.

»Hab ich neulich nicht ein Foto von Ihnen in der Zeitung gesehen? Sie sind doch der Krimiautor …«

Jana war erleichtert.

»Ja, Benjamin Frost …«

»Wir wollen jetzt aber nicht über Literatur sprechen«, fuhr den beiden Robert Berger über den Mund. »Wie Sie vermutlich alle wissen, ist einer Person aus Ihren Reihen etwas zugestoßen.«

Ein Raunen ging durch die Halle.

»Tot ist der Weinkritiker, tot!«, rief Herman Devrient. Die heftige Reaktion überraschte Jana. Herman Devrients Verhalten konnte sie beim besten Willen nicht einschätzen. Zu allem Überfluss sackte Katja nun doch, und trotz Ustis Anwesenheit, immer mehr in sich zusammen. Sie benötigte dringend eine professionelle Betreuung. Jana wollte sich möglichst im Hintergrund halten. Deshalb entschied sie sich, Katjas Gesundheitszustand nicht mit den Polizisten zu besprechen, sondern Clemens direkt in Kenntnis zu setzen. So hatte sie außerdem einen Vorwand dafür, ihn anzurufen und ihm weitere Informationen zu entlocken. Für das Gespräch zog sie sich in eine ruhige Ecke zurück und wählte seine Handynummer an. Es klingelte mehrmals. Jana befürchtete, Clemens würde den Anruf nicht entgegennehmen. Doch zum Glück ging er ran, sodass sie ihm Katjas Zustand schildern konnte. Weitere Details erfuhr sie jedoch nicht, denn er legte sofort wieder auf, nachdem er versprochen hatte, sich um psychologische Betreuung zu kümmern.

Zu gerne wüsste sie, wie Kai-Uwe Radwahn ums Leben gekommen war. Was hatte Katja erzählt? Er saß auf der Brücke? Was war zwischen dem Moment, an dem sie ihn zuletzt gesehen hatte, und seinem Auffinden auf der Brücke geschehen? Viel Zeit war dazwischen nicht vergangen. Ob die anderen Männer etwas gesehen hatten? Hatten sie möglicherweise gemeinsam mit dem Weinkritiker das Weingut verlassen?

»Wir müssen es heute noch erledigen«, das waren die Worte gewesen, die sie am Nachmittag im Keller mit angehört hatte. Wann war der Weinkritiker gestorben? Janas Gedanken überschlugen sich. Bisher war sie bei ihrer Interpretation des Belauschten nicht von einem Tötungsdelikt ausgegangen. Vielleicht war eine Erpressung aus dem Ruder gelaufen? Welche Rolle spielte dabei der Weinkritiker? Handelte es sich bei ihm um den Erpresser oder das Opfer einer Erpressung? Jana wurde mehr und mehr bewusst, dass sie erneut in eine komplizierte Geschichte hineingeraten war.

Ohne weitere Fakten zu kennen, konnte sie hier nichts ausrichten. Sie hoffte, dass sich die gegenwärtige Situation schnell auflösen würde, die Personalien festgestellt und die Aussagen aufgenommen werden würden, damit sie sich mit Clemens besprechen konnte.

»Ein Notfallseelsorger ist auf dem Weg, aber es kann noch einige Zeit dauern«, flüsterte sie Birgit ins Ohr, als sie sich neben sie und Katja aufs Sofa fallen ließ. Usti drückte seinen Kopf auf ihren Schoß.

»Woher weißt du das?«, fragte Birgit.

»Ich habe eben mit einem der Polizisten gesprochen.«

»Ach, habe ich gar nicht mitbekommen«, stellte Birgit fest.

»Mit wem hast du eben telefoniert?«, fragte Katja unerwartet aufgeräumt.

»War nur was Privates, wegen meiner Wohnung.« Eine bessere Antwort fiel Jana gerade nicht ein.

»Ach so …«

Während sie still nebeneinander auf dem Sofa saßen, grübelte Jana, wie sie aus dem Weingut herauskäme, ohne dass die anderen misstrauisch wurden. Zunächst musste sie ohnehin an den beiden Polizisten vorbei. Auch wenn Jana sie kannte, so einfach würden sie sie nicht gehen lassen. Schließlich fiel ihr eine gute Ausrede ein. Roland Berger, der die Tür zum Hof bewachte, war damals am Fundort der Leiche sehr umgänglich gewesen. Einen Versuch war es wert.

»Hallo, Herr Berger, Sie kennen mich ja sicherlich noch von …«

»Jaja, ich weiß, wer Sie sind, Frau Vogt. Aber niemand sonst hier, oder?«

»Nein, ich bin auch privat hier – wenn man das auch nicht glauben mag. Egal. Usti müsste mal raus. Kann ich mit ihm auf den Hof?«

»Na, gehen Sie schon.«

»Danke.«

Da sie keine Leine dabeihatte, musste sie den Umweg über ihr Zimmer im Nebengebäude nehmen. Usti mitten in der Nacht ohne Leine auszuführen, war ihr zu riskant. Im schwachen Schein einer Lampe am Nebengebäude konnte sie erkennen, dass die Tür offen stand. Das würde erklären, warum Usti aus dem Gebäude entkommen konnte. Der Grund dafür war leicht zu entdecken: Jemand hatte einen Keil unter das Türblatt geschoben, sodass sie nicht zufallen konnte. Die Vorstellung, dass jemand auch ihr Zimmer in der ersten Etage aufgesucht hatte und Usti so hinausgehuscht war, beunruhigte sie. Mit zittrigen Knien betrat sie das Haus. Hinter der geöffneten Tür war es dunkel. Sie tastete nach dem Lichtschalter an der Wand, fand ihn nach einigem Suchen und knipste die Lampe an. Auf den ersten Blick sah es im Flur, von dem aus es nach oben ging, unverdächtig aus. In einer dunklen Ecke unter der Treppe stand eine große Truhe mit einem alten Vorhängeschloss. An den Wänden hingen Fotografien des Weingutes. Nach der Rahmung und den Motiven zu urteilen mussten sie mehrere Jahrzehnte alt sein. Die Bilder waren Jana bislang noch nicht aufgefallen. Jetzt gab es allerdings Wichtigeres, als sich diese anzuschauen. Dicht gefolgt von Usti rannte sie nach oben, immer zwei Stufen auf einmal nehmend. Wie nicht anders zu erwarten, stand die Tür einen Spaltbreit offen. Da sich weder an der Tür noch am Rahmen irgendwelche Kratzspuren fanden, die von Ustis Krallen stammen konnten, war sich Jana sicher, dass jemand die Tür geöffnet haben musste. Auf den ersten Blick deutete jedoch nichts auf die Anwesenheit eines Fremden während der letzten Minuten hin. Auch ihr Rucksack befand sich noch an Ort und Stelle. Doch als ihr ein Geruch in die Nase stieg, den sie seit ihrer Ankunft im Weingut mehrfach wahrgenommen hatte, fühlte sie sich in ihrer Annahme bestätigt. Usti witterte ebenfalls etwas. Beim Blick auf die Uhr stellte sie erstaunt fest, dass bereits einige Zeit vergangen war, seitdem sie sich aus dem Weingut gestohlen hatte. Da sie noch einiges vorhatte, musste sie sich beeilen. Sie nahm Ustis Leine, hakte sie am Geschirr fest, zog die Tür hinter sich zu und ging nach draußen.

TAG 2 – NACH 1 UHR

Im Flur bemerkte sie erneut den Geruch, der sogar noch stärker als im Zimmer wahrnehmbar war. Solange sie sich nicht an dessen Ursprung erinnerte, brachte sie der Duft keinen Schritt weiter. Sie rannte zum Ausgang. Mit einem Reflex kickte sie den Keil unter der Tür zur Seite. Als die Tür dumpf ins Schloss fiel, hatte sie schon die Hälfte des schlecht beleuchteten Innenhofes durchquert. Am Parkplatz hinter dem Weingut warf sie einen hastigen Blick auf ihr Auto und lief dann weiter, bis sie eine Straßengabelung erreicht hatte. Als sie nach links auf die Hauptstraße einbog, signalisierten ihr die Reflexionen der Einsatzwagen auf Häuserwänden und Straßenpflaster, dass es nicht mehr weit zum Tatort war. Die Nepomukbrücke war weiträumig abgesperrt und mit Spezialscheinwerfern taghell erleuchtet. Trotz nachtschlafender Zeit standen einige dunkle Gestalten am Straßenrand und beobachteten das Geschehen. Manche hatten sich einen Mantel oder eine Jacke übergeworfen, nur die darunter hervorblitzenden Schlafanzughosen verrieten, dass sie aus ihren Betten gekrochen waren. Auch wenn die Neugier groß war, viel bekamen sie nicht zu sehen, denn eine hohe Stellwand verdeckte die Sicht auf den Tatort und somit auf den Toten. An der Stelle, an der er sich befand, war ein weißes Zelt aufgebaut. Zu gerne hätte Jana einen Blick riskiert. Das Szenario mit all den verschiedenen Einsatzwagen sowie den emsig agierenden Mitarbeitern von Spurensicherung und Kriminaltechnik übte eine magische Anziehungskraft auf sie aus. Wie sehr vermisste sie all das. Die letzten Monate im Innendienst kamen ihr wie pure Zeitverschwendung vor. Warum hatte sie sich nicht gewehrt, nicht gefragt, warum man sie so behandelte? Die Ermittlungsarbeit war ihre Welt. Sie musste alles dafür tun, dass sie wieder als Kriminaltechnikerin arbeiten durfte.

Einige Meter vor ihr überquerte Clemens die Straße.

»Clemens!«, rief Jana, gerade so laut, dass er sie hören konnte. Als er sie entdeckte, kam er auf sie zugelaufen. Im Gehen streifte er seine Handschuhe ab.

»Was machst du denn hier? Du hältst dich auch niemals an Anweisungen, oder?«

»Bevor du weiterschimpfst, ich muss dir was sagen. Ich glaube, jemand war in unserem Zimmer. Hast du eigentlich den Schlüssel?«

»Welchen Schlüssel? Vom Zimmer? Hatten wir überhaupt einen?«, fragte er nicht ganz bei der Sache.

»Keine Ahnung, wir waren wohl vorhin gedanklich mit anderen Dingen beschäftigt.«

»Fehlt denn etwas von unseren Sachen?«

»Ich denke nicht. Aber Usti ist aus dem Zimmer entwischt ...«

»Aber Usti ist bei dir, wie ich sehe.«

»Ja, schon.« Sie machte eine kurze Pause. »Hast du einen Augenblick Zeit?«

»Ernsthaft? Du siehst doch, was hier los ist ... Wie geht es Frau Neu?«

»Die Ärmste ist echt fertig.«

»Den Notfallseelsorger habe ich informiert.«

»Gut. Aber was ich dir sagen wollte: Vorhin waren plötzlich die Männer unserer Runde verschwunden. Du weißt doch, dass ich noch mal zurück in den Probenraum bin, um meinen Rucksack zu holen. Da waren die Männer weg. Seit ungefähr 23 Uhr habe ich keinen mehr von ihnen gesehen …«

»Okay, und wer ist jetzt von denen wieder im Weingut?«

»Alle. Ach ja, und Alexandra Güsgen fuhr gegen 23.20 Uhr nach Hause. Nach Dernau.«

»Sie kann ja nur hier über die Brücke gefahren sein, das ist der einzige Weg zur Bundesstraße.«

»Du meinst, sie könnte Radwahn gesehen haben?«

»Möglich, wir müssen sie unbedingt befragen. Dernau, sagst du? Da schicke ich gleich mal einen Kollegen hin.«

»Weiß man denn schon, woran Radwahn gestorben ist?«

»Nein, da sind wir noch dran, aber ein Fremdverschulden ist nicht auszuschließen. Mehr darf ich dir gar nicht sagen.«

»Ach, auf einmal so korrekt, Herr Wieland?«

Er ging nicht darauf ein. »Noch etwas, ich habe eben mit deinem Dezernat telefoniert«, sagte Clemens.

»Ach? Wieso?«, fragte Jana. Obwohl sie der Gedanke aufregte, versuchte sie, möglichst desinteressiert zu klingen.

»Es muss sich schließlich jemand um Radwahns Witwe kümmern, die wohnt in Köln.«

»Du hast aber nicht über mich geredet, oder?«

»Nein, nein. Von mir weiß keiner, dass du hier bist. Aber nun solltest du sehen, dass du wieder zurückgehst. Ich komme gleich ins Weingut, um mit den Leuten zu sprechen. Warte! Hast du vorhin irgendwas beobachtet, zum Beispiel ob Radwahn gesundheitliche Probleme hatte?«

»Nein, mir ist nichts aufgefallen. Allerdings fand ich ihn während der Weinprobe irgendwie komisch.«

»Na, mit *komisch* kann ich sehr viel anfangen.« Er zwinkerte ihr zu.

»Mir fällt sicher später noch ein, was genau mich stutzig gemacht hat.«

»Okay, Jana. Wir sehen uns, wenn ich hier fertig bin.«

Er tätschelte Usti liebevoll den Kopf, wandte sich zum Gehen, drehte sich dann aber noch einmal um: »Du gehst auf direktem Weg zurück!«

Das glaubte auch nur er. Usti sah das genauso wie Jana. Er war nämlich auf einer Spur, die ihn auf dem Gehweg Richtung Brücke führte. Weit kamen die beiden jedoch nicht, am Absperrband war Schluss. Usti nieste und zog Jana weiter zu einem an der Auffahrt zur Brücke befindlichen Aussichtsplatz, auf dem eine große Birke stand. Dahinter, auf einer Rasenfläche, formten sechs große Holzweinfässer eine Art Skulptur. Der ganze Platz lag erhöht und wurde zur Ahr hin von einer hüfthohen Mauer begrenzt. Als Jana dort hinunterschaute, wich sie zurück, denn die Wiesen am Ufer lagen tiefer, als sie es erwartet hatte. Das Licht der starken Scheinwerfer am Tatort produzierte harte Schatten, die Brückenpfeiler, Wiesen und den Fluss selbst unheimlich wirken ließen. Wieder nieste Usti. In dem Augenblick klingelte Janas Handy.

»Ich hab dir doch gesagt, zurück zum Weingut«, blökte es.

»Schon gut, Clemens, ich geh ja schon!« Sie schaute in alle Richtungen, bis sie Clemens auf der Brücke erblickte, der mit seiner Hand winkende Bewegungen machte. »Ja, ich sehe dich«, tönte es aus dem Handy.

Sich im Schatten des Tatortes weiter rumzutreiben, konnte sie sich also abschminken. Ihr blieb nichts anderes übrig, als den Rückweg zum Weingut anzutreten. Erst als sie auf der Hauptstraße fast am Vordereingang angekommen war, bemerkte sie, dass sie den spärlich beleuchteten Weg zum rückwärtigen Eingang fast verpasst hatte, wo vermutlich Roland Berger auf sie wartete. »Da sind Sie ja endlich«, rief dieser ihr vom Hintereingang aus zu, als sie den Hof durchquerte.

»Ja, die Gassirunde hat ein wenig länger gedauert, weil Usti nicht konnte …«

»Ersparen Sie mir Details! Haben Sie Hauptkommissar Wieland gesehen? Die Leute werden langsam unruhig und möchten ins Bett gehen.«

»Der wird bestimmt bald kommen, ich habe ihn hinten an der Brücke gesehen.«

»Wusste ich es doch!«

»Was?«

»Nichts …«

Janas Uhr zeigte bereits halb zwei. Lediglich Katja und ein junger Mann befanden sich in der Eingangshalle. Bei dem Mann handelte es sich offensichtlich um den angekündigten Notfallseelsorger. Da beide ruhig und unaufgeregt miteinander sprachen, vermutete Jana, dass es Katja bereits besser ging.

Die anderen hatten im Gastraum Platz genommen. Durch die Tür hindurch beobachtete Jana sie eine Weile. Niemand nahm von ihr Notiz. Nachdem sie Ustis Leine gelöst hatte, trottete er unverzüglich zu Katja.

»Wer bist denn du?«, fragte der Notfallseelsorger. Er war wirklich sehr jung, zumindest wirkte er mit seinen blonden, halblangen Haaren so, als käme er frisch von der Uni. Das Lächeln, das Katja ihm zuwarf, verriet Jana, dass sie ihn sympathisch fand.

»Hallo!«

»Hallo!«

»Ich bin Chris Mayer.«

»Jana Vogt.«

»Ich denke, Ihnen geht es so weit gut«, wandte er sich wieder Katja zu, die Zustimmung signalisierte. »Ich lasse Ihnen meine Karte hier und wenn etwas sein sollte, melden Sie sich. Auch wenn es Ihnen morgen oder übermorgen plötzlich nicht so gut gehen sollte.«

»Gerne, danke«, antwortete Katja.

»So, ich bin dann mal weg. Tschüss, Frau Vogt. Tschüss, Frau Neu. Alles Gute.«

Kaum war er verschwunden, seufzte Katja. »Ist der nicht schnuckelig?«

»Also Katja, echt!«

Jana kam nicht dazu, sich näher mit Katjas Stimmungsumschwung auseinanderzusetzen, denn die Eingangstür wurde geöffnet und Clemens erschien in der Eingangshalle.

»Geht es Ihnen besser?«, fragte er Katja mitfühlend. Er musste dem Notfallseelsorger vor dem Weingut noch begegnet sein.

Als Katja nickte, winkte Clemens seinen Kollegen zu sich. »Herr Berger, zeigen Sie mir den Raum, in dem wir unsere Gespräche führen können? Ich hatte Sie ja vorhin gebeten, mit den Inhabern darüber zu sprechen.«

»Dort ist das Büro von Frau Bönisch. Das schien ihr geeignet zu sein«, antwortete Berger und zeigte auf eine Tür seitlich des Empfangstresens.

»Ich beginne jetzt mit den Befragungen«, sagte Clemens laut. Alle Augen richteten sich auf ihn.

»Frau Vogt, würden Sie bitte als Erste …?«

Während Jana ihm folgte, spürte sie die Blicke der anderen auf ihrem Rücken.

Der Raum, dessen Tür sich gerade hinter Jana schloss, machte einen ordentlichen Eindruck. Aktenordner standen fein säuberlich beschriftet in einem Regal aus Holz, das vermutlich Johannes Bönisch selbst gezimmert hatte.

»Ist dir zwischenzeitlich irgendwas aufgefallen, eingefallen, was wichtig wäre? Abgesehen von der vermuteten Beziehung der Devrients zum Opfer«, fragte Clemens, während er sich im Büro des Weinguts umsah.

»Äh, nein … nichts, was ich dir nicht schon mitgeteilt hätte.«

»Apropos. Du musst mir noch einmal den zeitlichen Ablauf nach der Weinprobe schildern.« Er holte sein Notizbuch hervor. Nachdem Jana ihm die Fakten diktiert hatte, erkundigte sie sich nach Alexandra Güsgen, die sich als Einzige nicht mehr im Weingut aufhielt. »Habt ihr die schon befragt?«.

»Wir erreichen sie nicht, obwohl das in der Tat wichtig wäre. Die könnte uns vielleicht weiterhelfen.«

»Aber die wollte doch nach Hause fahren … Seltsam …«

»Das kriegen wir schon raus.«

»Ich weiß nicht, irgendwas war noch, was mir auffiel, heute im Laufe des Abends, der Nacht …«

»Sag's mir einfach, wenn es dir wieder einfällt. Hast du Kenntnis darüber, wie hier die Besitzverhältnisse eigentlich sind? Frau Bönisch und ihr Schwager, gehört ihnen das Weingut gemeinsam, sind sie ein Paar?«

Jana konnte ihm darüber keine Auskunft geben.

»Gut, Jana, das war es fürs Erste. Schickst du mir dann Katja Neu herein?«

Nachdem sich hinter Clemens und Katja die Tür geschlossen hatte, blickten sich Jana und Roland Berger, der am Empfangstresen Position bezogen hatte, eine Weile schweigend an. Irgendetwas hatte er auf dem Herzen, aber er behielt es für sich. Aus der Gaststube drangen aufgeregte Stimmen. Jana und Berger schauten gemeinsam nach.

»Finden Sie das nicht ein bisschen unpassend?«, schimpfte gerade Birgit Devrient und warf dabei Benjamin Frost einen strengen Blick zu.

»*Lieverd*, wir müssen uns doch irgendwie die Zeit vertreiben«, antwortete ihr Mann.

»Darf ich mal fragen, was Sie vorhaben?«, wollte Roland Berger wissen.

»Ach, ich hatte nur vorgeschlagen, aus meinem Buch vorzulesen.«

»Krimis! Sehr passend!«, rief Birgit, verdrehte die Augen und rannte an Jana vorbei.

»Frau Devrient, bleiben Sie bitte hier …«, bestimmte Rudolf Berger, doch hinter Birgit Devrient fiel die Tür ins Schloss.

»Ich mach das«, sagte Jana und folgte ihr.

Sie fand Birgit Devrient auf dem Sofa sitzend vor, genau dort, wo zuvor Katja gesessen hatte.

»Es musste ja mal so mit ihm enden«, stöhnte sie.

Jana glaubte, nicht richtig gehört zu haben. »Was meinst du?«

Birgit antwortete nicht.

»Birgit? Was meinst du damit?«

»Verhörst du mich jetzt? Ich habe mir doch schon längst zusammengereimt, dass du was mit der Polizei zu tun hast. So vertraut, wie du mit denen bist.«

Jana entschied sich, erst mal nichts zu erklären.

»Nur so viel: Dieser Mann, dieser Radwahn, das ist ein ganz linker Hund.«

Jana zuckte zusammen. »Äh, war …«

Was Jana die ganze Zeit über gespürt hatte, wurde nach und nach zur Gewissheit: Radwahn hatte etwas auf dem Kerbholz. Nur was? Und das Ehepaar Devrient rückte immer mehr in den Fokus. Jana musste unbedingt herausfinden, was Radwahn mit den Devrients verband.

»Birgit, das musst du dem Kommissar sagen …«

Doch Birgit hörte nicht mehr zu, sondern sprang auf und lief in die Gaststube zurück. Jana ging hinter ihr her. Sie wollte sie und ihren Mann im Auge behalten.

Drinnen hatten sich die Männer um einen Tisch versammelt und lauschten Benjamin Frost, der tatsächlich eine seiner Kurzgeschichten vorlas.

»… sie schlotterte vor Angst. Immer wenn sie vor Angst schlotterte, klapperten ihre Zähne …«

Was für ein Blödsinn, dachte Jana. Aber die anderen hingen an seinen Lippen. Birgit zupfte derweil am Arm ihres Mannes. Jana setzte sich auf einen Stuhl in Hörweite.

»Wie lange müssen wir noch warten? Ich will ins Bett!«

»Pscht!«

»Wie lange?«

»Du hast doch gehört, was die Polizei sagt. Sie wollen uns befragen.«

»Und dann, wenn sie …?«

»Sei endlich still!«

Benjamin Frost las unbeirrt weiter und ging in seiner Rolle auf.

»Hast du endlich den Schlüssel? Ich – will – ins – Bett!«, meckerte Birgit Devrient.

Jana wusste nicht, wie sie das Geplänkel einzuordnen

hatte. Die Bemerkung von eben klang noch deutlich nach. »Ein ganz linker Hund«, hatte sie gesagt. In dem Moment stand Clemens in der Tür.

»Meine Herrschaften, darf ich um Ihre Aufmerksamkeit bitten? Meine Kollegen werden sich nun weiter mit Ihnen unterhalten. Immer mit einem nach dem anderen. Wir benötigen zunächst Ihre Personalien und wären Ihnen dankbar, wenn Sie uns ein paar Fragen beantworten würden.«

»Herr Wieland«, meldete sich Marita Bönisch zu Wort. »Was ist denn mit der Veranstaltung morgen? Kann die stattfinden?«

Clemens überlegte. »Wir müssen das später einmal intern durchsprechen. Vor allem kann ich im Moment noch nicht entscheiden, ob wir die Brücke freigeben können oder nicht, und wenn ja, wann.«

»Bitte?« Marita Bönisch hielt sich an der Theke fest und ihr Schwager ließ sich auf den Stuhl fallen, neben dem er gestanden hatte.

»Das darf doch nicht wahr sein, unsere Einnahmen«, klagte Marita Bönisch.

»Die Brücke ist die einzige Zufahrt zum Ort«, ergänzte Johannes Bönisch.

»Auch für Fußgänger?«, wollte Clemens wissen.

»Na ja, da gibt es den Ahrtalweg oder halt etliche Wanderwege, die durch die Berge führen. Aber das ist für die Veranstaltung keine Option, alles viel zu weit und zu umständlich. Unzumutbar für die Teilnehmer des Tages der offenen Weinkeller. Die kommen nicht zum Wandern hierher …«, erklärte Johannes Bönisch.

»Wie gesagt, das hängt vom Fortgang der Ermittlungen ab. Es gibt ja leider auch keine Möglichkeit, die Brücke nur teilweise freizugeben, denn die alte Brücke besteht nur aus einer Fahrbahn.«

»Das ist uns bekannt«, brummte Marita Bönisch.

Da saß sie nun auf dem Ledersofa in der Eingangshalle und kraulte Ustis Fell. Sie fühlte eine tiefe Erschöpfung in sich aufsteigen. Aber es würde nicht ihrem Naturell entsprechen, sich einfach in ihr Zimmer zurückzuziehen und sich hinzulegen, auch wenn es bereits spät war. Jana musste gähnen. Clemens hatte ihr vor wenigen Minuten zugeraunt, dass er sich nun das Zimmer von Kai-Uwe Radwahn in der ersten Etage vornehmen werde in der Hoffnung, Hinweise zu finden. Hinweise, die ein Motiv liefern könnten.

»Wurde er ermordet?«, hatte ihm Jana daraufhin zugeflüstert.

»Möglich …«, hatte Clemens ausweichend geantwortet.

Sie drückte ihren Rücken in das weiche Polster und schloss die Augen. Für einige Minuten döste sie weg, erwachte jedoch bald wieder und fragte sich, was hier eigentlich vorging. Mittlerweile war sie davon überzeugt, dass hier nichts rein zufällig geschah: nicht die Zusammenkunft der Personen, die nur auf den ersten Blick außer der Teilnahme an der Veranstaltung nichts weiter miteinander zu tun hatten. Das Treffen am Abend kam ihr immer mehr wie eine Alibiveranstaltung vor. Wenn Kai-Uwe Radwahn alle zusammengetrommelt hatte, warum war gerade er nun tot? Die Devrients hatten vorgegeben, auf dem Weg nach Südfrankreich zu sein, und sich dann nonchalant an die geschlossene Gruppe drangehängt. Jana fand es wenig schlüssig. Warum sollte man auf einer Tour nach Südfrankreich ausgerechnet an der Ahr einen Zwischenstopp einlegen? Rech lag nur rund anderthalb Stunden von Aachen entfernt. Wein kaufen und den dann mit nach Südfrankreich nehmen, wo sich so viele Weingüter befanden? Das ergab keinen Sinn. Nein, die Devrients und der Weinkritiker hatten sich nicht zufällig hier getroffen. Aber aus welchem Grund? Den zu kennen würde sie einen großen Schritt weiter voranbringen.

Jana dachte an Hering, den Detektiv, der ebenfalls ein spezielles Interesse daran haben musste, sich im Weingut herumzutreiben. Dass er Clemens oberservierte, fand sie ziemlich weit hergeholt. So wie sie es verstanden hatte, war die Trennung zudem bereits abgeschlossen. Marita Bönisch hatte mit Manfred Hering gesprochen und den wahren Inhalt dieses Gespräches bisher verheimlicht, das fühlte Jana. Nicht zu vergessen das seltsame Geflüster gestern Nachmittag im Weinkeller. Deshalb war Clemens ja überhaupt hier.

Während eine Zeugenbefragung nach der anderen stattfand und in der Gaststube Benjamin Frost weiter Krimikurzgeschichten vorlas, führte sie sich den Grundriss des Gebäudes vor Augen: Sie begann mit der Treppe zum Keller. Auf halber Ebene war dieser Seitengang, an dem das Büro von Johannes Bönisch lag und an dessen Ende die Treppe zum großen Weinkeller hinunterführte. Der wiederum besaß ein Tor zum Hinterhof. Hinter dem Empfangstresen lag ein kleines Büro, dahinter die Küche. Rechts von der Eingangstür die Gaststube, links davon Toiletten. Hinter den Toiletten führte eine Treppe in die obere Etage. Dort mussten die Gästezimmer sein. Jana hatte nun ein ungefähres Bild des Gebäudes im Kopf. Nachdenklich blickte sie auf ihre Hände, die mit einer Hundeleine spielten. Hundeleine? Hund? Wo war Usti denn nun schon wieder abgeblieben? Was machte er denn heute nur für Ärger? Er musste sich weggeschlichen haben, als sie eben kurz eingenickt war. Und wohin war Katja nach der Zeugenbefragung gegangen? In der Gaststube hatte sie nicht gesessen, vermutlich stand ihr nicht der Sinn nach Krimikurzgeschichten. Draußen vor dem Weingut waren Stimmen zu hören, und augenblicklich flog die Eingangstür auf.

»Ich hatte Ihnen doch angeboten, dass wir Sie fahren«, sprach Roland Berger beruhigend auf Katja ein.

»Aber dann muss ich doch auch an dem Tatort vorbei, womöglich noch zu Fuß. Das schaffe ich noch nicht«, brummte sie.

»Möchten Sie, dass ich den Notfallseelsorger noch mal kommen lasse?«

»Nein, das ist es nicht. Ich möchte nur einfach – hierbleiben«, antwortete Katja fast ein wenig trotzig.

»Kann ich irgendwas für dich tun?«, fragte Jana.

»Danke, ich setz mich jetzt einfach aufs Sofa und versuche runterzukommen«, sagte Katja und plumpste neben sie.

Jana fand die abrupten Stimmungswechsel anstrengend, erinnerte sich jedoch an ihre eigene Gefühlslage kurz nach dem Zwischenfall in der Halle. Aber konnte man das vergleichen? Sie wusste, dass Menschen unterschiedlich auf Ereignisse reagierten. Katja hatte mit Sicherheit niemals zuvor einen Toten oder das Opfer einer Straftat gesehen. Jana wusste nur zu gut, dass der Anblick nicht leicht zu verkraften war.

»Kann ich dich alleine lassen? Ich muss mal meinen Hund suchen. Du hast ihn nicht gesehen, oder?«, fragte Jana. Sie hatte ein ungutes Gefühl.

Katja schüttelte den Kopf. »Ne, ich war wohl zu sehr

mit mir selbst beschäftigt. Mach nur, ich bleib hier einfach sitzen.«

»Sonst frag doch Frau Bönisch, ob sie eine Decke für dich hat, dann kannst du es dir gemütlich machen.«

»Lass mal, ist schon gut so. Ihr müsst nicht denken, dass ihr euch um mich kümmern müsst. Ich bin nicht hilflos, oder so.«

»Oh, ich wollte dir nicht zu nahe treten. Ich kenne nur solche … Situationen.«

Unbeabsichtigt hatte Jana wohl einen wunden Punkt bei Katja berührt. Sie wurde nicht schlau aus ihr und es kam ihr so vor, als ob Katja keineswegs die unbedarfte Person war, für die sie sie bislang gehalten hatte. Welchen Grund mochte Katja wirklich haben, unbedingt hierbleiben zu wollen?

»Ich geh dann mal Usti suchen.«

»Jaja …«

Ohne ein bestimmtes Ziel lief Jana umher, bis sie sich schließlich auf der Treppe zur ersten Etage wiederfand.

TAG 2 – 2 UHR NACHTS

Sie wunderte sich über gar nichts mehr: Sie hatte das erste Stockwerk noch nicht ganz erreicht, da sah sie ihren neugierigen Spurenleser bereits vor einer offen stehenden Zimmertür sitzen. Ustis Köpfchen bewegte sich hin und her, während er das, was im hell erleuchteten Zimmer vor sich ging, beobachtete. Obwohl er sein Frauchen gleich bemerkte, hatte er nur einen beiläufigen Blick für sie übrig. Er schien von den Geschehnissen, dessen Zeuge er gerade war, völlig in den Bann gezogen zu sein. Jana versuchte, möglichst leise an ihn heranzukommen. Aus dem Zimmer drangen vertraute Geräusche – für sie als Kriminaltechnikerin: Es wurden Taschen, Schubladen und Schränke geöffnet, durchsucht und wieder verschlossen. Jana beugte sich im Türrahmen ein wenig nach vorn, um einen Blick zu riskieren, doch jemand entdeckte sie.

»War mir klar, dass du früher oder später hier erscheinen würdest.«

»Äh, du meinst mich?«, fragte Jana und begab sich aus der Deckung.

»Ja, ich hab dich im Spiegel hier am Kleiderschrank gesehen.«

»Du bist allein hier, ist keiner deiner Kollegen da?«

»Doch, die waren kurz hier, sind aber wieder weg. Ich schaue mich noch mal genauer um, um mehr über Radwahn zu erfahren.«

»Ach, das ist sein Zimmer?«

»Ja. Kanntest du ihn eigentlich näher?«

»Nein, ich hatte bis heute keinen persönlichen Kontakt zu ihm. Das lief alles über die Werbeabteilung. Irgendwas Persönliches hier dabei?«

»Nicht viel …« Clemens durchsuchte gerade die wenigen Kleidungsstücke in Radwahns Trolley.

»Hatte er sein Smartphone dabei?«

»Ja, das hatte er. Ist bei der KTU. Wir sollten bald mehr über seine Kontakte, letzten Telefonate und so erfahren …«

Clemens' Smartphone klingelte. Er blickte auf die angezeigte Rufnummer und signalisierte Jana, dass sie still sein sollte, indem er seinen ausgestreckten Zeigefinger vor seine Lippen hielt.

»Wieland.« Er lauschte, was sein Gesprächspartner ihm zu sagen hatte. »Aha, sehr aufschlussreich, Frau Maxrath.«

Jana zuckte unwillkürlich zusammen. Simone, ihre Freundin Simone, ausgerechnet die, ermittelte sie etwa im direkten Umfeld des Toten? Ob sie persönlich mit der Ehefrau des Toten gesprochen hatte?

»Frau Maxrath, bitte halten Sie mich auf dem Laufenden. Ich muss jetzt hier weitermachen …«, beendete er das Gespräch. Während er das Gerät wieder in seine Jackentasche steckte, sah er Jana eindringlich an.

»Was?«

»Wie, was?«

»Was schaust du so? Hat sie gefragt, ob ich auch hier bin?«

Clemens schüttelte den Kopf. »Wie kommst du darauf?«

»Dann ist es ja gut, ich dachte schon. Denn sonst wäre meine Anwesenheit hier in der Nähe des Tatortes doch nur wieder Wasser auf die Mühlen meiner Kritiker.«

»Was ist denn bloß los bei euch?«

»Frag mich nicht.«

Beide schwiegen betreten.

»Meine Kollegen Berger und Meng wissen Bescheid, dass du bei der Kölner Kripo arbeitest, richtig?«, stellte Clemens fest, während er Radwahns Gepäck wieder zusammenräumte.

»Ja, schon.«

»Und dein Name taucht sowieso in den Protokollen auf …«

»Du meinst, ich sollte mit meinem Vorgesetzten reden, wenn ich wieder in der Dienststelle bin?«

»Spätestens dann. Das nehmen wir später mit«, sagte er mit einem Blick auf Radwahns Gepäck und schob Jana aus der Tür.

Jana schnappte sich Usti und setzte sich auf den obersten Treppenabsatz. Sie war müde. Dass ihre Dienststelle nun ebenfalls in die Ermittlungen involviert war, behagte ihr nicht. Sie hatte keine Lust auf weitere berufliche Probleme.

»Rutsch mal zur Seite, Usti«, bat Clemens und setzte sich neben sie. Seine Berührung tat ihr gut.

»Ich glaube, du solltest dir ernsthaft Gedanken über eine Versetzung machen, Jana.«

»Oder ich höre ganz auf und suche mir ein neues Betätigungsfeld«, sagte sie trotzig.

»Du bist aber die geborene Ermittlerin, Jana.«

Sie wusste nicht, was sie sagen sollte.

»Leg dich doch hin und versuche, ein wenig zu schlafen.«

»Keine Lust, außerdem findet die Veranstaltung morgen sowieso nicht statt. Ich könnte genauso gut nach Hause fahren.«

»Erstens steht das noch gar nicht fest, also dass die Veranstaltung nicht wie geplant durchgeführt werden kann, und zweitens kannst du nicht fahren.«

»Wieso denn das nicht? So viel habe ich nicht getrunken und es ist ja auch schon Stunden her …«

»Deshalb doch nicht. Wir können im Moment niemanden über die Brücke fahren lassen. Für dich können wir keine Ausnahme machen, denn schließlich könntest du rein theoretisch auch verdächtig sein. Weiß ich, was du mit Radwahn zu tun hast? Apropos, ich müsste dich das offiziell ja noch fragen …«

»Das ist nicht dein Ernst, oder?«

»Eigentlich schon …«

»Nichts, außer dass ich bei dem Wettbewerb des Weinmagazins mitgemacht und auch gewonnen habe. Und Kai-Uwe Radwahn habe ich heute, äh, gestern Abend zum ersten Mal persönlich getroffen. Das weißt du doch schon längst«, antworte Jana widerwillig. »Hat Simone schon mit Radwahns Frau gesprochen?«, fragte sie und erklärte somit die Vernehmung eigenmächtig für beendet.

»Ha, ich wusste es, du denkst doch über den Fall nach.« Er boxte sie sanft in die Seite.

»Ey. Also?«

»Ja, hat sie.«

»Und?«

»Nichts und … aber …«

»Clemens!« Sie stand auf. »Komm, sag schon!«

»Gegen Radwahn sind mehrere Anzeigen wegen Anlagebetrugs anhängig.«

»Oh …«

»Und rate mal, womit er Anleger betrogen hat.«

»Mit gefälschten Weinen?«

»Genau. Wie kommst du darauf?«

»Würde zu ihm passen. Ich könnte mir auch vorstellen, wer davon betroffen ist.«

TAG 2 – 2.30 UHR

Beide hörten in dem Moment ein Geräusch, das vom Fuß der Treppe kam. Auch Usti schien etwas bemerkt zu haben, starrte nach unten, stellte die Ohren hoch und schnupperte mit erhobener Nase.

»Ich glaube, da unten ist jemand, der mitgehört hat, was wir reden«, flüsterte Jana.

»Wir haben aber nicht sehr laut gesprochen«, gab Clemens zu bedenken. »Trotzdem, wir haben uns nicht gerade professionell verhalten.«

»Allerdings«, sagte Jana. »Vielleicht bin ich doch schon zu müde und werde unvorsichtig.«

»Mir darf das nicht passieren«, ärgerte sich Clemens. »Du verwirrst mich.«

»Ach, hör auf«, lachte Jana.

»Doch, ehrlich. Und jetzt geh ich mal nachschauen, ob da jemand ist.«

»Clemens, warte, unten auf dem Sofa sitzt Katja. Vielleicht war sie es ja.«

»Trotzdem, ich will mir selbst ein Bild machen …«, flüsterte er und lief auf der Treppe leise nach unten. Kurze Zeit später kehrte er zurück.

»Und?«

»Frau Neu liegt auf dem Sofa und schläft. Sonst ist da niemand. Komm«, er zog sie zurück in Radwahns Zimmer.

»Also, wen hast du eben gemeint?«

»Wegen der Betrügereien? Ähm, ja, die Devrients. Sie sagte vorhin, dass es mal so mit Radwahn enden musste.«

»Wörtlich?«

»Ja: ›Es musste ja mal so mit ihm enden.‹ Ich grübele schon eine Weile darüber nach, wieso sie überhaupt hier Zwischenstation machen? Von Aachen aus mit dem Wohnmobil auf dem Weg nach Südfrankreich und dann hier stoppen, um was zu tun? Wein kaufen? Die haben sich uns doch auch irgendwie aufgedrängt, nachdem sie allein am Tisch saßen.«

»Ich lese mir als Nächstes die Protokolle der Zeugenbefragungen durch. Dann sollten wir nachhaken, ob es etwas gibt, das die Devrients und Radwahn verbindet.«

Clemens hielt Jana seine Hand hin und zog sie aus dem Zimmer. Dann ließ er sie los, um die Tür abzuschließen. Schließlich klebte er eine Siegelmarke auf, nahm erneut Janas Hand und lief mit ihr die Treppe hinunter. Zusammengerollt auf dem Sofa in der Eingangshalle lag Katja, eine Decke bis zur Nasenspitze gezogen, und schlief. Um sie nicht zu wecken, signalisierte Clemens mittels Fingerzeichen, dass er ins Büro gehen würde. Jana beobachtete eine Weile die schlafende Katja, deren Augenlider im Traum zuckten, als sie laute Stimmen aus der Richtung des improvisierten Vernehmungszimmers hörte.

»Dürfte ich denn noch ein Autogramm von Ihnen bekommen?«

»Aber selbstverständlich, Herr Meng, gerne doch.«

»Hier meine Autogrammkarte, und schön, dass Sie ein Fan von mir sind.«

»Herr Meng, kommen Sie bitte!«, rief Clemens in scharfem Ton.

Die Bürotür fiel zu und im gleichen Augenblick

schlurfte Benjamin Frost an Jana vorbei, tippte an seinen Hut und griff nach der Türklinke zum Gastraum, als er innehielt und sich zu ihr umdrehte. »Sie können wohl auch nicht schlafen, oder? Ist schon alles sehr aufregend.«

Jana nickte, Usti brummelte leise. »Ich glaub, ich versuch es mal und leg mich hin«, sagte Jana.

»Och, schade, ich lese gleich noch etwas vor.«

»Der spinnt doch«, murmelte es plötzlich unter der Decke.

»Katja, du bist wach?«

Katja streckte sich. »Hier kann man ja nicht schlafen.«

»Das ist aber kein Zustand, Sie Ärmste. Gibt es kein Zimmer mehr für Sie? Es wäre ja jetzt eins frei«, sagte Benjamin Frost.

»Geschmacklos«, brummte Katja. Auch Jana fand diese Bemerkung nicht besonders feinfühlig. Benjamin Frost ließ die beiden Frauen in Ruhe.

»Lass dich doch von der Polizei nach Hause fahren«, schlug Jana vor.

»Ich glaube, das mache ich auch. Komischer Vogel«, meinte sie, nachdem Benjamin Frost hinter der Tür verschwunden war.

»Na ja, Schriftsteller halt«, sagte Jana. Ihr fiel gerade nur diese Plattitüde ein. Katja fing an, sie irgendwie zu nerven. Sie packe Usti sanft am Hinterteil und wollte ihn dazu bewegen, ihr ins Nebengebäude zu folgen, bevor er sich wieder bei Katja niederließ, als sie ihren Namen hörte.

»Frau Vogt, würden Sie bitte einmal zu uns ins Büro kommen?«, sagte Roland Berger.

»Ja, natürlich«, antwortete Jana. »Ach ja, Frau Neu möchte jetzt doch nach Hause gebracht werden, nicht wahr?«

»Ja, ich könnte mich kümmern, Frau Neu«, bot Roland Berger an.

Katja räusperte sich. »Ich hab's mir anders überlegt, ich frage die Inhaberin, ob ich irgendwo in Ruhe schlafen kann.« Sie stand ein wenig umständlich vom Sofa auf und schlich zur Gaststube.

Katja fing nicht nur an, ihr auf die Nerven zu gehen. Sie tat es bereits. War sie so unentschlossen, wie sie tat, oder spielte sie nur die Verhuschte?

»Dann eben nicht«, sagte Roland Berger. »Kommen Sie?« Er fasste Jana vertrauensvoll am Arm, während Usti hinterhertrottete.

»Jana, ich würde gerne deine Beobachtungen mit den Kollegen besprechen«, sagte Clemens, als sich die Tür hinter ihr schloss.

»Also, wir wissen alle, wer Jana Vogt ist, richtig? Sie hat einige sachdienliche Beobachtungen gemacht.« Unruhig fuhr Clemens mit dem Bürostuhl immer wieder einige Zentimeter vor und zurück, während er für seine Kollegen zusammenfasste, was Jana Sachdienliches beobachtet und gehört hatte.

Roland Berger und Rüdiger Meng hörten aufmerksam zu.

»Mir gibt es hier ein paar Zufälle zu viel. Die Weinflaschen, die gestern im Laufe des Nachmittags oder Abends aus dem hiesigen Weinkeller abhandengekommen sind, sollten wir schleunigst finden. Für mich jedenfalls wäre das ein seltsamer Zufall, dass wenige Stunden später eine Person ums Leben kommt, die hier maßgeblich bei der Durchführung des Rahmenprogramms mitgewirkt hat«, stellte Clemens fest.

Meng und Berger nickten.

»Rufen Sie doch bitte die Spurensicherung an und erinnern Sie sie daran, dass sie den Weinkeller gleich noch unter die Lupe nehmen sollen.«

Während Meng telefonierte, bestätigte Clemens Janas Vermutung hinsichtlich einer früheren Bekanntschaft des Ehepaars Devrient mit Kai-Uwe Radwahn.

»Aha, also doch«, sagte Jana. »Das passt zu Frau Devrients Bemerkung. Haben die ihn vielleicht mal angezeigt?«

»Wie kommst du darauf?«

»Wäre doch denkbar, so abfällig, wie sich Birgit Devrient Radwahn mir gegenüber ausgelassen hat. Da klang ein gewisser Groll mit.«

»Wir werden das gleich auf der Dienststelle abklären.«

»Du fährst bald?«

»Wenn ich stören dürfte?«, mischte sich Meng ein. »Dröge ist schon auf dem Weg hierher.«

»Gut, dann sichern wir gleich noch die Spuren im Weinkeller. Sie beide können draußen Dröge abpassen und ihm den Weg weisen.«

Kaum waren die beiden Polizisten gegangen, gähnte Clemens ausgiebig.

»So hättest du dir unser Zusammentreffen nach so vielen Monaten auch nicht vorgestellt«, murmelte Jana.

Clemens streckte sich. »Ganz gewiss nicht. Ich habe ja schon einige interessante Seiten an dir kennenlernen dürfen, aber dass du nun auch schon ein Verbrechen im Voraus anzeigst, das ist, sagen wir mal, ungewöhnlich.«

»Jaja, ich hab nur ein verdächtiges Gespräch mit angehört, das ist alles«, maulte Jana übertrieben. »Und ehrlich, mittlerweile zweifle ich sogar ein wenig an dem, was ich gehört habe«, räumte sie kleinlaut ein.

»Wie das auf einmal?« Clemens drückte den Rücken durch und stand auf.

»Ach, ich weiß auch nicht. Ich glaub, ich bin einfach nur müde. Und in meinem Kopf ist mal wieder Chaos.«
»Leg dich doch hin.«
»Ja, keine schlechte Idee, aber …«
Usti, der sich bislang unter dem Schreibtisch ausgeruht hatte, sprang plötzlich auf, schüttelte sich, trottete zu Jana und drückte seinen warmen Körper an ihre Beine.
»Was wolltest du grad mit deinem *aber* sagen?«
»Was? Es ist nichts!«
Sie wollte Clemens nicht mit ihren Vermutungen belasten, obwohl sie der Gedanke, das Zimmer nicht abschließen zu können, nicht gerade froh stimmte. Aber sie hatte ja Usti, der auf sie aufpassen würde.
»Jana, sag schon, was bedrückt dich?«
»Wir haben doch keinen Schlüssel fürs Zimmer und es liegt so abseits.«
»Das geht auch nicht. Warte bitte hier.« Er hatte mittlerweile die Bürotür geöffnet und steckte seinen Kopf hindurch.
»Herr Berger? Kommen Sie bitte kurz her? Ist Dröge schon hier?«
Jana hörte eine undeutliche Antwort des Kollegen.
»Okay, dann habe ich einen Auftrag für Sie. Holen Sie bitte Frau Bönisch hierher. Danke!« Er schloss die Tür. Ohne weitere Erklärungen nahm er Jana in den Arm. Seine körperliche Nähe war alles andere als unangenehm.
»Tut mir leid, dass ich gerade nicht mehr für dich tun kann, aber die Ermittlungen gehen vor«, flüsterte er ihr ins Ohr.
Jana kam nicht dazu, den Augenblick zu genießen, denn es klopfte erneut an der Tür. Unbeholfen lösten sie ihre Umarmung.
»Ja, bitte?«

Die Tür öffnete sich.

»Ah, gut, dass Sie da sind, Frau Bönisch. Danke, Herr Berger. Wir sehen uns dann gleich im Weinkeller.«

»Im Weinkeller?«, fragte Marita Bönisch.

»Ja, Frau Bönisch. Die Spurensicherung wird den Weinkeller genauer untersuchen. Wir sprachen in Bezug auf die verschwundenen Weinflaschen davon, Sie erinnern sich?«

»Ach, so. Ich dachte schon, es gibt einen Zusammenhang mit der Ermordung des Weinkritikers.«

Hatte Jana richtig gehört?

»Wie kommen Sie darauf, dass Herr Radwahn einem Kapitalverbrechen zum Opfer fiel?«, fragte Clemens.

»Na, wegen … – der ganze Aufriss hier. Sie halten uns vom Schlafen ab, sperren die Brücke, unsere Existenz steht auf dem Spiel und nicht zuletzt der gute Ruf des Ortes. Alles hat seine Berechtigung, zweifelsohne, aber doch bitte in Maßen. Das wäre doch nicht verhältnismäßig, wenn es sich um einen Unfall oder so was in der Art handelte.«

»Beruhigen Sie sich, Frau Bönisch. Zunächst müssen wir die Fakten zusammentragen und das dauert seine Zeit. Wir tun alles dafür, dass morgen früh die Brücke freigegeben werden kann«, sprach Clemens mit beruhigender Stimme auf sie ein.

Marita Bönisch schnappte nach Luft und ließ sich auf den Bürostuhl fallen, auf dem zuvor Clemens gesessen hatte. Ihre geröteten Wangen reibend seufzte sie. »Entschuldigen Sie, es ist gerade alles etwas viel für mich.«

»Meinetwegen müssen Sie nicht länger aufbleiben. Sie können sich gerne hinlegen, Frau Bönisch.«

»Das hört sich doch gut an.« Jana bückte sich zu ihr herunter. »Und morgen früh sieht bestimmt alles ganz anders aus.«

»Alles klar, nur ein kleiner Anfall von Schwäche«, sagte Marita Bönisch während sie entschlossen aufstand und dabei den Bürostuhl nach hinten kickte, sodass er gegen ein bodentiefes Regal rumpelte. »Meine Sorgen haben Sie ja auch nicht«, schickte sie leise hinterher.

Clemens schien diese Bemerkung überhört zu haben.

»Ach, ich muss Sie noch um zwei Dinge bitten. Zunächst benötige ich eine Auskunft von Ihnen: Wer hat eigentlich die Zimmer für die Teilnehmer des Rahmenprogramms gebucht?«

»Da muss ich in den Buchungsunterlagen nachsehen.«

»Das wäre sehr freundlich.«

Mit einem Griff zog Marita Bönisch einen Ordner aus dem Regal, blätterte einige Seiten um und deutete dann auf eine Notiz: »Hier steht es. Zimmerbuchung von Kai-Uwe Radwahn für fünf Personen.«

»Die Namen, bitte!« Clemens hatte sein Notizbuch gezückt.

»Kai-Uwe Radwahn, Jana Vogt, Katja Neu, Weidner.«

Wenn Jana richtig mitgezählt hatte, waren es lediglich vier Namen. Noch merkwürdiger fand sie, auch Ihren Namen darunter zu finden, denn sie hatte nicht vorgehabt, hier zu übernachten. Ganz sicher hatte sie auf dem Formular, das die Zeitungsredaktion ihr vor einiger Zeit zugeschickt hatte, angekreuzt, dass sie kein Zimmer benötigte. Und was war mit Katja? Sie lag vermutlich immer noch draußen in der Eingangshalle statt in dem auf ihren Namen gebuchten Zimmer. Die Liste konnte so nicht stimmen.

»Sind Sie sicher, dass die Liste stimmt?«, fragte Clemens, dem wohl ebenfalls Zweifel gekommen waren.

»Ja, steht hier. Aber das hier ist nur die allererste Anfrage.

Vielleicht hat sich später noch was geändert. Da müsste ich mal im Computer schauen.«

Marita Bönisch ließ den Computer hochfahren, was eine Weile dauerte.

»Ich hatte außerdem nie die Absicht, hier zu übernachten«, ergänzte Jana. »Diese Liste scheint also nicht aktuell zu sein.«

Während sie zu dritt auf den Bildschirm schauten, streichelte Clemens sanft über Janas Rücken. Sie genoss es still.

»So, hier haben wir es. Der Belegungsplan für die Nacht von heute, äh, gestern auf heute. Zimmer 1: Radwahn, Zimmer 2: Weidner, Zimmer 3: blockiert, aber kein Name, Zimmer 4: Benjamin Frost, Zimmer 5: Herr Hering.«

Hering? Jana und Clemens schauten sich entgeistert an.

»Sie hatten mir doch vorhin gesagt, dass alle, die eingecheckt hätten, vorhin hier bei uns waren. Wir haben also gar nicht all Ihre Gäste vernommen? Frau Bönisch, bitte erklären Sie mir das.«

Marita Bönisch ließ sich mit einer Antwort Zeit.

»Wo ist der Herr, der in Zimmer 5 übernachten sollte?«

»Ich weiß es nicht.«

»Sie wissen aber, wer er ist, nicht wahr?«

Marita Bönisch nickte betroffen, während vor Janas innerem Auge der unsympathische Privatdetektiv auftauchte. Hielt er sich also die ganze Zeit in ihrer aller Nähe auf und hatte womöglich von seinem Zimmer aus sogar ihr Gespräch mit Clemens mitbekommen?

»Sie müssten uns langsam sagen, worum es hier geht. Was wollte Herr Hering wirklich von Ihnen?«

Im Zimmer war es mucksmäuschenstill. Auch wenn sie hoffte, dass Marita Bönisch gleich Licht ins Dunkel bringen würde, so vermutete Jana, dass sie ihnen nicht würde weiterhelfen können. Und sie behielt recht, denn die Inhaberin des Weinguts gab mit einem überzeugenden Ton in der Stimme an, dass sie nichts weiter wusste, als das, was der Detektiv ihr gegenüber angedeutet hatte. Zunächst begnügte sich Clemens mit dieser Auskunft, insistierte jedoch bezüglich der Zimmerbuchungen weiter: »Nun gut, also. Wer ist der Gast aus Zimmer 2? Weidner, wer ist das? Und auf wen wurde das Zimmer Nummer 3 gebucht?«

»Ich weiß es nicht«, antwortete Marita Bönisch kleinlaut. »Aber, Moment«, sie lief aus dem Zimmer, ließ die Tür offen. Man konnte hören, wie sie hinter den Empfangstresen trat. Schlüssel klimperten. Nur kurze Zeit später stand Marita Bönisch wieder in der Bürotür.

»Also, die Schlüssel von Zimmer 2 und 3 sind hier, die anderen nicht. Aber ich weiß nicht, wer eingecheckt hat.«

»Sie wissen nicht, wer in Ihrem Haus ein und aus geht? Wollen Sie mir das sagen?«

»Ja, nein. Heute, diese Hektik wegen des Tags der offenen Weinkeller.«

»Das heißt, Sie können uns keine Auskunft darüber geben, ob die Zimmer belegt sind oder nicht?«

»Nein, vielleicht handelt es sich einfach nur um Buchungsfehler. Oder unsere Aushilfe hat sich vertan.«

Ob damit das nette Mädchen vom Nachmittag gemeint war, das Jana so hilfreich zur Seite gestanden hatte? Sie schien allerdings nicht älter als 15, vielleicht 16 Jahre alt zu sein. Durfte sie schon Buchungen entgegennehmen?

»Also, so kommen wir nicht weiter. Wir überprüfen gleich die Zimmer. Auch das noch«, brummte Clemens. »Wie kommen wir denn jetzt an eine Auskunft Ihrer Aushilfe?«

»Aber es ist mitten in der Nacht.«

»Dann schicke ich einen Kollegen zu Ihrer Aushilfe. Wie heißt sie, wo wohnt sie?«

»Vanessa, Vanessa Sager, aber die schläft bestimmt schon oder ist auf der Piste …« Marita Bönisch begann hektisch auf dem Schreibtisch nach etwas zu suchen. Nachdem sie das Mobilteil des Telefons gefunden hatte, begann sie darauf herumzutippen.

»Wen wollen Sie jetzt anrufen?«

»Meinen Schwager.« Marita Bönisch ließ ihre Hand, in dem sie das Telefon hielt, sinken.

»In welcher Beziehung stehen Sie eigentlich zu Ihrem Schwager, ich meine, außer, dass er Ihr Schwager ist?«, fragte Clemens.

»Nur das. Er ist der Bruder meines verstorbenen Mannes. Wir haben keine Beziehung, wenn Sie das meinen. Wir verstehen uns im Allgemeinen recht gut. Bis auf die Auseinandersetzungen, die der Alltag so mit sich bringt.«

»Er ist jetzt nicht mehr hier im Weingut?«

»Nein, er ist nach Hause gegangen, irgendwann muss er ja auch schlafen.«

»Wurde das denn mit einem meiner Beamten abgesprochen? Er wohnt also nicht hier im Weingut?«

»Er hat Ihren Kollegen, den etwas kräftigeren, gefragt, und er sagte, das sei kein Problem, zumal die Wohnung meines Schwagers nur wenige Meter weiter oben im Ort liegt.«

»Gut, dann rufen Sie ihn an und fragen Sie ihn, was es mit den Buchungen auf sich hat. Aber vorher benötige ich bitte einen Schlüssel für das Zimmer, das Sie mir und Frau Vogt zur Verfügung gestellt haben. Wir hätten, so wie ich Ihren Belegungsplan interpretiere, also gut hier im Haus

übernachten können«, fügte er hinzu und blickte dabei mit gerunzelter Stirn zu Jana hinüber.
»Welcher Schlüssel? Steckt der nicht?«
»Nein, würde ich sonst danach fragen?«

TAG 2 – 3 UHR

Nach einer umständlichen Suche hatte Marita Bönisch endlich einen Ersatzschlüssel für das Zimmer im Nebengebäude gefunden. Danach hatte sie sich mit den Worten »Ich bin gleich zurück« entschuldigt.

Ganz wohl fühlte sich Jana jedoch nicht. Es stand zu befürchten, dass dies nicht der einzige im Umlauf befindliche Schlüssel war. Dann würde es jedenfalls nicht viel bringen, wenn sie abschloss. Eine Alternative wusste sie jedoch nicht, wenigstens würde Usti auf sie aufpassen. Sie beruhigte sich damit, dass niemand einen Grund haben dürfte, sie heute Nacht im Zimmer aufzusuchen. Aber hatte sie das damals im Ahrweiler Hotel nicht auch gedacht? Befand sich etwa unter den Gästen hier im Weingut ein Mörder? Sie musste aus Clemens rauskitzeln, was er bereits wusste, allein um sich entsprechend verhalten zu können.

»Du musst mir sagen, was hier los ist«, hielt sie Clemens am Ärmel fest, als er sie zum Hinterausgang begleitete.

»So, muss ich das?«

»Ja.« Sie setzte ihr überzeugendstes Lächeln auf.

»Ich wollte dich eigentlich nicht beunruhigen, aber du gibst ja sonst keine Ruhe. Du möchtest also wissen, woran Radwahn gestorben ist, nicht wahr?«

Jana nickte.

»Ich kann dir so viel sagen: Aller Wahrscheinlichkeit nach ist er mit dem Hinterkopf auf der steinernen Brüstung der Brücke aufgekommen und an den Folgen verstorben. Du fragst dich, ob es ein Unfall war?«, Clemens blickte ihr direkt in die Augen. Seine ganze Mimik verriet, dass er sich nur allzu gut in Jana hineinversetzen konnte. Mit sanftem Druck fasste er sie an die Schulter. »Wir können wirklich nicht ausschließen, dass mindestens eine zweite Person beteiligt war.«

Wie sie vermutet hatte.

»Leg du dich bitte hin, versuch ein wenig zu schlafen. Um vier Uhr findet eine erste Besprechung in der Dienststelle in Ahrweiler statt … wenn ich hier irgendwann noch mal wegkomme. Danach sind wir hoffentlich schlauer.«

Ihr war so, als wollte Clemens sie küssen, doch dazu kam er nicht, denn Marita Bönisch kehrte mit einem Tablett zurück, auf dem mehrere Tassen standen. Ihnen entströmte ein aufmunternder Kaffeeduft.

»Greifen Sie bitte zu.«

Jana schüttelte den Kopf. »Wenn ich jetzt Kaffee trinke, kann ich gar nicht mehr schlafen.«

Clemens ließ sich nicht ein zweites Mal bitten und nahm sich eine Tasse.

»Mein Schwager sagt, er kann Ihnen bei der Aufklärung wegen der Buchungen helfen. Möchten Sie ihn anrufen, oder soll er herkommen?«

»Wir kümmern uns darum«, antwortete Clemens. »Wo sind eigentlich meine Kollegen?«

»Der kräftigere sitzt in der Gaststube und hört Benjamin Frost zu.«

»Wobei?«, fragten Jana und Clemens fast gleichzeitig.

»Er liest aus seinen Büchern vor.«

»Das darf ja wohl nicht wahr sein!« Clemens trank eilig

den letzten Schluck Kaffee, reichte Marita Bönisch die leere Tasse und hastete in die Gaststube. Jana und Marita Bönisch folgten ihm in einiger Entfernung.

»Meng!«, donnerte Clemens. »Geht es Ihnen gut? Wie sagen Sie immer so schön in Ihrem Ahrtaler Dialekt: Wir sind nicht zum Vergnügen hier. Wo ist Berger?«

»Verjnüge«, korrigierte Meng, während er seinen Stuhl zur Seite schob.

Ihn traf auf der Stelle ein tadelnder Blick. Es bedurfte keiner weiteren Worte mehr. Die beiden Kollegen waren gerade im Begriff zu gehen, als Birgit Devrient ein lautes Lachen ausstieß.

»Das gibt es doch nicht, guck, Herman, hier. In meinem Portemonnaie, der Ersatzschlüssel fürs Wohnmobil!«

»Endlich können wir uns in den Caravan zum Schlafen legen«, murmelte ihr Mann.

»Jana, schau, ich wollte gerade das Geld für unsere Getränke auf den Tisch legen, und da. Der Schlüssel. Morgen früh fahren wir gleich weiter nach Südfrankreich, nicht wahr, Herman?« Sie strahlte über beide Wangen und hakte sich bei ihrem Mann unter, der versuchte, seine langen Beine zu sortieren, während er aufstand.

»Das wird nicht möglich sein«, sagte Clemens schmallippig.

Das Ehepaar Devrient hielt in der Bewegung inne. Die fröhliche Erleichterung wich augenblicklich aus ihren Gesichtern.

»Wie bitte?«

»Na, Sie können nicht ins Ausland reisen. Wir benötigen Sie weiter als Zeugen.«

»Dat meen je niet! Das ist ja wohl nicht Ihr Ernst!«, schimpfte Herman Devrient.

»Doch. Ich begleite Sie jetzt zu Ihrem Wohnmobil.«

»Dat kun je niet maken!«

»Und da bleiben Sie bitte auch, bis ich Ihnen Bescheid gebe. Ich denke, morgen im Laufe des Vormittags wissen wir mehr.« Clemens ging auf weitere Einwände nicht ein.

»Na gut. Das geht doch und ist ja auch irgendwie verständlich, nicht wahr, Herman?« In Birgit Devrients Stimme klang etwas Versöhnliches mit.

Jana misstraute ihr, dafür hatte sie sich mit ihren früheren Bemerkungen zu verdächtig gemacht. Dass sie nun um Deeskalation bemüht war, wertete Jana eher als Versuch, sich möglichst unauffällig zu verhalten und ihnen keine weiteren Verdachtsmomente zu liefern.

Clemens begleitete die beiden aus dem Gebäude, während sich sein Kollege Rudolf Meng nach dem soeben erhaltenen Rüffel besonders dienstbeflissen zeigte. Mit dem Handy telefonierend stürmte er die Treppe in den ersten Stock hoch. Ob man irgendeinen Hinweis gefunden hatte, der sie weiterbrachte?

Plötzlich zupfte jemand Jana am Arm.

»Ich habe noch etwas für Sie. Einen Augenblick«, sagte Marita Bönisch und verschwand hinter dem Empfangstresen. Während sie etwas aus einer Schublade entnahm, kraulte Jana ihren Hund zwischen den Ohren.

»Hier, den brauchen Sie«, hielt sie Jana einen Schlüssel entgegen. »Der ist für die Außentüren, also die hier und des Nebengebäudes. Dort habe ich vorhin zugeschlossen, Sie kommen sonst nicht mehr rein.«

Jana wurde stutzig. »Wann war das?«

»Was? Sie meinen, wann ich abgeschlossen habe? Ist schon eine Weile her. Eine halbe Stunde, oder so.«

Ohne weiter nachzuhaken, bedankte sich Jana, nahm

den Schlüssel an sich und verließ das Weingut. Endlich schlafen, dachte sie nur.

TAG 2 – 3.15 UHR

Jana fingerte am Schloss der Außentür des Nebengebäudes herum. Sie hatte Schwierigkeiten, den Schlüssel, den ihr Marita Bönisch ausgehändigt hatte, hineinzubugsieren. Für einen Moment vergaß sie alles um sich herum. Aus der Dunkelheit erklang plötzlich eine männliche Stimme:
»Frau Vogt, bitte ...«
Erschrocken drehte sie sich um und wurde vom Strahl einer Taschenlampe geblendet.
»Wo ist Herr Wieland? Ich habe einige Informationen für ihn«, keuchte Roland Berger. »Habe ich Sie erschreckt?«
Jana ließ sich nichts anmerken. »Ich könnte mir vorstellen, dass er an seinem Auto ist, hinten auf dem Parkplatz.«
»Oh danke. Ist ja schon verdammt dunkel hier. Wo steht denn sein Auto?«
»Warten Sie, ich komme mit«, bot Jana an.
»Wollten Sie sich nicht gerade in Ihr Zimmer gehen? Ist ja schon spät.«
»Ich kann sowieso nicht schlafen.«
Roland Berger ließ seine Taschenlampe über den Hof wandern. Als sie dem Parkplatz immer näher kamen, erfasste der Lichtschein mehrere Personen.
»Ah, da ist er ja. Er hat mich doch gebeten, das Handy dieses Privatdetektivs orten zu lassen«, fing er zu plappern an. Anscheinend fand er es normal, sie darüber in Kenntnis zu setzen. »Er muss irgendwo ganz in der Nähe sein. In seinem Zimmer ist er jedenfalls nicht, das haben wir

gecheckt. Aber seine Sachen liegen da, zumindest einiges, was eindeutig ihm zuzuordnen ist.«

»Er hat tatsächlich das Zimmer Nummer 5 bezogen?«, fragte Jana. Doch Roland Berger musste die Antwort schuldig bleiben, denn sein Handy klingelte. Er ging ran, sprach einige Sätze und legte dann rasch auf. »Hm, ist wichtig. Ich muss weg. Sagen Sie bitte Herrn Wieland, dass ich ihn noch persönlich sprechen muss, bevor er fährt. Er soll mich anrufen, ja, bitte?«

Jana rief, es auszurichten, während Berger schon auf dem Weg zurück zum Weingut war.

Nur noch wenige Schritte blieben ihr bis zum Parkplatz. Im Schein der Laterne standen Clemens und das Ehepaar Devrient. Herman Devrient wedelte aufgeregt mit den Armen und ließ eine Salve von niederländischen Schimpfwörtern los. Während er fluchte, schluchzte seine Frau. Nun auch sie, dachte Jana. Heute hatte sie es nur mit weinenden Frauen zu tun.

»Was ist denn los?«, fragte sie und tippte dabei Clemens auf den Oberarm. Noch bevor er antworten konnte, jammerte Birgit Devrient: »Weg, einfach weg.«

»Was denn?« Sie hatte die Frage kaum ausgesprochen, da fiel bei ihr der Groschen.

»Na, das Wohnmobil!«, fluchte Birgit Devrient. Ihr Mann konnte sich gar nicht beruhigen.

»Immer wenn ich irgendwo mit dir an einem Tötungsdelikt dran bin, wird es kompliziert«, flüsterte Clemens, während er Jana mit sich zog. Dann rief er mit seinem Handy die Polizeikollegen herbei. »Wir brauchen die Scheinwerfer auf dem Parkplatz hinter dem Weingut«, gab er Anweisungen.

»Echt, geklaut?«, fragte Jana, nachdem er das Gespräch beendet hatte.

»Zumindest ist das Wohnmobil nicht da.«

»Er hat doch seinen Schlüssel nicht finden können, gut möglich, dass es sich jemand unter den Nagel gerissen hat. Die Dinger sind ziemlich beliebt«, sagte Jana.

»Richtig. Aber wer weiß, wie das alles zusammenhängt. Wir werden sehen. Sag mal, bei der Gelegenheit, was machst du eigentlich hier? Wolltest du dich nicht schlafen legen?«

»Doch«, antwortete Jana kleinlaut. »Aber ich soll dir was ausrichten: Dein Kollege Berger möchte dich sprechen, bevor ihr euch gleich in Ahrweiler trefft. Außerdem muss der Detektiv irgendwo in der Nähe sein, sein Handy wurde geortet.«

»Danke, gut zu wissen. Auch wenn du das nicht wissen solltest. Egal … Bis vier Uhr schaffe ich es bestimmt nicht mehr nach Ahrweiler, die Suche nach dem Wohnmobil kann andererseits wirklich jemand anderes übernehmen. Sonst noch was, Jana?«

»Nö, ich leg mich dann hin.«

»Gute Idee!«

Er war nicht zu beneiden.

TAG 2 – 3.30 UHR

Sie hätte sich Roland Bergers Taschenlampe leihen sollen, denn mittlerweile war die Hoflampe, deren fahles Licht ohnehin nicht viel Helligkeit erzeugte, erloschen. Sie holte ihr Smartphone hervor, der Ladebalken zeigte nur noch fünf Prozent. Hoffentlich hatte sie das Ladekabel eingepackt, denn heute Mittag hatte sie nicht ahnen können, dass sie die Nacht hier im Weingut verbringen würde. Endlich verschwand der Schlüsselbart im Schloss. Gerade als sie ihn herumdrehen wollte, fing Usti an zu knurren. Sie konnte spüren, dass jemand hinter ihr stand, noch bevor sie sein Atmen hörte. Wie auf Kommando begann ihr Puls zu rasen.

»Bitte nicht erschrecken!«, sagte eine männliche Stimme hinter ihr.

Jana fuhr herum, Usti knurrte energisch.

Vor ihr baute sich die Silhouette eines Mannes auf.

»Ich bin Manfred Hering, bitte nicht erschrecken. Ich bin Detektiv. Ich würde gerne mit Ihnen und Ihrem Kollegen reden.«

Nach einer kurzen Schrecksekunde hatte sich Jana wieder gefangen. Auch Usti stellte das Knurren ein.

»Kommen Sie rein, wir unterhalten uns drinnen.« Jana öffnete die Tür, ließ Manfred Hering in den Flur vorgehen und machte erst dann Licht.

Der Mann wirkte weniger schmierig, als sie ihn vom Abend in Erinnerung hatte. Seine Kleidung roch nach kaltem Rauch. Außerdem machte er einen aufgewühlten Eindruck auf sie.

»Ich bin gar nicht im Dienst, Herr Hering. Es ist alles ein seltsamer Zufall, dass mein Bekannter und ich überhaupt hier sind.«

Sie konnte die Enttäuschung in seinem Gesicht ablesen.

»Aber Sie sehen ihn doch sicher später noch? Oder können ihn anrufen?« In seiner Stimme schwang Ungeduld mit.

»Haben Sie etwas beobachtet, wissen Sie etwas?«

Hering nickte. »Ja, aber nicht hier. Können wir uns später treffen?«

»Warum nicht gleich? Mein Bekannter, also Herr Wieland, ist doch dahinten auf dem Parkplatz. Wir können gemeinsam zu ihm gehen.«

Hering zögerte. »Nein, es ist besser, wir treffen uns woanders.«

»Ja, und wo?«

Er überlegte. Kleine Schweißperlen bildeten sich auf seiner Stirn. »Fahren Sie doch zur Polizeiinspektion nach Ahrweiler und treffen sich dort mit Herrn Wieland.«

»Das ist ja das Problem, mein Auto steht auf dieser Seite der Ahr und die Brücke ist gesperrt.«

»Dann reden Sie doch jetzt mit Herrn Wieland«, versuchte ihn Jana umzustimmen. Wenn er etwas Wichtiges beizusteuern hatte, dann sollte er sein Wissen nicht für sich behalten.

»Ich, nein, das geht nicht. Ich gebe Ihnen meine Visitenkarte. Herr Wieland soll mich anrufen, dann mache ich mit ihm etwas aus.«

Hering legte ein seltsames Verhalten an den Tag. Außerdem musste er doch längst mitbekommen haben, dass die

Polizei mehrfach versucht hatte, ihn zu erreichen. Er hätte lediglich zurückrufen brauchen.

»Machen Sie das Licht aus, bevor ich die Tür öffne?«

Ohne noch einmal nachzufragen, drückte Jana auf den Lichtschalter, ließ Manfred Hering hinaus, der ohne ein weiteres Wort in die Dunkelheit verschwand. Vom Parkplatz hörte sie Motorengeräusche. Ein Scheinwerfer ging an und setzte einen deutlichen Lichtakzent, der noch aus weiter Entfernung zu sehen sein musste. Während sie sich weiterhin über das Verhalten des Detektivs wunderte, warf sie die Tür zu und drehte den Schlüssel mehrfach um, bis sie einen deutlichen Widerstand im Schloss spürte. Dann erst schaltete sie das Licht wieder ein und sah zu, dass sie nach oben in ihr Zimmer kam.

TAG 2 – 4 UHR

Unruhig wälzte sie sich schon seit Minuten von einer Seite auf die andere. Ihre Kleider hatte sie anbehalten, um jederzeit einsatzbereit zu sein, falls Clemens ihre Hilfe benötigte. Die verschiedensten Gedanken gingen durch ihren Kopf. Was würde aus der morgigen Veranstaltung werden? Insgeheim rechnete sie damit, dass sie bald ihre Fotos zusammenpacken und nach Freigabe der Brücke nach Hause fahren würde. Hätte sie doch das Gespräch nicht mit angehört, ihre Fotos aufgestellt und danach gleich wieder den Heimweg angetreten, wie sie es ursprünglich vorgehabt hatte. Irgendwann hätte sie dann möglicherweise einen Artikel in der Zeitung gelesen, in dem Carola Neumann oder einer ihrer Kollegen von einem Mordfall an der Ahr berichtet hätten. Vielleicht hätte ihr Clemens sogar einmal davon erzählt. Andererseits waren sich Clemens und sie heute endlich nähergekommen. Sie konnte ansatzweise verstehen, warum er sich damals in Ahrweiler so widersprüchlich und fahrig verhalten hatte. Je intensiver sie darüber nachdachte, desto mehr beschlich sie die Erkenntnis, dass sie damals ebenfalls einige merkwürdige Verhaltensweisen an den Tag gelegt hatte. Warum grübelte sie eigentlich? Insgeheim machte ihr das alles Spaß – wenn man bei einer Mordermittlung von Spaß reden konnte – und sogar die Dunkelheit wirkte immer weniger furchteinflößend auf sie. Sie würde bald wieder die Alte sein.

Neben sich hörte sie Usti leise ein- und ausatmen. Es

hatte keinen Zweck, sich länger herumzuwälzen. Ihr ging einfach zu viel durch den Kopf. Sie knipste die Lampe an, die auf dem kleinen Schränkchen neben dem Bett stand, und sah sich im Zimmer um. Auf dem Stuhl vor dem Fenster lag ein blauer Pullover. Er gehörte Clemens. Sie robbte aus dem Bett und roch daran. Jana war versucht, den Pullover an sich zu drücken, fand das aber doch etwas zu sentimental.

Ob sie von dem Flurfenster aus auf den Parkplatz blicken konnte? Dann könnte sie ihn vielleicht im Licht des Scheinwerfers erkennen. Sie rappelte sich auf, zog ihre Sneaker an, die sie neben dem Bett abgelegt hatte, und verließ das Zimmer. Sie schlich an der holzvertäfelten Wand entlang bis zum Giebel und schaute aus dem Fenster hinaus. Tatsächlich! Die Richtung stimmte. Durch die Äste eines Kastanienbaums hindurch hatte sie Sicht auf den noch immer hell erleuchteten Parkplatz. Zwei Polizeiautos konnte sie ausmachen, aber von Clemens oder dem Ehepaar Devrient war nichts zu sehen. Sie rang mit sich, ob sie Clemens nicht anrufen und von der Begegnung mit Hering berichten sollte. Doch es war gerade 4 Uhr vorbei und wenn er in seiner Besprechung saß, würde sie nur stören. Sie seufzte leise und machte sich auf den Rückweg zu ihrem Zimmer. Plötzlich war es ihr so, als hallten Schritte durchs Gebäude. Sie lauschte, aber da war nichts. Vermutlich hatten die alten Balken geknarzt. Also nichts, was sie beunruhigen sollte.

Zurück im Zimmer sah sie eine Weile dem schlafenden Usti beim regelmäßigen Atmen zu und legte sich wieder aufs Bett. Gerade als sich in ihrem Körper eine lang ersehnte Entspannung ausbreitete, merkte sie, dass sie etwas in ihrer Hosentasche störte. So konnte sie unmöglich einschlafen. Sie zog umständlich den Schreibtischschlüssel daraus hervor, legte ihn auf das Nachttischchen und schloss die Augen. Aber mit der Entspannung war es vorbei.

»Na gut!«, murmelte sie vor sich hin, sprang auf, schnappte sich den Schlüssel, schloss das Fach unter dem Schreibtisch auf und entnahm ihren Rucksack. Dann setzte sie sich mit überkreuzten Beinen wieder aufs Bett. In einer Seitentasche steckte noch eine drei viertel volle Wasserflasche. Erst jetzt merkte sie, wie durstig sie war. Fast in einem Zug leerte sie sie. Ihr Blick wanderte erneut durchs Zimmer, während sie weiter in den Taschen ihres Rucksacks kramte. Plötzlich stieß ihre Hand auf einen eckigen Gegenstand. Das war das Buch, das vermutlich Benjamin Frost heimlich hineingesteckt hatte.

Sie betrachtete das einfallslose Cover, auf dem ein blutiges Messer prangte, und studierte dann den Text auf der Rückseite. Schließlich fand sie das, was sie suchte. Auf der ersten Innenseite waren ein Foto von Benjamin Frost sowie seine Kurzvita abgedruckt.

»Benjamin Frost, Jahrgang 1972, wohnt heute in Bonn. Zusammen mit seinen Eltern hat er bis zu seinem 16. Lebensjahr fast die ganze Welt bereist. Er war viele Jahre lang Inhaber eines Spezialitätenladens für Weine und Weinprodukte. Heute schreibt er Weinkrimis und Kurzgeschichten.«

Sie überflog die Titel der einzelnen Kurzgeschichten, pickte sich eine Geschichte mit dem Titel »Bittertrauben« heraus, las einige Zeilen, konnte sich jedoch nicht konzentrieren und legte das Buch schnell wieder zur Seite. In

Ermangelung einer Idee, wie sie die Nacht am besten hinter sich bringen konnte, stand sie auf und streifte unschlüssig durchs Zimmer. Über der Kommode hingen die gerahmten Fotografien mehrerer Personen. Der Kleidung nach zu urteilen, die die darauf Abgelichteten trugen, mussten die Fotos aus den 1970er- und 1980er-Jahren stammen. Vor einem Weingut posierte ein kräftiger Mann in den besten Jahren. Bei genauerem Hinsehen erkannte Jana im Hintergrund den Schriftzug »Zerres« an der Außenfassade. Derselbe Mann schnitt auf einem anderen Foto Reben in einem Weinberg. Die Fotos schienen im Abstand von mehreren Jahren aufgenommen worden zu sein, denn der Mann im Weinberg wirkte jünger, agiler. Ob er der frühere Besitzer des Weingutes war? Ein anderes Foto zeigte eine junge Familie. Der Kleidungsstil der Eltern war eindeutig den späten 70er-Jahren zuzuordnen. Der kleine Junge schaute traurig, ja fast melancholisch. Auf einem weiteren Bild posierten die beiden Personen, die Jana als Eltern des Jungen gedeutet hatte, vor einer großstädtischen Kulisse, wegen der Schriftzeichen vermutlich im asiatischen Raum. Die Frau und der Mann waren älter als auf dem Familienfoto. Wer waren diese Leute?

TAG 2 – 4.30 UHR

Ihr Arm war eingeschlafen, sodass sie etwas Schwierigkeiten hatte, das summende Handy zu erreichen. Erst allmählich realisierte sie, wo sie war. Sie musste kurz eingenickt sein. Jana hatte keine Erinnerung mehr daran, wann sie sich hingelegt hatte. Lange konnte sie jedoch nicht geschlafen haben, wie ihr die Zeitangabe auf dem Display verriet.

Eine SMS von Clemens war eingegangen: »Alles okay bei dir?«

Jana war zu müde, um zurückzuschreiben, aber seine Stimme wollte sie zu gerne hören. Nach nur drei Ruftönen ging er ran.

»Hallo, Jana, hab ich dich geweckt?«

»Ja, schon, aber ich war nur eben mal weggedämmert. Richtig schlafen kann ich nicht.«

»Ist sonst alles okay?«

Jana beobachtete den friedlich schlafenden Usti. »Bei mir ist alles ruhig, und was gibt es bei dir?«

»Bleib mal bitte dran, ich erhalte gerade eine Information. – So, Jana, bist du noch da?«

»Ja.«

»Wir haben noch nicht viel. Aber es scheint irgendwie alles miteinander in Beziehung zu stehen. Jedenfalls das Verschwinden des Wohnmobils und der Weinsammlung.«

»Aha, wie …?«

»Dort, wo das Wohnmobil abgestellt war, haben wir

Reste eines Weinetiketts gefunden, das definitiv schon etwas älter ist.«

»Meinst du, die Devrients haben damit was zu tun und die ganze Sache mit dem verloren gegangenen Wohnmobilschlüssel war nur eine Finte?«

»Gut möglich, wir haben sie jedenfalls zur Vernehmung mitgenommen.«

»Oh, das findet Herr Devrient bestimmt nicht lustig. – Was ihr herausgefunden habt, darfst du mir wahrscheinlich nicht sagen, oder?«

»Richtig, aber so viel kann ich dir verraten: Dieser Kai-Uwe Radwahn scheint in eine Betrugssache verwickelt gewesen zu sein.«

»Spannend.«

»Ja, so kann man es nennen, Jana.«

»Du, bevor du auflegst, muss ich dir noch etwas sagen. Als du auf dem Parkplatz …«

Janas Handy vermeldete einen Piepton.

»Oh, Mist, mein Akku ist gleich leer. Nur so viel, Hering, der Detektiv hat mich vorhin angesprochen. Der weiß was. Du solltest ihn mal anrufen … Clemens?«

Hatte er nun gehört, was sie gesagt hatte, oder nicht? Wo war das verflixte Ladekabel? Weder in ihrem Rucksack noch in ihrer Tasche steckte es. Sie konnte sich jedoch erinnern, dass sie es gestern noch in der Hand gehalten hatte, kurz bevor sie ins Auto gestiegen war. Es half nichts, wenn sie erreichbar sein wollte, musste sie zum Auto. Dass es mitten in der Nacht war, störte sie mittlerweile kaum noch. Sie zog ihre Sneaker an, schnappte sich Jacke und Autoschlüssel und hatte bereits die Türklinke in der Hand, als sie noch einmal innehielt. War es wirklich eine gute Idee, jetzt da rauszugehen? Usti musste ihre Gedanken gelesen haben, denn er rappelte sich auf und gesellte sich wie selbstverständlich zu ihr. Seine großen braunen Kulleraugen schauten sie aufmunternd an. Damit er ihr nicht wieder abhandenkam, befestigte sie die Leine an seinem Geschirr, das sie ihm üblicherweise vor dem Schlafengehen abstreifte. Aber nachdem er gerne eigenständig seiner Wege ging, konnte sie ihn so besser kontrollieren.

Um sicherzugehen, dass sie sich nicht aussperrte, ließ sie die Tür erst zufallen, als sie den Schlüssel in ihrer Jackentasche ertastete. Als sie aus dem Gebäude trat, war es noch dunkel und ruhig, abgesehen vom Rauschen der Ahr, das als leise Hintergrundmusik zu hören war. Allmählich gewöhnten sich ihre Augen an die Dunkelheit. Außer Janas Auto standen auf dem spärlich beleuchteten Parkplatz nur noch wenige Wagen. Dort, wo Clemens am Nachmittag zuvor sein Auto abgestellt hatte, klaffte eine Lücke. Weit und breit war kein Polizeiwagen zu sehen, Absperrungen gab es hier nicht. Endlich fiel ihr ein, wo sie das Ladekabel hingelegt hatte. Sie öffnete das Handschuhfach, nahm das Kabel erleichtert heraus, wickelte es um das Netzteil und steckte das Gerät in ihre Jackentasche. Möglichst leise, um niemanden aufzuwecken, ließ sie die Beifahrertür einrasten. Für einen Augenblick überlegte sie, die Stelle, an dem das Wohnmobil gestanden hatte, einer genaueren Inspektion zu unterziehen. Aber aus mehreren Gründen ergab das keinen Sinn: Erstens war es stockdunkel, zum anderen hatten Clemens' Kollegen mit Sicherheit gründlich nach verwertbaren Spuren gesucht. Wie war das alte Weinetikett dorthin gelangt, von dem Clemens eben gesprochen hatte? Wenn sie Glück hatten, würden sich Spuren daran finden lassen. Plötzlich musste Usti niesen und begann kurz darauf etwas zu wittern. Der Geruch war kaum wahrnehmbar, dennoch stand fest, dass irgendwo jemand rauchte. Sie war also nicht allein hier draußen. Sie entschloss sich, den Rückweg anzutreten. Von Weitem konnte sie erkennen, dass ein Lichtschein aus der Tür an der Rückseite des Weinguts fiel. Neugierig ging sie näher. Von drinnen waren Stimmen zu hören, dann zeichnete sich eine Silhouette ab.

»Na, können Sie auch nicht schlafen?«

Jana war versucht, den Mann mit »Hallo, Herr Hering«, zu begrüßen, doch noch rechtzeitig wurde ihr bewusst, dass es nicht dessen Stimme war.

Usti brummelte leise.

»Wer sind Sie?«, fragte Jana mit fester Stimme.

»Oh, erkennen Sie mich nicht?«

Jetzt wusste sie, wer sie ansprach. »Ach, Herr Frost, Sie sind es.«

»Ganz schön dunkel hier draußen, nicht wahr?«, sagte er. Die beiden trennten jetzt nur noch wenige Meter.

Usti fing an zu knurren.

»Usti, hör auf!«

»Ist der gefährlich?«

»Nein, nur wenn man mir gefährlich wird.« Jana lachte, um die Situation zu entspannen.

»Kommen Sie doch mit rein, wir haben es uns gemütlich gemacht.«

»Wer ist *wir*?«

»Eigentlich nur Katja und ich. Sonst sind alle … verschwunden … schlafen gegangen, was weiß ich.«

»Ich leg mich lieber noch ein wenig hin, vielleicht kann ich ja doch noch einige Stündchen schlafen«, entgegnete sie.

»Keine schlechte Idee. Aber diese Katja ist schon ein wenig anhänglich. – Wo ist eigentlich Ihr Bekannter?«

Jana ging einfach über die Frage hinweg. »Ich leg mich jetzt schlafen. Bis später.« Sie machte kehrt und ließ Benjamin Frost stehen.

Fast hatte sie die Tür erreicht, da rief er ihr hinterher: »Haben Sie mein Buch gefunden?«

Jana antwortete nur mit einem knappen »Ja«.

TAG 2 – 5 UHR

Mit geschlossenen Augen lag sie auf dem Bett. Ihr Handy hing am Ladekabel. Sie fragte sich, ob Clemens vorhin noch verstanden hatte, was sie gesagt hatte. Wenn nicht, hätte er bestimmt zurückgerufen. Ein Geräusch ließ sie hochschrecken, das vom Flur zu kommen schien. Ohne Licht zu machen, huschte sie zur Tür und öffnete sie einen Spaltbreit. Sie lauschte in die Dunkelheit. Aber da war nichts. Während sie die Tür wieder vorsichtig ins Schloss drückte, musste sie unwillkürlich an die Vorgänge im Hotel in Ahrweiler denken. Auch damals schwankte sie zwischen dem Gefühl, sich die Anwesenheit eines Fremden nur eingebildet zu haben und der Gewissheit, dass sich da draußen doch jemand aufhielt.

Usti schlief seelenruhig. Sie hatte ihm eben einen Napf mit Wasser hingestellt, den er begierig ausgeschlürft hatte. Leider befand sich in der Tüte, die sie eingepackt hatte, nur noch ein kläglicher Rest Trockenfutter. Da er ein etwas wählerischer Esser war und nicht alles, was andere Hunde mit Vergnügen aßen, vertrug, musste sie morgen früh als allererstes Futter besorgen. Ein hungriger Usti war ein übellauniger Usti, das wusste sie nur allzu gut.

Aber das war nicht alles, worüber sich Jana den Kopf zerbrach. Hatte Clemens nicht vorhin bestätigt, dass man gegen Radwahn in einer Betrugssache ermittelte? Und da Clemens die Devrients zu einer Vernehmung einbestellt hatte, waren sie vielleicht involviert. Als Betrugsopfer? Einiges sprach dafür, nicht zuletzt Birgit Devrients Bemerkungen. Hatten die Devrients sich mit ihm im Weingut Zerres verabredet, um ihn zur Rede zu stellen? Aber woher wussten sie, dass er am Abend vor der Veranstaltung hier eintreffen würde?

Jana rief im Browser ihres Handys die Internetseite des Magazins WeinGenuss&mehr auf. In einem Blogbeitrag wurden die einzelnen Programmpunkte des Tags der offenen Weinkeller zwar genau beschrieben, aber sie fand wie erwartet keinen einzigen Hinweis darauf, wann der Weinkritiker wo persönlich anwesend sein würde.

Und wenn es genau umgekehrt gewesen war? Vielleicht hatte Kai-Uwe Radwahn seinerseits die Devrients herbestellt, um sie persönlich davon abzubringen, ihn anzuzeigen? Fakt war, die Männer hatten sich nach der Weinprobe entfernt. Wer hatte mit wem gesprochen? Später war Herman Devrient plötzlich wieder aufgetaucht und hatte die Tresterverköstigung regelrecht zelebriert. War die Suche nach dem Wohnmobilschlüssel nur als Ablenkungsmanöver inszeniert worden? Während sie in der Gaststube mit dem beschwipsten Herman Devrient beschäftigt waren, hatte sich nur ein paar Meter weiter an der Brücke ein Drama abgespielt. Oder auch zuvor, denn die zeitlichen Zusammenhänge kannte Jana noch nicht. Kräftemäßig wäre Herman Devrient in der Lage gewesen, den etwa gleichgroßen Radwahn umzustoßen. Aber das musste nichts heißen, denn bereits ein leichter Rempler konnte ausreichen, eine Person unglücklich stürzen zu lassen. Wiederum sprach Herman Devrients cholerisches Gemüt nicht gerade für ihn.

Dann blieb noch die Frage nach dem gestohlenen Wohnmobil. War auch das Verschwinden nur eine Finte? War es nicht möglich, dass Herman Devrient es rechtzeitig auf der gegenüberliegenden Ahrseite abgestellt hatte, damit er sich mit seiner Frau unbemerkt aus dem Staub machen konnte? Würden sich darin die gestohlenen Weinflaschen finden? Waren die Weinflaschen gar keine persönlichen Liebhaberstücke, sondern womöglich Fälschungen?

Eine weitere Person, deren Anwesenheit Jana Kopfzerbrechen bereitete, war Manfred Hering. Sie hätte ihn nicht gehen lassen dürfen, aber sie hatte keine Handhabe gehabt, ihn dazubehalten und alle Versuche, ihn dazu zu bewegen, mit Clemens Kontakt aufzunehmen, waren gescheitert. Wie passte die mit Kreide geschriebene Botschaft auf dem Weinfass dazu? »Eine Million Euro«, murmelte Jana. Sie suchte auf ihrem Handy nach einem Foto von der Kreideschrift. Sie betrachtete sie eine Weile und kam dann zu dem Schluss, dass sie es anders schreiben würde, zum Beispiel: »1 Mio. €« und nicht »Eine Million €«. Sie sprach die einzelnen Wörter deutlich getrennt voneinander aus.

Jana fiel es immer schwerer, sich zu konzentrieren und Hypothesen aufzustellen. Sie war müde und unterzuckert. In ihrem Rucksack fand sie einen halben Schokoriegel, den sie hastig verschlang. Sie strich erschöpft über die Narbe an ihrem Hals und beschloss, sich noch ein wenig auszuruhen. Allerdings hatte sie bereits nach wenigen Minuten genug davon, sich auf dem Bett hin und her zu wälzen. Warum sollte sie sich zum Schlafen zwingen? Sie war durchaus in der Lage, eine Nacht ohne Schlaf auszukommen. Sie knipste das Lämpchen auf dem Nachttisch wieder an, baute sich mit den Kissen eine angenehme Rückenlehne und ließ ihren Blick durchs Zimmer schweifen. Die Fotos an der Wand zogen Jana magisch an. Sie konnte es nicht genau erklären, aber sie spürte, dass sie im Weingut selbst, vielleicht sogar in diesem Raum, die Antwort auf einige Fragen finden könnte. »Erzählt mir doch eure Geschichten«, flüsterte sie, während sie die Fotos an der Wand betrachtete. »Wer seid ihr? Was verbindet euch alle?«

Wenn die Bilder ihr schon nicht mehr erzählten als das, was sie sah, dann fand sich vielleicht an einer anderen Stelle im Zimmer ein Hinweis. Sie sprang so kraftvoll vom Bett, dass Usti wach wurde. Nachdem er sein Frauchen eine Weile beobachtet hatte, ließ er seinen Kopf begleitet von einem tiefen Brummen wieder auf die Hundedecke gleiten. Jana schlich auf Zehenspitzen im Zimmer herum, betrachtete die Kommode, über der die Fotos hingen, strich mit ihren Fingern über das Holz und bemerkte, dass ihren Fingerkuppen kaum Staubpartikel anhafteten. Die Figürchen aus Porzellan, die jemand darauf drapiert hatte, erinnerten sie an die Wohnung ihrer Großeltern. Der putzige Zaunkönig und die Hummelfiguren hätten auch dort stehen können. Direkt hatte sie die Gerüche ihrer Kindheit wieder in der Nase. Erinnerungen an vergangene Zeiten, die in ihr wohlige Gefühle auslösten. Es juckte ihr sprichwörtlich in den Fingern, die Schubladen herauszuziehen, doch noch zögerte sie, denn es gehörte sich nicht, in die Privatsphäre eines fremden Menschen einzudringen. Aber wenn dieses Zimmer ab und zu vermietet wurde, enthielten die Schubladen mit Sicherheit keine privaten Gegenstände mehr. Dann würde sie auch nichts Verwertbares darin finden. Dennoch konnte sie ihrer Neugier nicht widerstehen. Wie vermutet herrschte in den Schubladen gähnende Leere. Jana schloss ihre Augen und versuchte, die Schwingungen des Raumes zu erfühlen. Sie wunderte sich über ihren Einfall. Tatsächlich spürte sie etwas. Aber was? Sicher war sie einfach nur übernächtigt. Sie öffnete die Augen wieder.

Bevor sie sich den Schreibtisch vornahm, blinzelte sie zur Kommode zurück. Irgendetwas hatte dort ihr Interesse geweckt. Was immer es war, sie kam nicht drauf.

Auf dem Schreibtisch erregte ein ungewöhnlicher Briefbeschwerer aus Messing in Form eines Weinfasses ihre Aufmerksamkeit. Intuitiv hob sie ihn an. Dann legte sie ihre Handflächen auf die Schreibunterlage aus dunkelbraunem Leder. Sie fühlte sich kühl an. Und an einigen Stellen trocken und rau. Deutlich waren die Spuren intensiver Nutzung zu erkennen. Es bereitete Jana einige Mühe, die schmale Schublade unter der Tischplatte herauszuziehen, da sie sich immer wieder verkantete. Außer einem alten Kugelschreiber, dessen Mine ausgelaufen war und einen hässlichen blauen Fleck auf dem Spanboden hinterlassen hatte, befand sich nichts darin. Sie musste einiges an Fingerspitzengefühl und eine fein dosierte Portion Kraft aufwenden, um sie wieder zurückzuschieben. In Gedanken versunken hob sie eine Ecke der Schreibunterlage an und war verblüfft, dass darunter etwas hervorlugte. Sie lupfte die Unterlage weiter hoch. Darunter kam ein Brief zum Vorschein. Unschlüssig hielt sie in der Bewegung inne. Dann berührte sie voller Ehrfurcht das Couvert mit den Fingerspitzen. Was soll's, dachte sie und nahm den Brief in die Hand. Er war vermutlich vor vielen Jahren von seinem rechtmäßigen Empfänger mit einem scharfen Messer geöffnet worden. Sie drehte das Kuvert um und las die Adresse: »Fred Zerres, Rech/Ahr, Recher Hauptstraße 14.«

Einen Absender suchte sie auf dem Umschlag vergeblich. Der Stempel auf der Briefmarke mit dem Konterfei Wilhelm Buschs trug die schwer zu entziffernde Jahreszahl 1958.

Es juckte ihr förmlich in den Fingern, den Brief aus dem Umschlag zu ziehen, aber eine innere Stimme hielt sie zurück. Konnte sie, durfte sie einen persönlichen Brief, dessen Inhalt nicht für sie bestimmt war, einfach lesen? Sie nahm den Brief und setzte sich damit aufs Bett. Roch am Umschlag, hielt ihn in den Lichtkegel der Nachttischlampe, als ob so die darin enthaltenen Zeilen sichtbar würden. Es half nichts, wenn sie ihre Neugier stillen wollte, musste sie den Brief herausziehen und lesen. Mit spitzen Fingern entnahm sie das vergilbte Blatt Papier und entfaltete es vorsichtig. Die geschriebene Mitteilung füllte das Blatt nur zur Hälfte aus. Die Schrift verriet ihr, dass die Person, die diese Zeilen vor vielen Jahren verfasst hatte, wenig Übung im Schreiben hatte. Die Buchstaben wirkten reichlich ungelenk. Dort stand zu lesen:

»Lieber Fred,
ich weiß, dass ich Dir nicht schreiben sollte. So war es abgesprochen. Aber ich muss Dir einfach Bericht erstatten.
Unsere letzte Begegnung im Sommer ist nicht folgenlos geblieben. Ich bin guter Hoffnung. Ich weiß, dass das nichts ändern wird, aber Du sollst wissen, dass Du Vater wirst.
Deine Josephine.«

Jana schluckte. Ihr war beinahe zum Weinen zumute. Sie war einem Familiengeheimnis auf die Spur gekommen. Welches ergreifende persönliche Schicksal sich hinter diesen Zeilen verbarg, konnte sie nur erahnen. Wie es war, in den 50er-Jahren zu leben, hatte ihr ihre Großmutter vor einiger Zeit erzählt. Wenn diese Josephine ein uneheliches

Kind zur Welt gebracht und großgezogen hatte, dann hatte sie gegen viele gesellschaftliche Widerstände ankämpfen müssen. Der soziale Abstieg war oft unvermeidlich. Was mochte aus ihr und dem Kind geworden sein? Wie hatte sich Fred Zerres verhalten? Seine Frau hatte er mit großer Wahrscheinlichkeit nicht verlassen. Einerseits stand der gute Ruf der Familie auf dem Spiel, andererseits der wirtschaftliche Erfolg des Weingutes. Jana versuchte erneut, die Ortsangabe auf dem Stempel zu entziffern, was ihr nicht gelingen wollte, weil die Stempelfarbe an dieser Stelle verwischt war. Aber vor dem Ortsnamen standen die Zeichen: »(22a)«.

In ihrem Kopf ratterte es. Was dort vor dem Ortsnamen aufgestempelt war, hatte etwas zu bedeuten. Jetzt fiel es ihr wieder ein. Während eines Polizeiseminars vor einigen Jahren hatte der Dozent über die Aufteilung des Nachkriegsdeutschlands in Besatzungszonen referiert. Zu dieser Zeit gehörten Köln und Bonn zur britischen Besatzungszone, das Ahrtal zur französischen. Und diese zweistelligen Ziffernkombinationen waren damals üblich gewesen.

Ihr fröstelte, nicht nur, weil es im Zimmer unangenehm kalt geworden war. Der Heizkörper unter dem Fenster fühlte sich eiskalt an. Andererseits ging von diesem Raum eine besondere Magie aus. Doch diese Magie konnte sie nicht wärmen. Ob sie drüben in der Küche etwas Warmes zu trinken finden würde? Sie sammelte ihre Wertgegenstände zusammen, packte diese in den Rucksack, den sie im Fach unter dem Schreibtisch einschloss. Ihr Handy, das nun wenigstens etwas aufgeladen war, nahm sie mit, genauso wie ihre Jacke und den Schlüssel, den Marita Bönisch ihr gegeben hatte. So würde sie ohne Probleme ins Weingut kommen. Usti ließ sie schlafen.

TAG 2 – 5.30 UHR

Das Licht in der Eingangshalle war gedimmt. Auf dem Sofa kauerte Benjamin Frost, eines seiner Bücher aufgeschlagen in den Händen. Es wirkte, als würde er lesen. Aber bei genauer Betrachtung merkte Jana, dass er schlief. Um ihn nicht zu wecken, ging sie leise einige Schritte rückwärts, schlich auf Zehenspitzen an Marita Bönischs Büro vorbei und drückte die Klinke der Küchentür herunter. Sie war abgeschlossen. Jetzt musste sie doch an Benjamin Frost vorbei. Vorsichtig setzte sie einen Fuß vor den anderen, bis sie die Tür zur Gaststube erreicht hatte, die sich glücklicherweise fast lautlos öffnen ließ. Die Beleuchtung an der Theke brannte und spendete ausreichend Licht. Von dort aus gelangte sie direkt in die Küche, die allerdings im Dunklen lag. Neben der Tür fand sie rasch einen Schalter und war augenblicklich vom Neonlicht der Deckenbeleuchtung geblendet. Den Kaffeeautomaten traute sie sich nicht zu bedienen, aber in einer Ecke fand sie einen handelsüblichen Wasserkocher, den sie befüllte und anstellte. Nach und nach öffnete sie, darauf bedacht keinen Lärm zu machen, einige Schranktüren und fand eine Auswahl Beuteltees sowie ein Paket Dinkelkekse. Nachdem das Wasser gekocht hatte, nahm sie eine saubere Tasse aus der Spülmaschine und goss den Tee mit dem verheißungsvollen Namen »Teetraum« auf. Um sich die Wartezeit zu verkürzen und ihre Unterzuckerung zu beenden, knabberte sie einige Kekse. Sie warf den Teebeutel in die Spüle, trank einen Schluck, löschte das Licht in der Küche und verließ die Gaststube. Sie wolle schnellstmöglich in ihr Zimmer zurück. Als sie die Tür zum Hof fast erreicht hatte, sprach Benjamin Frost sie an.

»Na, wer schleicht denn hier rum?«

»Äh.« Jana drehte sich auf dem Absatz um. »Hab ich Sie geweckt?«

»Ne, nicht so richtig. Ich habe nur gedöst. Setzen Sie sich doch zu mir.«

Warum eigentlich nicht, dachte Jana. Sie versicherte sich in Gedanken, dass sie die Tür zum Nebengebäude sorgfältig abgeschlossen hatte. Statt sich in ihrem Zimmer zu langweilen, konnte sie ebenso gut mit jemandem ein Schwätzchen halten. So richtig wusste sie jedoch nicht, was sie sagen sollte. Über seine Kurzgeschichten konnte sie sich schließlich nicht mit ihm austauschen, da sie sie nicht gelesen hatte.

»Wo sind denn alle anderen?«, fragte Jana. Der sonst so redselige Benjamin Frost wirkte abwesend.

»Keine Ahnung«, antwortete er nach einer Weile, nachdem er sich einen Kaugummi in den Mund geschoben hatte, der einen intensiven Pfefferminzduft verströmte. »Na ja, das Ehepaar mit dem Wohnmobil, die sind ja wohl auch im Land der Träume. Herrn Bönisch habe ich schon eine ganze Weile nicht gesehen.« Es schien nicht so, als ob er noch etwas sagen wollte.

»Katja? Wo ist Katja? Ist sie nach Hause gefahren?«

»Ne, die saß noch eine Weile mit mir zusammen. Ich habe ihr aus meinen Krimis vorgelesen. Und dann meinte Frau Bönisch, dass sie sich doch in eines der Gästezimmer legen könne.«

»Hat sie gesagt, welches?«

»Nö, sie gab Katja einen Schlüssel. Wenn ich mich recht erinnere, stand auf dem Anhänger eine Zahl. Hm, war es die 2 oder die 3?«, antwortete er.

Jana fragte sich, ob die Kripo mittlerweile mehr über die Zimmerbelegung wusste. »Wo ist denn Frau Bönisch jetzt?«

»Hm?«

»Hat sich sicher auch hingelegt, oder?«

»Ja, vermutlich.« Er kaute weiter auf seinem Kaugummi. Der Minzgeruch war mittlerweile nicht mehr so intensiv.

»Und von der Polizei ist hier auch keiner mehr, oder?«

»Nö, die sind alle weg.«

Janas Teetasse war mittlerweile leer. Da Benjamin Frost anscheinend doch nicht zum Reden aufgelegt war, wollte sie wieder in ihr Zimmer zurückgehen. Sie hatte sich schon halb erhoben, als er doch noch etwas anfügte.

»Echt heftig.« Er hörte auf zu kauen und ließ sich schwungvoll in die Lehne des Sofas fallen.

»Was meinen Sie?«

»Kannst Benjamin zu mir sagen«, antwortete er müde.

»Bitte? Ja, ach so.«

Das war nicht die Antwort auf ihre Frage gewesen.

»Okay, ich bin Jana.« Sie schaute ihn an, er grinste.

»So haben wir uns wohl alle diesen Tag nicht vorgestellt«, sagte er.

»Ganz gewiss nicht. Ich wollte einfach nur meine Fotos aufstellen, aber dass dann so was passiert ...« Sie machte eine Pause und wartete auf seine Reaktion. Als er nichts sagte, fuhr sie fort. »Ich kannte Herrn Radwahn ja kaum. Bin ihm heute das erste Mal begegnet. Kanntest du ihn näher?«

»Ich bin ihm wohl früher ein, zweimal begegnet, als ich noch meinen Weinladen in Godesberg hatte. Aber das ist schon lange her. Damals habe ich Anzeigen in einer Zeitung aufgegeben, für die er damals arbeitete.«

»In der WeinGenuss&mehr?«

»Nein, damals hat er als Anzeigenfuzzi für ein anderes Blatt gearbeitet. Keine Ahnung, wie das hieß.«

»Sag mal, kann man eigentlich als Schriftsteller von seinen Büchern leben?«, fragte Jana.

Benjamin richtete sich auf. »Geht so. Du musst halt unheimlich die Werbetrommel rühren. Nebenbei jobbe ich noch, aber das erzähle ich kaum jemandem. Macht sich nicht so gut, weil die Leute sonst denken, du bist ein armer Poet, und das ist schädlich fürs Image.«

»So?«

»Ja, Außenwirkung ist heute alles. Und wenn du schlechte Rezensionen bekommst, ist das auch nicht so toll.«

»Aber es ist doch eine subjektive Angelegenheit, ob man ein Buch mag oder nicht? Es heißt ja nicht, dass man deshalb kein guter Schriftsteller ist.«

»Schon, aber letztendlich zählen nur die Verkäufe und dein Ranking.«

»Hm. Ich habe mal gehört, dass auch die ganz erfolgreichen Autoren, also die von den Bestsellerlisten, immer wieder sehr negative Kritiken bekommen. Die Geschmäcker sind halt verschieden. Ich zum Beispiel kann mit diesem ganzen Fantasy-Kram nichts anfangen. Und andere hypen diese Bücher total. Oder Science-Fiction …«

»Oder Dystopien.«

»Was?«, fragte Jana. »Was ist das?«

»So 'ne Art Anti-Utopie.«

»Oh, herrje, ich habe davon gar keine Ahnung«, musste Jana zugeben. »Ich kenne nur Raumschiff Enterprise.«

»Das ist aber schon lange her. Die Folgen liefen in den 80ern als Wiederholungen, irgendwo bei den Privaten. Ich habe immer schon lieber Columbo geschaut. Da wusste man als Zuschauer vor dem Inspektor, was passiert war und wer der Mörder war. Meistens ein berühmter Gaststar. Und obwohl man all das wusste, hat einen die Handlung in den Bann gezogen.«

»Oh ja. Peter Falk spielte diesen etwas verpeilten Inspektor auch wirklich toll. Leider ist er vor ein paar Jahren gestorben.«

»Hm«, sagte Benjamin nachdenklich.

»Ich bin auch ein großer Fan der Agatha-Christie-Verfilmungen. Besonders Sir Peter Ustinov in ›Tod auf dem Nil‹ oder …«

»›Mord im Orient-Express‹.«

»Ne, darin hat er nicht mitgespielt. Da spielte Albert Finney den Hercule Poirot. Es gibt noch einen späteren Film mit dem Titel ›Rendezvous mit einer Leiche‹, darin hat auch Ustinov die Hauptrolle gespielt. Aber den kennt kaum jemand …«

»Ustinov«, überlegte Benjamin, »hast du deinen Hund nach ihm benannt?«

»Ja. Apropos, ich schau mal nach ihm, er ist ganz allein im Zimmer.«

»Hm. Gefällt dir das Zimmer?«

»Na ja, ist doch sehr privat, irgendwie. War wohl nur eine Notlösung, dass Frau Bönisch mich dort einquartiert hat. Sie wusste wohl nicht, dass die Gästezimmer hier im Haus gar nicht alle belegt waren. Ich wollte ja eigentlich abends noch zurückfahren.«

»Du hattest gar nicht vor, hier zu übernachten?«, fragte Benjamin.

»Ne, aber dann hat sich das irgendwie so ergeben.«

»Du meinst, weil dein Freund hier ist, der von der Polizei?«

»Ja, so ähnlich. Sag mal, kennst du hier in der Nähe einen Laden, in dem ich Hundefutter bekommen kann?«

»Mal überlegen. Der nächste Supermarkt ist in Altenahr, glaube ich. Aber ob der so was hat? Oder halt in Ahrweiler.«

»Okay, danke.«

»Nichts zu danken.«

Jana stand auf und wusste nicht, wohin mit der Tasse.

»Lass sie hier. Ich nehme sie nachher mit, wenn es Frühstück gibt.«

»Weißt du, ab wann es Frühstück gibt?«

»Marita Bönisch sagte vorhin, dass sie zwischen halb sieben und sieben wieder hier sei.«

Jana blickte auf ihre Armbanduhr.

»Das dauert ja nicht mehr lang. Dann bis später.«

Auf dem Weg durch den Hof hörte Jana die Vögel zwitschern. Am Horizont dämmerte es.

TAG 2 – 6.15 UHR

Da die Nacht ohnehin vorbei war, zog Jana die obligatorische Morgenrunde mit Usti einfach um einige Minuten vor. Ihn dazu zu animieren, bedurfte keiner Überredungskunst. Schwanzwedelnd ging er neben ihr her. Die Sonne würde gleich aufgehen. In der Ferne hörte Jana einen Zug herannahen. Wenig später quietschten die Zugbremsen, als dieser in den Bahnhof von Rech auf der gegenüberliegenden Ahrseite einfuhr. Jana lief ein wenig planlos durch die Gassen und ließ sich von Usti leiten. Schließlich fand sie sich an der Nepomukbrücke wieder. Ein Trassierband versperrte noch immer die Durchfahrt, aber da kein Polizeiwagen weit und breit zu sehen war, machte die Absperrung zumindest für Fußgänger und Radfahrer wenig Sinn. Ob das so beabsichtigt war? Mehrmals blickte sie sich um, dann schlüpfte sie mit Usti unter der Absperrung hindurch. Es war schon hell genug, sodass ihr die Markierungen auf der Fahrbahn und an der Mauer sofort auffielen. An einem quadratischen Blumengefäß, das auf der Brüstung einzementiert war, haftete getrocknetes Blut. Direkt daneben thronte der Brückenheilige St. Nepomuk. Auf dem Sockel zu seinen Füßen entdeckte Jana eine Inschrift. Um diese leichter entziffern zu können, nahm sie ihr Handy zu Hilfe und leuchtete auf die eingeritzten Buchstaben.

»Vor böser Zunge und Wassergefahr
St. Nepomuk uns immer bewahr«

Dass Nepomuk als Brückenheiliger verehrt wurde, das wusste sie, aber was sollte die Erwähnung der Zunge? Dank ihres Handys fand sie im Internet schnell die Lösung: Dort stand zu lesen, dass St. Nepomuk als Hüter des Beichtgeheimnisses galt und bei Verleumdung angerufen wurde. Und nun war er Zeuge eines Mordes geworden.

Erst jetzt realisierte Jana, dass sie auf der abgesperrten Brücke für jeden in der Umgebung auszumachen war. Sie hoffte, dass an einem Samstagmorgen um diese Uhrzeit noch niemand unterwegs war, und steckte ihr Handy in die Jackentasche, während sie eilig den Tatort verließ. Direkt hinter der Absperrung nahm Usti erneut Witterung auf. Sein Schnaufen war nicht zu überhören. Jana überließ ihm die Führung. Usti zog sie an der kleinen Aussichtsplattform vorbei, bis er an einem kleinen Parkplatz zum Stehen kam. Er orientierte sich, schnüffelte an einer Hecke und entschied sich, hinunter zum Ahrufer zu laufen. Wenn er so zielstrebig war, konnte das alles bedeuten: eine läufige Hündin, ein liegen gebliebenes Brötchen oder … Sie kam nicht dazu, weiterzuspekulieren, denn sie musste aufpassen, wohin sie trat, um nicht auszurutschen. Sie nahm deshalb die Leine so kurz es eben ging, was Usti einen Protestlaut entlockte. Unbeeindruckt zog er voran, wenn auch nicht mehr so stark.

»Jetzt ist aber Schluss!«, schimpfte Jana und blieb stehen. Usti maulte. Sie fürchtete, noch ins Straucheln zu kommen. Und ins Wasser fallen wollte sie auf keinen Fall. Deshalb nahm sie Anlauf, um die Böschung hinaufzulaufen, als sie aus dem Augenwinkel etwas am Flussufer liegen sah. Zunächst dachte sie, es wäre nur ein großer Stein, doch dann erkannte sie deutlich die Umrisse eines Menschen. Wenn er noch lebte, war Eile geboten. Sie rannte mit Usti im Schlepptau los und verlangsamte erst einige Meter vor der dort liegenden Person ihre Schritte. Sie wollte keine vorhandenen Spuren zerstören, andererseits musste sie nachprüfen, ob noch Hilfe möglich war. Vorsichtig ging sie näher, schaltete ihr Handy ein und leuchtete mit der Taschenlampe dorthin, wo sie das Gesicht vermutete. Doch die Person lag mit dem Rücken zu ihr und bewegte sich nicht. Sie näherte sich von der Seite, so konnte sie ins Gesicht des Mannes blicken. Sie erkannte ihn sofort. Dann tastete sie nach der Halsschlagader, kein Puls. Während sie nach weiteren Lebenszeichen suchte, rief sie die 112 an. Sie erklärte dem Mann, der Rufbereitschaft hatte, die Lage. Dann rief sie Clemens an.

»Hi, Jana, kannst du nicht mehr schlafen?«

»Nicht mehr ist gut, ich habe noch gar nicht geschlafen, aber darum geht's nicht. Ich stehe am Ahrufer und vor mir liegt Manfred Hering, tot.«

»Jana, das ist jetzt nicht dein Ernst!«

»Doch. Ich habe schon einen Notruf abgesetzt.«

»Okay, wo genau?«

Sie beschrieb ihm den Fundort.

»Bleib mal dran!«

Er sprach mit jemandem. »Bist du noch dran?«

Sie hörte, dass er etwas zusammenpackte. »Ja.«

»Ich mach mich jetzt auf den Weg.« Im Hintergrund öffnete und schloss sich eine Tür. »So, ich bin jetzt am Auto. Bis gleich. Bin in zehn Minuten da«, sagte er ein wenig außer Atem.

Noch einmal blickte sie auf den Toten. Seine Kleidung war verrutscht und am Hals bemerkte sie eine dünne dunkle Linie. Sie beugte sich herunter und konnte deutlich eine Strangulationsspur erkennen. Jetzt begriff sie, warum das Gesicht des Toten so merkwürdig aussah. Durch die Strangulation war es leicht aufgedunsen. Sie konnte nichts mehr für Manfred Hering tun. Bedrückt zog sie sich zurück und setzte sich auf eine Bank in der Nähe mit freiem Blick auf den Leichenfundort, das Ahrufer und die Nepomukbrücke. Die Hecke in ihrem Rücken vermittelte ihr ein Gefühl der Sicherheit. Dass Hering ihr nun nicht mehr mitteilen konnte, was ihn so beschäftigt hatte, ärgerte sie. Hätte er doch besser gleich mit Clemens gesprochen, dann wüsste die Polizei, was ihn so aufgebracht hatte, und hätte ihn vielleicht sogar schützen können. Wie spät war es gewesen, als sie ihn getroffen hatte? Sie überlegte und meinte sich zu erinnern, dass es weit nach 3 Uhr gewesen sein musste. Sie schaute auf ihr Smartphone. Jetzt war es 6.40 Uhr. In der Ferne hörte sie, diesmal aus der anderen Richtung, einen Zug anfahren. Die Weinberge reflektierten den Schall. Wenn sie die Zeichen richtig interpretierte, dann war Hering seit mindestens einer Stunde tot. Was hatte er in den zwei Stunden seit ihrer Begegnung gemacht? Wen hatte er in der Zwischenzeit getroffen? Wer war die letzte Person, die ihn lebend gesehen hatte? Während sie in Gedanken die einzelnen Anzeichen der Totenstarre durchging, näherten sich auf der gegenüberliegenden Bundesstraße mehrere Einsatzfahrzeuge, in ihrem Schlepptau ein Notarztwagen. Aus dem Einsatzwagen, der zuerst die Brücke erreicht hatte, stieg eine blonde, zierliche Beamtin aus und entfernte eilig beide Absperrbänder. Dann lief sie voran, statt wieder einzusteigen, und war als Erste am Tatort. Jana machte sich bemerkbar, stellte sich vor, zeigte ihr den Fundort des Toten und zog sich dann zurück. Gedankenversunken beobachtete sie das Ankommen weiterer Polizeibeamter sowie des Notarztes am Tatort. Irgendwie war es surreal, die Kollegen aus der Ferne zu beobachten, ohne selbst mitmischen zu dürfen.

»Na? Da hast du dich versteckt«, holte sie Clemens aus ihren Überlegungen.

Jana blickte ihn geistesabwesend an.

»Äh, hallo, wo warst du so lange?«, fragte sie nachdenklich.

»Ich wurde vom Ortsbürgermeister aufgehalten. Der ist natürlich besorgt darüber, was hier los ist, macht sich aber eben auch Gedanken wegen des Tags der offenen Weinkeller.«

»Klar, verständlich. Eine solche Veranstaltung wird ja Monate im Voraus geplant.«

Clemens nickte und gab ihr zu verstehen, dass er nun am Tatort gebraucht wurde.

»Das ist doch alles recht seltsam, oder?«, fragte sie, während Clemens schon einige Schritte Richtung Ahrufer gegangen war.

Er blieb stehen und nickte erneut.

»Hat er noch mit dir gesprochen?«, fragte sie weiter.

Clemens schüttelte betreten den Kopf. »Was machst du jetzt? Zurück zum Weingut?«, fragte er.

»Muss ich?«

»Bleib meinetwegen da sitzen«, rief er im Weiterlaufen.

Mittlerweile war es schon richtig hell. Jana ließ ihren Blick schweifen. So saß sie eine Weile da, ohne an irgendetwas Konkretes zu denken. Plötzlich hörte sie in ihrer unmittelbaren Nähe Schritte und bald tauchte neben ihr ein Mann auf, der wie gebannt auf den Tatort blickte.

»Mein schönes Rech«, murmelte er vor sich hin. Erst dann bemerkte er Jana. »Unglaublich, was hier in den letzten Stunden geschehen ist«, sagte er, den Kopf ratlos hin und her bewegend. Jana hatte den Eindruck, dass er gar nicht auf eine Reaktion von ihr wartete.

»Ob ich dahin kann?«, fragte er mehr zu sich selbst.

»Lieber nicht, nicht dass Sie mögliche Spuren verwischen. Und der Anblick ist nicht wirklich angenehm«, antwortete Jana.

»Sie haben den Toten jesehen?«, fragte er verblüfft. Zum ersten Mal schien er sie wahrzunehmen.

»Ja, ich habe ihn gefunden. Sind Sie der Ortsbürgermeister?«

»Woher wissen Sie …? Ja, Michael Hupp mein Name.« Er wirkte zerstreut.

»Jana Vogt«, stellte sie sich vor.

»Haben Sie jesehen, wer es ist?«

»Ja, schon …«

»Oha? Woher?«

»Ihnen das mitzuteilen, überlasse ich lieber der Kriminalpolizei.«

»Hm. Ist es denn jemand aus unserem schönen Rech?«

»Ich denke nicht, dass er hier gewohnt hat. Aber ich weiß es nicht wirklich.«

Der Ortsbürgermeister schien erleichtert zu sein. »Sie habe ich hier noch nie jesehen«, stellte er fest, während er sich neben sie auf die Bank fallen ließ.

»Ja, ich bin eine der Ausstellerinnen bei der Veranstaltung heute.«

»Ah, was stellen Sie denn aus?«

»Fotos von der Ahr, den Weinbergen. Im Weingut Zerres.«

»Sie sind Fotografin?«

»Nicht direkt«, antwortete Jana und ließ es dabei bewenden. »Nach wem ist eigentlich das Weingut benannt?«

»Nach dem alten Fred Zerres. Er ist in den frühen 1990er-Jahren jestorben.«

»Kannten Sie ihn?«

»Nein.« Er überlegte. »Aber mein Schwiejervater kannte ihn. Als er noch selbst als Nebenerwerbswinzer jearbeitet hat. Da waren die beiden wohl jut befreundet. Ich habe meine Frau erst kennengelernt, als die Bönischs das Weingut übernommen haben.«

Usti hatte sich mittlerweile Zentimeter um Zentimeter vorgearbeitet und schnüffelte gerade ausgiebig an den Hosenbeinen des Ortsbürgermeisters, als dieser ihn schließlich registrierte.

»Ach, Sie haben aber einen netten Hund. Wir haben auch einen. Ausm Tierheim.«

Das traf sich gut, es stand sowieso noch die Futterfrage an.

»Gibt es zufällig einen Laden in der Nähe, in dem ich Hundefutter kaufen kann? Wegen der Brückensperrung gestern konnte ich nicht mehr nach Hause fahren, wie ich es ursprünglich wollte. Und so habe ich zu wenig Futter für Usti eingepackt.«

»Im Ort nicht, aber wenn Sie mögen, kann ich Ihnen später was vorbeibringen. Hat Ihr Hund besondere Vorlieben?«

»Getreidefrei wäre toll.«

»Das lässt sich machen. Unser Piet verträcht auch nicht jedes Futter.«

»Das wäre wirklich reizend, danke.«

Die beiden waren so sehr in ihr Gespräch vertieft, dass sie gar nicht bemerkten, dass Clemens vom Ahrufer die Böschung herauf auf sie zukam. Erst als Usti ihn mit einem freundlichen Bellen begrüßte, blickten sie auf.

»Herr Hupp, ich würde gerne mit Ihnen wegen der ganzen Situation sprechen. Unter anderem wie wir wegen des Tags der offenen Weinkeller verfahren. Ich würde vorschlagen, wir treffen uns in zehn Minuten im Weingut Zerres«, sagte Clemens. Dann winkte er Jana zu sich.

»Usti bleib!«, sagte sie und ging die paar Schritte zu Clemens, der sich mittlerweile wieder umgedreht hatte und zum Tatort blickte.

»Was ist?«, frage sie.

»Jana, wie ist die Lage im Weingut?«

»Soweit alles ruhig, zumindest war das vor etwa einer Stunde so.«

»Ist schon jemand da, der uns öffnen kann?«

»Frau Bönisch wollte zwischen halb sieben und sieben kommen.«

Clemens sah auf seine Armbanduhr.

»Aber ich habe für den Notfall einen Schlüssel für die hintere Eingangstür«, ergänzte Jana.

»Okay …«, antwortete Clemens, warf Jana einen liebevollen Blick zu und ging wieder zu seinen Kollegen zurück. Jana sah ihm noch eine Weile nach. Dann nahm sie Ustis Leine, verabschiedete sich vom Ortsbürgermeister, der auf der Bank sitzen blieb, und lief ohne Eile zurück zum Weingut.

TAG 2 – 7.15 UHR

Was für ein merkwürdiges Wochenende, dachte Jana, als sie sich im kleinen Badezimmer Hände und Gesicht wusch. Die Spuren der Übernächtigung überdeckte sie mit etwas Schminke. Sie betrachtete sich im Spiegel und war mit dem Ergebnis einigermaßen zufrieden. Als sie gerade ihre Utensilien zusammenpackte, hörte sie hinter der Badezimmertür Geräusche, die aus dem Flur zu kommen schienen. Langsam und möglichst lautlos öffnete sie die Tür und lugte vorsichtig hinaus. Obwohl niemand zu sehen war, war sie davon überzeugt, sich nicht getäuscht zu haben. Ob sich jemand in ihr Zimmer geschlichen hatte? Eigentlich hätte Usti sich dann gemeldet. So betrat sie einigermaßen sorglos Fred Zerres' früheres Zimmer und stellte fest, dass außer dem schlummernden Usti niemand im Raum war.

Sie ließ sich aufs Bett plumpsen. Ustis Pfötchen wackelten, während er träumte. Die Gedanken an die beiden toten Männer ließen sie nicht los. Was ging in diesem Weingut an der Ahr nur vor sich? Welche Verbindung existierte zwischen Radwahn und Hering? Wie viele Tatbeteiligte mochte es geben? Dass der Detektiv etwas herausgefunden hatte, galt als sehr wahrscheinlich. Dazu passte sein seltsam konspiratives Verhalten vor wenigen Stunden. Es musste ein Motiv her. Welcher Motivkategorie gehörte es an? Bereicherung in irgendeiner Form war denkbar. Verdeckung ebenfalls. Beziehung, nur welche? Zerstörungsmotiv oder Gruppendynamik? Jana stocherte im Nebel. Konnte sie Hinweise auf den Täter aus dem bisschen, was sie wusste, herauslesen? Kam auch eine Frau als Täterin infrage? Nein, nein, nein. So kam sie nicht weiter. Was jedoch nicht von der Hand zu weisen war: Zeitpunkt und Ort waren kein Zufall. Sie fuhr sich mit den Fingern mehrfach über die Stirn. Das Durcheinander bei der Zimmerbelegung stellte womöglich einen wichtigen Baustein dar. Wer verbarg sich hinter Herrn oder Frau Weidner von Zimmer 2? Und wer hatte das Zimmer 3 gebucht?

Jana konnte hier nicht einfach still rumsitzen und Däumchen drehen. Außerdem war längst Zeit fürs Frühstück. Sie ließ Usti schlafen und schlich aus dem Zimmer, das sie sorgfältig mit dem Ersatzschlüssel verschloss.

Die Tür am Hintereingang des Weinguts war nur angelehnt. Gleich beim Betreten des Gebäudes stieg ihr der Duft von frisch aufgebrühtem Kaffee in die Nase. Sie freute sich auf einen großen Milchkaffee und ein leckeres Frühstück und steuerte dem Kaffeegeruch nach zielsicher den Gastraum an. Doch sie kam nicht weit, denn von der Treppe zum ersten Stock drangen Stimmen, die verrieten, dass die Unterhaltung einen ernsten Inhalt hatte. Clemens war auch dabei, seine Stimme erkannte sie deutlich. Sie blieb in der Bewegung stehen und lauschte.

»So, Herr Bönisch. In die Zimmer Nummer zwei, drei und fünf kommen ab sofort nur noch meine Kollegen, und Zimmer eins ist ja ohnehin tabu.«

»Wieso denn auch die Zwei und die Drei?«, fragte Johannes Bönisch ernst.

»Lassen Sie das bitte unsere Sorge sein. Oder haben Sie berechtigte Einwände, warum wir das nicht tun sollten?«, sagte Clemens, seine Stimme kam immer näher.

Jana beeilte sich, zur Gaststube zu kommen, bevor er und seine Gesprächspartner die Eingangshalle erreicht hatten.

Der Gastraum war leer. Von den anderen Gästen fehlte jede Spur. Jana konnte sich nicht vorstellen, dass noch niemand Appetit auf ein Frühstück hatte. Vielleicht waren den anderen aber auch die Ereignisse der vergangenen Stunden auf den Magen geschlagen. Wer wusste überhaupt schon vom zweiten Mordopfer? Jana hatte noch die Klinke in der Hand, als die Tür von außen aufgedrückt wurde.

»Clemens, du?«

»Hier ist niemand außer dir?«, wunderte er sich. Hinter ihm in der Halle war seine blonde Kollegin zu sehen, die junge Frau, die Jana vorhin an der Brücke beobachtet hatte.

»Suchst du jemand Bestimmtes?«

Clemens machte ein vielsagendes Gesicht. »Bevor du vor Neugier zusammenbrichst«, sagte er mit einem Lächeln. »Wir untersuchen jetzt das Zimmer von Hering und die Zimmer mit den unsicheren Buchungen. Sonst wird das ja nie was.«

»Wisst ihr denn, wer in den beiden Zimmern wohnen sollte?«

»Ja«, antwortete Clemens knapp.

»Okay ... – Mal was anderes. Wie sieht es denn jetzt mit der Veranstaltung aus? Irgendeine Chance, dass die Gäste doch noch unsere ausgestellten Fotos und Kunstwerke sehen können?«

»Im Moment nicht, aber bis 11 Uhr ist ja noch ein wenig Zeit. Die Brücke haben wir jetzt komplett gesperrt und die Zufahrten auch bewacht.« Er räusperte sich.

»Heute Nacht war das nicht so, oder?«

»Nö«, antworte Clemens angesäuert.
»Du meinst, der Mörder ist noch im Ort?«
»Mörder?«
»Na, ihr geht doch nicht von zwei Unfällen aus.«
»Stimmt schon, wieso sollte ich dir etwas vormachen. Aber sonst erfährt das keiner, auch nicht, dass wir tatsächlich erste Anhaltspunkte dafür haben, dass der Mörder noch hier ist.«
»Hier im Ort oder hier im Weingut?«
»Jana, bitte!«
»Ihr geht von einem Täter aus?«, bohrte Jana unverdrossen weiter.
»Es ist zu früh, weitere Täter auszuschließen, aber ...«
Geräusche hinter der Tür zur Küche brachten die beiden zum Schweigen.
»Schau mal hier«, flüsterte er und zog ein kleines Papiertütchen aus seiner Jackentasche, das er gegen das Licht der Deckenlampe hielt.
»Ein Speicherstick?«
»Ja, den haben wir im Futter von Herings Jacke gefunden. Bin mal gespannt, was da drauf ist. Ich schau mir den gleich im Einsatzwagen an.«
In Janas Körper machte sich ein Kribbeln breit.
»Du wüsstest das zu gerne auch, richtig? Bislang konntest du dich noch zurückhalten, aber jetzt würdest du gerne mitermitteln, oder?«
Er konnte definitiv ihre Gedanken lesen. Während sie von einem Fuß auf den anderen trat, murmelte sie leise: »Ja, schon.«
»Halt die Füße still«, sagte er lachend, während er an ihr heruntersah.
Jana grinste und senkte den Blick.

»Pass auf dich auf. Ich bin jetzt weg. Mein Handy ist auf Empfang. Bis später.« Er drückte ihr einen sanften Kuss auf die Wange und verschwand in die Halle, die gerade mehrere in weiße Schutzanzüge gekleidete Kollegen von der blonden Polizistin angeführt durchschritten.

TAG 2 – 7.45 UHR

»Ich komme gleich!«, rief Marita Bönisch aus der Küche, nachdem hinter Clemens die Tür zugefallen war.

»Ja, danke«, sagte Jana und nahm an einem Tisch Platz. Sie wunderte sich, wo die anderen nur blieben. Wer außer ihr hatte überhaupt im Weingut übernachtet? Ihr fielen tatsächlich nur Katja und Benjamin ein. Kai-Uwe Radwahn war tot, ebenso Manfred Hering. Sie versuchte, sich gerade an den Namen zu erinnern, der im Zusammenhang mit den fehlerhaften Zimmerbuchungen gefallen war, als eine laut vor sich hin kichernde Katja den Raum betrat. Benjamin folgte ihr auf dem Fuße. Jana kapierte sofort, was Sache war. Die beiden mussten sich während der vergangenen Stunden nähergekommen sein.

»Können wir uns zu dir setzen?«, fragte Katja, die sich ein Grinsen kaum verkneifen konnte.

»Na sicher doch!«, antwortete Jana.

Benjamin ließ die beiden Frauen ohne ein erklärendes Wort stehen. Ob sie doch falsche Schlüsse gezogen hatte, grübelte Jana.

»Ist Marita Bönisch nicht da?«, fragte er, als er an der Theke angekommen war.

Neben Jana kicherte Katja unentwegt und zupfte schließlich ungeduldig an ihrem Ärmel.

»Na, dann sag schon, was mit dir ist«, sagte Jana. Ihre Stimme klang herablassender, als sie es eigentlich wollte.

Wieder kicherte Katja und schob eine Haarsträhne aus

dem Gesicht. Ihre Lockenpracht saß nicht mehr so akkurat wie am Abend zuvor. »Merkt man mir das an?«

»Ja schon, also, erzähl!«, sagte Jana, diesmal achtete sie besser auf ihren Tonfall. Sie hatte Mühe, das kindliche Spiel mitzuspielen.

»Ich war bis eben in Benjamins Zimmer«, flüsterte Katja, während sie die Haarsträhne, die sich nicht bändigen ließ, um ihren Zeigefinger wickelte. »... und wir haben ...«

»Oh, bitte verschone mich mit Details«, antwortete Jana, während sie Benjamin im Auge behielt.

Marita Bönisch ließ auf sich warten. Man hörte sie in der Küche mit einer anderen Frau sprechen, während die Kaffeemaschine Geräusche machte und auf dem Herd etwas zu brutzeln schien. Endlich schwang die Küchentür auf. Doch nicht Marita Bönisch, sondern eine gänzlich Unbekannte erschien im Gastraum. Mit ihren kurzen braunen Haaren und ihrem hochgewachsenen Körperbau wirkte sie überaus sportlich und war ein komplett anderer Typ als die Inhaberin des Weinguts.

»Frau Bönisch kommt gleich«, rief sie Benjamin im Vorbeigehen zu. Während dieser ihr nachstarrte, ging sie zielstrebig zu den einzigen Gästen im Raum. Nachdem Jana und Katja ihre Bestellungen aufgegeben hatten – einen großen Milchkaffee für Jana, einen Filterkaffee für Katja sowie ein kleines Frühstück für jede von ihnen –, verschwand sie wieder in der Küche.

»Ist er nicht schnuckelig?«, seufzte Katja. Dabei schaute dieser gerade ein weiteres Mal ungeniert der sportlichen Bedienung hinterher.

»Na ja«, antwortete Jana mehr oder weniger wahrheitsgemäß. Sie fand Benjamin zwar ganz nett, aber dass er Katja so behandelte, das gefiel ihr nicht. One-Night-

Stand hin oder her. Sie hoffte, dass Katja bald von selbst begriff, dass Benjamin nicht der Mann war, für den sie ihn zu halten schien. »Sag mal, will Benjamin gar nicht frühstücken?«, fragte sie, um keine weitere Erklärung abgeben zu müssen.

»Du duzt ihn?«, fragte Katja verwundert.

»Ja.«

»Seit wann?«

Wenn sie jetzt auch noch eifersüchtig auf Jana war, dann würde es bald zwischen ihr und ihrem Autor krachen. Jana lag es auf der Zunge, Katja zu warnen, die ganze Angelegenheit nicht zu ernst zu nehmen, da trat Benjamin an ihren Tisch. Dass er einen Stuhl heranzog und sich neben Jana setzte, konnte Katja nicht gefallen. Jana wagte es nicht, sie anzuschauen.

»Ladys, was gibt es zum Frühstück?«, fragte Benjamin unbekümmert.

»Das, was du dir bestellst«, antwortete Jana süffisant.

»Ich kümmer mich drum!« Katja stand auf, doch Jana hielt sie mit einem beherzten Griff zurück.

»Was ist?«, flüsterte Katja verunsichert.

»Setz dich wieder hin ...«, antwortete Jana.

»Hier ist die Karte«, sagte sie dann und schob die Speisekarte über den Tisch.

Während sich Katja auf den Stuhl fallen ließ, studierte Benjamin das Angebot.

»Wir haben das kleine Frühstück bestellt«, half ihm Katja auf die Sprünge.

»Hm, eigentlich habe ich gar keinen Hunger«, sagte Benjamin. Dann stand er wortlos auf und verschwand durch die Tür.

»Was war das jetzt?«, fragte Katja.

»Vielleicht waren wir ihm nicht devot genug.«

»Was? Devot, ach so. Vermutlich. Ich weiß auch nicht, was mit mir los ist. So bin ich doch eigentlich gar nicht. Vielleicht hängen mir die Ereignisse von heute Nacht noch nach. Danke, dass du mich auf den Boden zurückgeholt hast.«

»Bitte. Gut, dass du mir nicht böse bist, aber ich kann das ganz schlecht ertragen, wenn Frauen sich Männern …«

»So an den Hals werfen?«, vervollständigte Katja den Satz. »Ich auch nicht.«

Das Frühstück kam.

»Wissen Sie, wie es heute weitergeht?«, fragte Jana.

»Sie meinen den Tag der offenen Weinkeller, nicht wahr?«, antwortete die Bedienung. »Ja, wir müssen uns wohl noch ein wenig gedulden, bis wir Genaueres wissen. Sie beide sind Aussteller, oder?«

Jana und Katja berichteten, welchen Beitrag sie zur Veranstaltung beisteuerten.

»Wir sind uns gestern Abend gar nicht begegnet. Arbeiten Sie hier als Aushilfe?«, wollte Jana wissen, die diese bleierne Untätigkeit mittlerweile fast wahnsinnig machte.

»Nein, eigentlich nicht direkt. Ich bin Tanja Sager, ich gehöre zur Familie … im weitesten Sinne.«

Jana wurde hellhörig. In welcher Beziehung stand sie zu den Bönischs?

»Möchten Sie sich zu uns setzen?«, bot sie an, um vielleicht noch weitere Details zu erfahren.

»Ach, warum nicht. Wir haben unsere Vorbereitungen abgeschlossen, falls der Tag der offenen Weinkeller doch noch in Rech stattfinden kann.« Sie schaute bedrückt.

»Wäre schade um die ganze Arbeit«, sagte Jana.

»Und das alles nur, weil die Brücke die einzige Verbindung in den alten Ortskern ist.«

»Gibt es denn wirklich keinen anderen Weg?« Jana versuchte es noch einmal.

»Nein, keinen direkten und schon gar nicht einen, der mit dem Auto oder mit einem Bus zu befahren wäre.«

Katja beteiligte sich nicht an der Unterhaltung und widmete sich ohne einmal aufzublicken ihrem Frühstück, ganz so, als könnten Croissant und Spiegelei ihren Frust mildern.

»So was ist noch nie in Rech passiert. Und dann gleich zwei Tote in einer Nacht!«, seufzte Tanja Sager.

»Zwei Tote?« Katja ließ ihr Besteck fallen.

Jana nickte.

»Du wusstest das?«, fragte Katja verwundert. »Ach ja richtig, du kennst ja den Kommissar.«

»Sie kennen den Kommissar?«

Zwar konnte Jana Tanja Sager nach der kurzen Zeit noch nicht einschätzen, dennoch antwortete sie wahrheitsgemäß. Den Teil mit ihrer eigenen Polizeitätigkeit ließ sie allerdings aus.

»Wer ist denn der zweite Tote?«, fragte Katja irritiert.

»Keine Ahnung«, log Jana, was Katja ihr anscheinend nicht ganz abnahm. Obwohl sie Jana mit ihrem Blick fast durchbohrte, blieb diese standhaft und behielt die Identität des zweiten Toten für sich. Als ihr tatsächlich niemand antwortete, musterte Katja ihr Frühstück und schob den Teller von sich. Der Appetit schien ihr vergangen zu sein.

»Ehrlich, mir stinkt es schon etwas, dass wir hier nicht wegkommen. Meinen Zumba-Kurs heute Nachmittag in Ahrweiler kann ich wohl knicken«, bemerkte Tanja Sager.

»Oh, Sie machen Zumba?«, fragte Jana. Diese Art Sport war nichts für sie, ihr reichte schon der Polizeisport.

»Ja, seit Langem, und neuerdings gebe ich Kurse …«

Ihre Antwort hallte noch nach, als eine blonde Frau in der Tür erschien. Der Fahrradhelm in ihrer Hand passte so gar nicht zu den Designerklamotten. Der schwarze Blazer und die schwarze Lederröhre aus edlen Materialien waren perfekt aufeinander abgestimmt und ließen ihre Haare strahlen.

»Wo sind denn alle?« Sie zog aus einer ebenfalls schwarzen Designerumhängetasche einen Tablet-PC hervor.

»Wen suchen Sie denn?«, fragte Marita Bönisch, die hinter der Theke zu tun hatte. Jana hatte sie bislang nicht bemerkt. Hastig stand Tanja Sager auf und huschte an Marita Bönisch vorbei in die Küche.

»Na, den Kai-Uwe und die Aussteller«, antwortete währenddessen die blonde Frau.

»Sie meinen Herrn Radwahn, der ist …«, setzte Marita Bönisch an.

Es gelang Jana gerade noch rechtzeitig, Marita Bönisch auf sie aufmerksam zu machen. So konnte sie ihr mit einem entschiedenen Kopfschütteln klarmachen, dass hier nicht der passende Ort für eine Todesnachricht war.

»Äh«, sagte Marita Bönisch nur.

»Was denn?«, fragte die blonde Frau misstrauisch.

Jana musste sich ihrer annehmen. Eigentlich wollte sie die Todesnachricht nicht übermitteln, aber bevor sie es von jemandem erfuhr, der wenig Fingerspitzengefühl bewies, stand Jana von ihrem Frühstückstisch auf und bat die blonde Frau mit nach draußen.

»Entschuldigen Sie bitte, aber es ist etwas Schlimmes passiert. Haben Sie bitte einen Moment Geduld«, sagte

Jana und lud sie mit einer Handbewegung ein, sich auf das Ledersofa zu setzen. Dann zog sie ihr Handy hervor und rief Clemens an, der sie wissen ließ, auf dem Weg zum Weingut zu sein. Es dauerte nicht mehr lange, bis er bei ihnen war und sich der blonden Frau vorstellte, die langsam zu begreifen schien, dass etwas nicht in Ordnung war.

»Darf ich Sie fragen, wer Sie sind?«, fragte er freundlich, nachdem er sich vorgestellt und ausgewiesen hatte.

»Ich bin Bianca Weidner, Kai-Uwes Kollegin. Ich soll für unser Magazin über die heutige Veranstaltung eine Reportage schreiben.«

»Kennen Sie Herrn Radwahn näher?«

»Wieso wollen Sie das wissen? Ist etwas passiert? Es ist etwas passiert, oder?«

»Beantworten Sie mir bitte meine Frage«, bat Clemens höflich.

»Nun, ja, Kai-Uwe ist mein Freund.«

Das hatte Jana bereits vermutet.

»Weiß Herrn Radwahns Ehefrau von Ihrer Beziehung?«, fragte Clemens weiter.

»Nein, ich denke nicht. Aber sicher bin ich mir nicht.«

»Warum haben Sie heute Nacht nicht hier im Weingut übernachtet?«

»Woher wissen Sie …? Hat Kai-Uwe also doch ein Zimmer für mich reservieren lassen?«

»Ja, sieht so aus.«

»Oh. Ich hatte ihm aber gesagt, dass ich bei meiner Freundin in Mayschoß übernachte und morgens mit dem Rad herkomme.«

»Hatten Sie Streit, Herr Radwahn und Sie?«

»Nein, na ja, nur eine Meinungsverschiedenheit. Aber was ist denn …?«

Jana wusste, dass Clemens nicht länger die Todesnachricht zurückhalten konnte und legte fürsorglich den Arm um Bianca Weidners Schulter.

»Ich muss Ihnen leider mitteilen, dass Herr Radwahn heute Nacht verstorben ist.«

Zunächst ließ sich Bianca Weidner keine emotionale Regung anmerken. Doch Jana nahm in ihrem Körper ein leichtes Beben wahr.

»Deshalb die Polizeiwagen vor der Tür?«

»Nein, nicht nur …«, sagte Clemens. »Wie geht es Ihnen mit dieser Nachricht? Soll ich jemanden kommen lassen, einen Polizeipsychologen?«

Sie schüttelte nur den Kopf, doch Jana spürte, wie angespannt ihre Muskeln waren. Mit einem Kopfnicken gab Jana Clemens zu verstehen, dass sie anderer Meinung war.

»Ich würde Sie gerne gleich mit zu meiner Kollegin nehmen. Aber vorher habe ich noch eine Frage. Können Sie mir sagen, ob sich Herr Radwahn in der letzten Zeit irgendwie auffällig verhalten hat?«

Zunächst überlegte Bianca Weidner eine Weile, dann antwortete sie mit leiser Stimme. »Ja, schon, er wirkte seit einigen Tagen angespannter als sonst. Deshalb bekamen wir uns auch immer häufiger in die Wolle. Nichtigkeiten zumeist.«

»Aber er hat Ihnen gegenüber nicht gesagt, was ihn beschäftigt hat?«

Wieder überlegte sie. Als Jana schon nicht mehr mit einer Antwort rechnete, fügte sie hinzu: »Doch, er deutete vorgestern an, dass seine Reputation auf dem Spiel stehe.«

Jana und Clemens schauten einander erwartungsvoll an.

»Aber das war alles, er wechselte schnell das Thema, so als habe er schon zu viel gesagt.«

»Und Sie haben keine Ahnung, was er gemeint haben könnte?«

»Nein.«

Sie lauschte so aufmerksam den Worten von Radwahns Freundin, dass Jana den Ortsbürgermeister erst bemerkte, als sich hinter ihm die Eingangstür wieder geschlossen hatte. Er hielt ihr eine prall gefüllte Papiertüte entgegen. Es dauerte eine Weile, bis Jana begriff, was sie in dieser Tüte vorfinden würde.

»Ach, danke, das ist sicher das Hundefutter?«

»Ja, wir, also meine Frau und ich, hoffen, dass es Ihrem Hund bekommt.«

Sie öffnete die Tüte und schnupperte daran. »Ja, das riecht gut.«

»Kartoffel und Huhn«, antwortete Michael Hupp.

»Seid ihr jetzt fertig?«, fragte Clemens ungeduldig.

»Oh, Verzeihung. Aber wo ich Sie jrad treffe: Was ist denn nun mit der Brücke und der Veranstaltung?«, fragte Michael Hupp.

Man konnte Clemens ansehen, dass er mit dieser Frage zwar gerechnet hatte, aber das, was er gleich antworten würde, ihn selbst nicht zufriedenstellen würde. Und so war es auch. Er bat den Ortsbürgermeister erneut um ein wenig Geduld. Versprach ihm, alles in seiner Macht stehende zu unternehmen, damit die Veranstaltung wie geplant stattfinden konnte.

Nur zögernd gab sich Michael Hupp mit dieser Antwort zufrieden.

»Es ist aber auch wirklich mehr als ärgerlich, dass jleich zwei Tote zu beklagen sind, ein toter Weinkritiker ...«

Bianca Weidner zuckte merklich zusammen.

»... und dann noch dieser Herr Hering ...«

Jana verschlug es die Sprache. Wieso um alles in der Welt kannte der Ortsbürgermeister den Namen des Privatdetektivs? Dass Clemens den Namen nicht verraten hatte, war deutlich an seinem Gesichtsausdruck abzulesen. Mehr noch aber verwunderte Jana Bianca Weidners Gemütsregung. Irgendetwas ging in ihrem Kopf vor. Ihre Falten zwischen den Augen verrieten, dass sie intensiv nachdachte. Plötzlich erhellte sich ihr Ausdruck.

»Herr Hauptkommissar, könnte ich Sie einmal unter vier Augen sprechen. Ich habe den Namen, den der Herr gerade erwähnt hat, schon einmal gehört.«

TAG 2 – 8.15 UHR

Da stand sie nun in der Eingangshalle, nachdem Clemens mit Bianca Weidner verschwunden war, und überlegte, was es nur sein könnte, was Radwahns Freundin über Manfred Hering zu berichten wusste. Außerdem interessierte Jana, aus welcher Quelle Michael Hupp, der Ortsbürgermeister, den Namen des zweiten Toten erfahren hatte. War der Privatdetektiv den Leuten im Ort aufgefallen, hatte er möglicherweise jemanden befragt, der nichts mit den Vorgängen im Weingut zu tun hatte, und seine Anwesenheit war nur ein unglücklicher Zufall gewesen? Dann aber wäre sein Tod ein weiterer, viel zu unwahrscheinlicher Zufall. Außerdem bestand offensichtlich eine Verbindung zu Marita Bönisch, deren Aussage ihr gerade wieder in den Sinn kam.

Jana wollte gerade zurück an ihren Tisch gehen, um ihr Frühstück zu beenden, als ihr die Inhaberin des Weinguts an der Tür zur Gaststube entgegenkam. Sie hielt einige Rollen Toilettenpapier in Händen.

»Das ist echt was, oder?«, murmelte sie.

»Ja«, antwortete Jana in Gedanken.

»Der Detektiv ist tot. Der Hauptkommissar hat vorhin mit mir gesprochen. Dieser Detektiv, der …«

Jana nickte und hoffte, dass Marita Bönisch ihr vielleicht den wahren Grund seines Besuches mitteilen würde.

»Wenn er sich doch noch einmal gemeldet hätte, aber so …« Sie spielte mit dem Toilettenpapier und verstummte.

Jana ließ ihr Zeit, weiterzureden, Marita Bönisch schwieg jedoch. Dass er tatsächlich später noch einmal mit ihr hatte sprechen wollen, hatte Jana aus dem wenigen, was sie eben gesagt hatte, herausgehört. Worum ging es dabei bloß? Sie hätte zu gerne nachgebohrt, aber sie durfte Clemens nicht in die Quere kommen. Marita Bönisch steuerte derweil die Gästetoiletten an.

»Ihre Angestellte, Frau Sager …«

»Meine Angestellte ist sie nicht.« Marita Bönisch lächelte.

»Nicht?«

»Nein, sie arbeitet schon bei uns, das ist richtig. Aber sie gehört zur Familie, im weiteren Sinn …«

»Ja?«

»Sie ist die Freundin meines Schwagers. Aber was wollten Sie sagen?«

Das war eine Neuigkeit, die Jana ins Grübeln brachte, und so vergaß sie beinahe, was sie gerade anmerken wollte.

»Ach so, ja. Sie macht sich Sorgen, heute Nachmittag ihren Zumba-Kurs zu verpassen.«

»Ich wusste gar nicht, dass sie den trotz der Veranstaltung hier überhaupt geben wollte. Da muss ich noch ein Wörtchen mit ihr reden. Ihre Tochter kann schließlich nicht den ganzen Tag mithelfen, das ist zu anstrengend für das Mädchen.«

»Ihre Tochter?«

»Ja, Vanessa. Ich glaube, Sie haben sie gestern Nachmittag kennengelernt.«

Das freundliche Mädchen war also Tanja Sagers Tochter. Nicht die gemeinsame Tochter von ihr und Johannes Bönisch, so wie es sich anhörte. Sie konnte sich gar nicht vorstellen, dass er und diese sportliche Frau ein Paar waren. Aber warum eigentlich nicht?

Marita Bönisch hatte die Papierrollen mittlerweile in einer der Gästetoiletten abgelegt und gab Jana zu verstehen, dass sie noch viel zu erledigen hatte. Kaum war sie um die Ecke verschwunden, als Jana sie in einiger Entfernung laut schimpfen hörte.

»Was soll denn dieses Schmiererei?!«, fluchte Marita Bönisch.

Jana folgte der Stimme und entdeckte Marita Bönisch vor einer Zimmertür am Ende eines Korridors, der neben der Treppe zum ersten Stock abzweigte.

»Was ist passiert?«, fragte Jana besorgt.

»Schauen Sie sich das mal an!« Marita zeigte auf die Tür.

»Klammer auf, Stern, Klammer zu«, identifizierte Jana die Zeichen, die mit Kreide geschrieben waren. »Komisch ... Ist das dahinter Ihr privater Bereich?«

»Ja ...!« Wütend schob Marita Bönisch den Ärmel ihrer Bluse über ihre Hand und wollte gerade die Schriftzeichen wegwischen, als Jana nach ihrem Arm griff.

»Nicht! Nicht wegwischen, das müssen wir dokumentieren. Das hat bestimmt die Person geschrieben, die gestern die Botschaft auf das Weinfass gekritzelt hat.«

Marita Bönisch blickte Jana verblüfft an. »Meinen Sie? Aber was soll das?«

Jana erinnerte sich schwach daran, diese Zeichenkombination schon einmal gesehen zu haben, aber sie kam nicht drauf, wo oder in welchem Zusammenhang das war. Es musste während irgendeines Spezialseminars gewesen sein.

»Ich mache ein paar Fotos davon. Bitte lassen Sie das stehen.«

Da Marita Bönisch dem nichts entgegensetzte, zückte Jana ihr Handy und fotografierte die Zeichen und schickte die Bilder mit einer kurzen Erläuterung an Clemens weiter: »Gerade auf der Tür zu M. Bönischs Privaträumen entdeckt. Kreide. Weißt du, was das bedeutet?«

»Muss ich mir Sorgen machen?«, fragte Marita, die Jana nachdenklich beobachtet hatte.

»Ich hoffe nicht, aber die Polizei sollte davon Kenntnis haben. Vielleicht hat das ja etwas mit den verschwundenen Weinen zu tun«, versuchte Jana sie zu beruhigen. Längst war Jana zu der Überzeugung gekommen, dass alles mit allem zusammenhing. Eine Bemerkung, die vor wenigen Minuten Tanja Sager, die Freundin von Johannes Bönisch, gemacht hatte, brachte sie auf eine weitere Idee: »Können Sie mir bitte sagen, ob aus Ihrem Besitz zufällig ein Fahrrad verschwunden ist?«

»Nein, wieso?« Marita Bönisch schien mit der Frage nichts anfangen zu können. »Na ja, ich habe nicht drauf geachtet. In unserer Garage stehen immer einige Räder. Soll ich direkt mal nachschauen?«

»Nicht sofort, danke. Ich habe da nur eine Idee. Aber wenn Sie das nachher überprüfen könnten, wäre das toll.«

»Sie überlegen, wie jemand den Wein wegbringen könnte, wenn die Brücke gesperrt gewesen wäre?«

Jana nickte, obwohl das nicht der wahre Grund für ihre Frage war. Der Zeitpunkt passte nicht, denn die Flaschen waren einige Zeit vor dem Auffinden des toten Weinkritikers als gestohlen gemeldet worden. Außerdem stellte der Transport der Weinflaschen mit dem Fahrrad einen viel zu großen Aufwand dar. Schon allein um die Flaschen bruchsicher zu transportieren, hätte man viel zu viel herumhantieren müssen. Vom Zeitfaktor einmal abgesehen, denn alle Flaschen hätte man niemals mit einer einzigen Fahrt wegbringen können, es sei denn mit einem Anhänger. Weiter hatte man Reste von Weinetiketten an der Stelle gefunden, an der das Wohnmobil der Devrients gestanden hatte. Jana dachte an etwas ganz anderes, nämlich daran, wie man möglichst unbemerkt von einem Ort zum anderen kommen konnte, ohne über die Brücke fahren zu müssen. Sie nahm sich vor, bei einem ihrer nächsten Spaziergänge die Wegeführung genauer unter die Lupe zu nehmen und herauszufinden, wo sich weitere Fußgängerbrücken befanden. Die nächsten Orte waren das ahraufwärts gelegene Mayschoß und ahrabwärts Dernau. Aber der Erkenntnisgewinn daraus würde sich in Grenzen halten. Wichtiger war nach wie vor die Suche nach dem Motiv für die Taten. Immer wieder kam sie zu dem einen Punkt: Sie musste herausfinden, was den Privatdetektiv hierhergeführt hatte und was ihn in der Nacht so beunruhigt hatte.

Während sie nachdachte, waren Marita Bönisch und sie wieder im Gastraum angekommen. Marita Bönisch ging direkt in die Küche, Jana setzte sich zu Katja an den Frühstückstisch.

»Meine Güte, wo warst du so lange?«, wollte sie wissen.

Jana ging nicht auf ihre Frage ein, trank ihren inzwischen kalt gewordenen Milchkaffee und aß wortlos ihr Frühstück.

»Redest du nicht mehr mit mir?«, fragte Katja nach einer Weile vorwurfsvoll.

»Entschuldige, ich bin in Gedanken. Kommst du allein zurecht? Ich möchte jetzt nach meinem Hund schauen«, sagte Jana, nahm den Rest des Croissants in die Hand und wollte gehen, als Katja sie zurückrief.

»Du hast etwas vergessen.« Sie hielt ihr den Beutel mit dem Hundefutter entgegen.

»Oh, danke, wir sehen uns später, ja?«, entgegnete Jana und verließ die Gaststube.

TAG 2 – 8.45 UHR

Tatsächlich war dem Terrier seine schlechte Laune anzumerken, als Jana wenig später ins Zimmer kam. Kaum hatte Usti allerdings das Rascheln der Futtertüte vernommen, war alle Übellaunigkeit wie weggeblasen. Da Jana Ustis empfindlichen Magen kannte, warf sie zunächst nur eine Handvoll Futterbröckchen in den Napf, die sie mit ein wenig Wasser übergoss. Nachdem Usti eine Sekunde am unbekannten Inhalt geschnuppert hatte, befand er das neue Futter für gut und fraß es genüsslich. Währenddessen blickte Jana nachdenklich aus dem Fenster und sah im Hof Clemens, der sogleich im Nebengebäude verschwand. Bald darauf klopfte es einmal an der Tür, die fast gleichzeitig aufschwang.

»Hallo, Jana.«

»Hallo, Clemens. Sag mal, wie siehst du denn aus?«

»Das passiert, wenn man schnell mal einen Kaffee trinken möchte.«

Sein ganzes Hemd war über und über mit Kaffeeflecken besprenkelt.

»Ich muss mich rasch umziehen.« Er hielt ein sauberes Hemd in die Höhe. »Es geht doch nichts über Wechselwäsche im Auto.«

Jana musste grinsen.

Er zog sich vor ihren Augen aus und begegnete ihrem Blick im Spiegel. »Du lachst? Du meinst, ich sollte mal duschen?«

»Nein, ganz und gar nicht. Das ist wirklich nicht das, was ich gerade denke.« Sie lächelte vielsagend und er schien zu verstehen, was ihr durch den Kopf ging. Tatsächlich fiel es Jana schwer, sich bei seinem Anblick zusammenzureißen. Clemens war gut gebaut, seine Bauchmuskeln traten hervor und zu einem gut definierten Sixpack fehlte nicht mehr viel. Nur einmal anfassen, schoss es ihr durch den Kopf. Aber Clemens hatte mittlerweile das frische Hemd übergestreift und war damit beschäftigt, die Knöpfe zu schließen.

»Schade!«, entglitt ihr ein Seufzer.

»Komm mal her!« Clemens drückte sie an sich. »Es geht mir doch nicht anders, aber …«, flüsterte er ihr ins Ohr.

Einfach so für eine kleine Ewigkeit stehen zu bleiben, die Zeit anzuhalten, seinen Atem zu spüren und seinen wohlgeformten Körper, das wäre jetzt das größte Glück. Jana merkte, wie viel Überwindung es ihn kostete, sie sanft, aber doch bestimmt von sich wegzuschieben. Überfordert von der Situation ließ sie sich aufs Bett fallen und schaute Clemens dabei zu, wie er sein Hemd richtete und nach seiner Jacke griff.

»Du?«

»Ja?«

»Was ist denn nun mit der Veranstaltung? Wird das noch was?«

»Ich denke schon, ich werde später alle zusammenrufen, die bei der Veranstaltung involviert sind.«

»Du?«

»Was denn noch?« Er lachte.

»Habt ihr mal in Erwägung gezogen, dass man mit dem Rad von Mayschoß oder Dernau nach Rech oder auch in umgekehrter Richtung fahren kann, ohne die Nepomukbrücke benutzen zu müssen?«

»Ja, haben wir. Aber wenn, dann wäre das erst nach der Tötung von Radwahn notwendig gewesen.«

»Ja, na ja, nicht unbedingt. Und was ist mit dem Wohnmobil? Wann wurde das weggeschafft? Doch vorher, oder? Oder wurde Radwahn damit sogar angefahren?«

»Nein, ein Verkehrsunfall scheidet aus. Und nein, ein Wohnmobil war nicht beteiligt.«

»Moment, du sprachst eben von Tötung?«

»Ja, vermutlich schwere Körperverletzung mit Todesfolge.«

»Und bei Hering?«

»Jana! Hm – gut, da ist die Sachlage anders. Er wurde vermutlich hinterrücks mit einem Draht oder einem ähnlichen Werkzeug stranguliert. Die Obduktion steht noch aus, warten wir also ab.«

Jana hatte die Male an Herings Hals selbst gesehen.

»Hm. Geht ihr von zwei verschiedenen Tätern aus?«, wollte sie weiter wissen.

»Noch ist alles denkbar.«

»Und was ist mit dem Wohnmobil und dem Diebstahl der Weinflaschen?«

Clemens gab sich ahnungslos, doch Jana ahnte, dass er ihr nicht mehr sagen wollte. Blitzschnell hauchte er ihr einen Kuss auf die Stirn.

»Ich muss jetzt echt wieder zu meinen Leuten …«

»Eins noch, bitte …« Sie schaute ihm eindringlich in seine grün-braunen Augen. »Welche Rolle spielen die Devrients bei dem Ganzen?«

Clemens zögerte, griff nach der Türklinke. »Schwierig zu sagen. Ich bin mir sicher, dass sie uns nicht alles gesagt haben, was sie wissen, aber es ist ihr gutes Recht, sich nicht selbst zu belasten.«

»Jetzt machst du mich aber neugierig.«

Er ließ die Türklinke wieder los. »Sie geben an, sie hätten sich am gestrigen Abend mit Radwahn auf eine finanzielle Entschädigung geeinigt und wollten deshalb von einer Anzeige absehen.«

»Hm, und du meinst, dass das nur ein Teil der Wahrheit ist?«

»Ja.«

»Wann haben sie sich denn geeinigt? Etwa zu der Zeit, als ich mit Katja und Alexandra im Probenraum war?«

»Könnte hinhauen …«

»Ich weiß, du darfst mir nicht mehr sagen. Aber …«

»Jana, du bist echt schlimm.« Er küsste sie auf den Mund und verschwand, bevor sie ihn mit weiteren Fragen löchern konnte.

TAG 2 – 9 UHR

Und nun? Das war doch zum Verrückt-Werden. Jetzt saß sie hier und konnte nichts tun, außer abzuwarten, wie es weitergehen sollte. Würde sie nicht dieses kriminalistische Kribbeln verspüren, hätte sie vermutlich schon längst ihre Sachen gepackt, wäre zum Bahnhof gegangen und nach Hause gefahren. Ihre Bilder hätte sie an einem anderen Tag abgeholt. Irgendwie wäre sie schon auf die andere Seite der Ahr gelangt, sie hätte einfach Frau Bönisch nach der nächstgelegenen Fußgängerbrücke gefragt oder wäre zu Fuß durchs Flussbett gelaufen. Der Wasserstand schien nicht sehr hoch zu sein und in der Mitte des Flusses hatte sich eine Insel gebildet. Da sie ohnehin vorgehabt hatte, die verschiedenen Fluchtmöglichkeiten auszukundschaften, hielt sie jetzt nichts mehr drinnen, und Usti hatte gegen einen kleinen Morgenspaziergang sowieso nichts einzuwenden. Voller Tatendrang rannte Jana mit ihm die Treppenstufen hinab. Als sie vor der Tür stand und die milde Morgenluft einatmete, seufzte sie, denn sie hatte etwas begriffen: Sie war verliebt. Das kriminalistische Kribbeln war also keines – oder doch? Jedenfalls hatte sie sich seit Jahren nicht mehr so glücklich gefühlt wie in diesem Moment.

Um dem Moment seine Leichtigkeit zu lassen, dachte sie nicht weiter über ihre Gefühlslage nach und spazierte gut gelaunt mit Usti zur steinernen Nepomukbrücke, die immer noch abgesperrt war und nun zusätzlich bewacht wurde. Dann schlug sie den Weg unterhalb des kleinen Platzes ein, bis sie zu einem Rasenplatz gelangte, auf dem zahlreiche Wohnmobile standen. Ob dort das vermisste Wohnmobil abgestellt worden war? Sie konnte sich nicht vorstellen, dass Clemens und seine Kollegen das nicht bereits überprüft hatten. Es wäre ja ein Witz, wenn Herr Devrient so angetrunken, wie er in der Nacht gewesen war, lediglich den Parkplatz verwechselt hätte. Hier jedenfalls ging es nicht weiter. Bevor sie umkehrte, wollte sie aber noch etwas erledigen. Da sie nicht erkennen konnte, ob sich in den Wohnmobilen Leute aufhielten, deren Aufmerksamkeit sie nicht unnötig erregen wollte, tat sie so, als würde sie eine Nachricht auf ihrem Handy schreiben. Stattdessen fotografierte sie unauffällig die Nummernschilder.

Die Sonne schien wärmend auf ihren Rücken. Um herauszubekommen, wo der Weg in den nächsten Ort entlangführte, folgte sie zunächst einer asphaltierten Straße vorbei an einem Acker in Richtung Wald und wandte sich dann nach rechts. Hinter einer Hecke am Fuße des Hanges lugten Grabsteine und ein großes Kreuz hervor. Sie hatte den Friedhof des Ortes ausfindig gemacht. Dahinter knickte die Straße nach links ab. In einiger Entfernung sah sie auf einem Baum das Zeichen des Ahrtalweges. Nachdem sie einige Zeit gewandert war und dabei dem Felsen, auf dem die Ruine der Saffenburg thronte, immer näher kam, entschloss sie sich umzukehren. Einschließlich des Rückweges wäre sie zu lange weg und sie wollte es nicht verpassen, wenn Clemens die Entscheidung bekannt gab, ob die Veranstaltung – wie ursprünglich geplant – doch noch um 11 Uhr beginnen konnte. Wenn ja, musste sie sich vorher frisch machen und umziehen. Da Usti kaum etwas im Magen hatte und immer noch auf die volle Frühstücksration wartete, schien ihm ein kürzerer Spaziergang nichts auszumachen, nur zu bereitwillig machte er die Kehrtwende mit. Als sie den Friedhof fast erreicht hatte, sah sie eine kräftige Frau, die ihr bekannt vorkam. Die Frau verließ den Friedhof am bergseitigen Eingang und schlug den Weg Richtung Ortsmitte ein. Kein Zweifel, das war doch – Marita Bönisch! Wessen Grab hatte sie dort besucht? Die Neugier trieb Jana an und so betrat sie den Friedhof. Als sie an den Gräbern entlangschlenderte und die Namen auf den Grabsteinen las, musste sie feststellen, dass sie manche Familiennamen bereits des Öfteren im Ahrtal gehört hatte. Auf einem Grab, das gerade geharkt worden sein musste, stand eine Vase mit einem frischen Biedermeiersträußchen, das dem ähnelte, das sie bei ihrer Ankunft im Zimmer vorgefunden hatte.

Die Inschrift auf dem Grabstein ließ keinen Zweifel daran, wer hier begraben lag:
»Fred Zerres
1922–1993«.

Und neben dem Namen und den Lebensdaten des ehemaligen Weingutsbesitzers waren die seiner Frau zu lesen:
»Mina Zerres
1925–1978«.

Hier, nur wenige Meter von seinem Weingut entfernt, ruhte der Gründer des Weinguts Zerres mit seiner Jahre vor ihm verstorbenen Frau. Jana war gerührt über Marita Bönischs Geste, denn wer, wenn nicht sie, hatte die Blumen hierher gestellt? Der Brief, den Jana unter der Schreibunterlage gefunden hatte, fiel ihr wieder ein. Ein Verdacht keimte in ihr auf …

TAG 2 – 10.15 UHR

Sie hatte fast jede Stelle im Zimmer überprüft, zunächst mehrfach die Schreibunterlage hochgehoben, dann auf dem Boden nachgeschaut, unter dem Bett, in der Hoffnung, dass er heruntergefallen war, aber der Brief aus dem Jahr 1958 war weg. Jemand hatte während ihrer Abwesenheit das Zimmer aufgesucht und den Brief an sich genommen. Gelegenheiten dazu hatte es reichlich gegeben, und nicht jedes Mal, wenn sie aus dem Zimmer gegangen war, hatte sie Usti zurückgelassen, nicht immer hatte sie abgeschlossen, wie sie sich zähneknirschend eingestehen musste. Sie versuchte zu rekapitulieren, wann genau sie den Brief entdeckt hatte. Sie erinnerte sich, dass es kurz nachdem Marita Bönisch ihr den Zweitschlüssel ausgehändigt hatte, gewesen sein musste. Das bedeutete allerdings, dass sich jemand mit einem weiteren Schlüssel Zugang verschafft haben musste, wenn sie denn abgeschlossen hatte. Sie kontrollierte die Türzarge, aber daran befanden sich keine Spuren, die auf ein gewaltsames Öffnen der Tür hinwiesen. Sie verschloss das Zimmer von außen und versuchte, ihre Kreditkarte dazwischenzuschieben. Nein, das ging nicht. Also hatte der- oder diejenige einen Schlüssel … oder eben auch nicht.

Ob der Brief das eigentliche Ziel war oder ob dieser der Person lediglich beim Suchen nach etwas anderem in die Hände gefallen war? Was aber wollte die Person dann im Zimmer? Und was mit dem Brief? Jana wusste mal wieder nicht weiter. Jemand hatte vor geraumer Zeit den Brief unter der Schreibunterlage absichtlich deponiert oder vergessen. Wer aber wusste von dem Brief und hatte ein ausgeprägtes Interesse daran, ihn an sich zu nehmen, während Jana und Clemens dort nächtigten, dass er heimlich in das Zimmer eindrang? Und was verbarg der Brief, das sie noch nicht mit den letzten Ereignissen in Bezug setzen konnte? Jana überlegte. Wie hieß die junge Frau, die offensichtlich Fred Zerres' Geliebte war und ein Kind von ihm erwartete? Josephine! Josephine war die Mutter von …? Ja, von wem? Fred Zerres jedenfalls war der Vater, der zu dieser Zeit als treu sorgender Ehemann mit seiner Frau Mina das Weingut betrieb.

Halt, jetzt fiel es ihr wieder ein, was dieses Zeichen an Marita Bönischs Tür bedeutete. »Klammer auf, Stern, Klammer zu!« Sie vergewisserte sich noch einmal im Internet unter dem Stichwort »Familienforschung«, ob ihre Erinnerung sie nicht trog. Tatsächlich fand sie ihr Wissen bestätigt: Das war das Zeichen für eine uneheliche Geburt.

Konnte Marita Bönisch diese Tochter sein? Das Alter, überlegte Jana, würde passen. Sie schätzte Marita auf Ende 50. Wenn sie zurückrechnete, wäre 1959 das Geburtsjahr. Das Zeichen als eine Drohung, eine Warnung, ein Schandmal? Heutzutage bewertete man diesen Sachverhalt allerdings anders als vor einigen Jahrzehnten. Ob Marita die Bedeutung dieses Zeichens überhaupt geläufig war? Hatte sie sich wirklich nur über die Kritzelei als solche echauffiert oder doch über die dahintersteckende Aussage? Hatte sie es deshalb so eilig gehabt, alles wegzuwischen? Wer aber wollte ihr damit eine Botschaft überbringen und warum?

Verrannte sich Jana jetzt in etwas? Sie wusste doch nicht einmal, ob Josephine wirklich eine Tochter zur Welt gebracht hatte. Vielleicht hatten Fred und sie zusammen einen Sohn und dieser Sohn war Marita Bönischs Mann gewesen. Jana wusste kaum etwas über Marita Bönisch, um weiter spekulieren zu können. Ob der Detektiv das Zeichen gekritzelt hatte, um im wahrsten Sinne ein Zeichen zu setzen, dass er über die familiären Verhältnisse im Bilde war? Aber was hätte er damit erreichen wollen? Kam das überhaupt zeitlich hin oder war er da bereits tot? Das war alles so verworren. Ob Clemens mehr über die Familiengeschichte der Familie Zerres wusste? Hatten er und seine Kollegen sich überhaupt damit beschäftigt? Jana hatte schon ihr Handy gezückt, um ihn anzurufen, als sie innehielt. Nein, das konnte sie nicht wagen, ihn bei der Arbeit zu stören, wenn es nicht etwas wirklich Wichtiges betraf. Und sie wollte keinesfalls den Eindruck erwecken, dass sie sich wieder einmischte. Manchmal war es besser, Dinge ruhen zu lassen.

Draußen im Hof tat sich plötzlich etwas. Sie trat ans Fenster und bemerkte, dass das große Tor zum Weinkeller offen stand. Leute liefen über den Hof, sie konnte Tanja Sager, Johannes Bönischs Freundin, erkennen, die einen Werbeaufsteller in Richtung Parkplatz trug. Fand etwa der Tag der offenen Weinkeller nun doch statt? Sie kontrollierte eilig ihr Make-up, richtete ihre Haare und zog den Blazer über ihr Shirt. Ja, so konnte sie sich sehen lassen. In dem Moment klopfte es an der Tür und Clemens trat ein.

»Ich will nur schnell meine Sachen holen. Gleich haben wir eine große Lagebesprechung. Vorher möchte ich aber noch einmal alle, die am Tag der offenen Weinkeller mitwirken, in der Gaststube zusammenrufen. Kommst du mit?«

Eilig sammelte er alles, was ihm gehörte, zusammen. Jana beobachtete ihn schweigend.

»Ach ja, die Veranstaltung kann stattfinden.« Er blickte auf. Dann hielt er inne.

»Du guckst schon wieder so vielsagend, Jana. Sag jetzt nicht, dass du dir schon wieder einen Reim auf alles gemacht hast. Halt, ich kann mir deine Antwort denken. Also, was liegt dir auf der Seele?«

»Ich weiß, du hast nicht viel Zeit, aber klar, ich habe mir meine Gedanken gemacht. Hast du das Foto gesehen, das ich dir geschickt habe? Das mit den Zeichen auf Marita Bönischs Tür?«

Clemens nickte.

»Ich weiß jetzt, was die bedeuten«, sagte Jana weiter. »Uneheliche Geburt!«

»Oh, das ist interessant. Stimmt, vor langer Zeit habe ich das mal gelesen … Moment, das schreibe ich mir auf.« Er zückte sein Notizheft. »Weiter?«

»Weiter?«, Jana lachte. »Also gut, ich versuche meine Gedanken schnell zu rekapitulieren.«

Sie versuchte, sich zu konzentrieren, was ihr angesichts Clemens' Lächeln ziemlich schwerfiel.

»Marita Bönisch könnte die Tochter des früheren Inhabers, Fred Zerres, sein. Und zwar die …«

»… uneheliche?«

»Ja.«

»Das werde ich überprüfen lassen, wenn nicht einer der Kollegen diesbezüglich zwischenzeitlich etwas herausgefunden hat.«

»Habt ihr denn schon Hinweise auf Mordmotive?«

»Na ja, alles sehr vage. Einerseits ist da diese Betrugsgeschichte mit umetikettierten Billigweinen …«

»Ach, darum ging es?«, fragte Jana.

»Jep. Radwahn war nicht der Einzige, der mit so was Geld gemacht und Anleger geprellt hat. Das nimmt echt überhand.«

»Aber wie verhält es sich mit einem Motiv für die Ermordung von Manfred Hering? Detektive finden ja häufig Dinge heraus, die kompromittierend sein können. Ob er etwas mit den Kreidenachrichten zu tun hat?«

»Jedenfalls fanden sich auf seinem Stick eine Menge Dateien, die allerdings passwortgesichert sind. Dafür war er in der Benennung der Ordner nicht gerade übervorsichtig …«

»Bekannte Namen dabei?«

»Woher weißt du, dass es sich um Namen handelt?«

»Nur geraten, Clemens …«

»Ja, sind es … Sonst noch was?«

»Ja, da gibt es noch einen Wohnmobilparkplatz direkt am Ahrufer.«

»Wissen wir. Die, die dort standen, haben wir alle befragt.«

»Okay.«

»Alles?«

»Mir fällt nichts mehr ein, aber da war noch was …«

»Wir sollten jetzt gehen. Ich habe alle für 10.45 Uhr bestellt.« Clemens wirkte plötzlich angespannt. »Nu komm schon mit!«

Jana packte ihren Rucksack und gemeinsam mit Usti verließen sie das Zimmer. Auf der Treppe nach unten fiel ihr dann wieder ein, was sie mit Clemens noch besprechen wollte: das Verschwinden des Briefes. Doch zwischen Tür und Angel konnte sie ihm die Zusammenhänge kaum erklären. So nahm sie sich vor, das bald in einer ruhigeren Minute nachzuholen.

TAG 2 – 10.45 UHR

Alle Teilnehmer des Tages der offenen Weinkeller hatten sich in der Gaststube eingefunden: Marita Bönisch, Johannes Bönisch und Tanja Sager, Bianca Weidner, die Freundin von Kai-Uwe Radwahn, Katja und Benjamin sowie ein älterer Herr, vielleicht der Bildhauer, von dem am gestrigen Abend kurz die Rede war. Als Jana diesen musterte, fand sie ihre Vorstellungen von einem Bildhauer exakt getroffen: kräftige Hände, markantes Gesicht, wache Augen. Nur Alexandra fehlte und natürlich das Ehepaar Devrient, aber die hatten mit der heutigen Veranstaltung nichts zu tun.

»Danke, dass Sie sich hier eingefunden haben«, begann Clemens seine Ansprache. »Wir haben alles in die Wege geleitet, damit der Tag der offenen Weinkeller heute stattfinden kann. Die Brücke ist ab sofort wieder befahrbar. Sollten Sie in den vergangenen Stunden Beobachtungen gemacht haben, von denen Sie uns bisher noch nicht berichtet haben, so möchten wir Sie bitten, uns zu kontaktieren. Unsere Kontaktdaten haben Sie. Ich kann Ihnen versichern, dass wir mit Hochdruck an der Aufklärung der beiden Todesfälle arbeiten. Vielen Dank.«

Jana hatte während der Ansprache versucht, in jedem der Gesichter eine Regung abzulesen, die ihr mehr verraten würde. Aber keiner tat ihr den Gefallen, seine Befindlichkeiten offen zur Schau zu stellen. Lediglich Bianca Weidner wirkte sehr angespannt, was jedoch kein Wunder war.

Immerhin lebte ihr Freund nicht mehr. Die Anwesenden zerstreuten sich und für Jana wurde es höchste Zeit, im Probenraum nach ihren Fotos zu sehen, bevor die ersten Gäste eintrafen. Doch Usti ließ sich nicht dazu bewegen, mit ihr zu gehen. Immer wieder versuchte er, an einen der Tische zu gelangen, indem er seine ganze Kraft aufbrachte, um den Widerstand der gespannten Leine zu überwinden. Jana fluchte, da ihr langsam der Arm zu schmerzen begann. Clemens unterhielt sich derweil mit dem Mann, den Jana als den Bildhauer identifiziert hatte.

»Herr Lobmüller«, hörte sie Clemens sagen. »Würden Sie bitte heute noch Ihre Aussage in der Polizeidienststelle in Ahrweiler zu Protokoll geben? Das wäre es dann aber auch schon. Vielen Dank.«

Die beiden verabschiedeten sich förmlich und Herr Lobmüller verließ mit ausholenden Schritten den Raum. Mit einem Handzeichen machte sich Jana bemerkbar und Clemens reagierte sofort.

»Jana? Was ist?«

Sie schaute sich um, ob sich jemand in Hörweite befand. »Ist dir nicht aufgefallen, dass jemand fehlte während deiner Ansprache?«

»Wer denn?«

»Das Mädchen, Vanessa Sager.«

Usti begann, unruhig zu werden.

»So?«, grinste Clemens.

»Du weißt es schon, oder?«

Er nickte. »Tanja Sagers Tochter, und Tanja Sager ist Johannes Bönischs Freundin.«

Wieder nickte Clemens. »Was ist denn mit Usti los?«,

»Er hat sich an dem Tisch hier regelrecht festgeschnuppert.«

Urplötzlich zog Usti zum Ausgang. Mit einem entschuldigenden Lachen verließ Jana die Gaststube und folgte ihrem Hund. Sie war noch nicht weit gekommen, als Clemens sie zurückrief.

»Warte mal, ich habe noch eine Frage.«

»Ja?«

»Ist dir heute in der zweiten Nachthälfte jemand aufgefallen, der feuchte oder schmutzige Schuhe trug?«

»Nein.« Zwar hatte Jana nicht bewusst auf das Schuhwerk der anderen geachtet, aber das wäre ihr sicherlich aufgefallen.

»Okay, danke. Wir hören voneinander!«

In diesem Augenblick betrat Alexandra Güsgen die Halle.

»Hallo, Herr Kommissar. Sie haben mich gesucht?«

»Das kann man wohl sagen.«

Jana ließ die beiden allein, blieb jedoch an der Kellertreppe stehen, um vielleicht doch noch den einen oder anderen Gesprächsfetzen aufzuschnappen. Tatsächlich bekam sie mit, dass Alexandra nicht zu Hause übernachtet hatte. Außerdem hatte sie beim Wegfahren aus Rech im Rückspiegel ein Wohnmobil beobachtet, das ihr einige Zeit gefolgt und irgendwann aus ihrem Sichtfeld verschwunden war. Jana dachte über Alexandras Beobachtung nach, als sie die Treppe hinunterrannte. Oben in der Eingangshalle kamen gerade die ersten Gäste der Veranstaltung an, ihre aufgeregten Stimmen summten durch das Weingut.

Als sie den Probenraum erreicht hatte, staunte sie. Vor ihren Fotos hatte sich Benjamin Frost positioniert. Auf dem Probiertisch lagen mehrere Stapel seiner Bücher, die Weinflaschen und Probiergläser wie Randerscheinungen aussehen ließen. Während er Jana beiläufig grüßte, indem er mit den Fingern der rechten Hand gegen seine Hutkrempe tippte, stellte er sich in Position und blickte den Gästen erwartungsvoll entgegen. Die ganze Inszenierung kam Jana sehr gestellt vor, so als ob er den Krimiautor nur spielte. Sie machte gute Miene zum egozentrischen Spiel und nahm sich vor, die ganze Szenerie zu beobachten. Was sollte sie sich einmischen? Usti begann, Benjamins Hose zu beschnuppern und hörte erst damit auf, als Benjamins Füße zu zucken begannen, so als wolle er lästige Fliegen verscheuchen. Doch Usti ließ sich nicht so leicht abwimmeln.

»Tu doch mal deinen Hund weg!«, zischte Benjamin. Im selben Atemzug begrüßte er übertrieben höflich die gerade eintreffenden Gäste.

Johannes Bönisch tauchte hinter den Gästen auf. Sein Blick verriet, dass Benjamins Auftritt nicht mit ihm abgesprochen war. Eilig nahm er ihn zur Seite.

»Wir hatten doch abgesprochen, dass Sie erst nach der Weinprobe hier erscheinen. Sie sehen doch, dass hier nicht genügend Platz ist«, sagte er, worauf Benjamin nur mit den Schultern zuckte und lächelnd Platz machte.

Die Weinprobe begann, der Ablauf ähnelte dem am Vorabend, als sie alle zusammengesessen hatten. Jana hatte keine Lust, die ganze Zeit dabeizubleiben und verließ den Probenraum.

TAG 2 – 11.15 UHR

Immer mehr Leute strömten in die Eingangshalle. Marita Bönisch und Tanja Sager erwarteten mit Wein und Fingerfood die gut gelaunten Gäste, die offensichtlich nichts von den tragischen Ereignissen der vergangenen Nacht erfahren hatten.

»Bitte warten Sie. Die erste Gruppe muss erst den Probenraum verlassen, sonst wird es zu eng«, wiederholten beide ein ums andere Mal.

Da es für Jana hier nichts zu tun gab und alle anderen beschäftigt waren, beschloss sie, einen Erkundungsgang durch das Weingut zu machen. Niemandem würde jetzt auffallen, wenn sie sich intensiver umschaute, als es sich für einen normalen Gast gehörte. Eine Kordel versehen mit einem Schild und dem Aufdruck »Nur für Hausgäste« versperrte ihr den Aufgang zu den Gästezimmern. Da sie ein Gast des Hauses war, öffnete sie den Haken an einer Seite, schlüpfte gemeinsam mit Usti hindurch, schloss den Karabiner wieder und schlich hinauf in die erste Etage. An einigen Zimmertüren klebte ein polizeiliches Sigel. Sie lauschte an jeder Zimmertür, die keines trug. Auch wenn das Gemurmel, das von der Eingangshalle bis hierher drang, möglicherweise Geräusche aus dem Innern der Zimmer übertönte, so schien es doch, als wäre sie allein hier. Was hoffte sie zu finden? Sie sah sich unentschlossen um und wollte gerade wieder nach unten gehen, als ihr eine Unregelmäßigkeit an einer der Wände ins Auge fiel. Hinter einer halbhohen Kommode am Ende des Flurs zeichneten sich hinter einer Tapete die Umrisse einer Tür ab. Sie vergewisserte sich, dass ihr wirklich niemand gefolgt war. Nun begann auch Usti etwas zu wittern. Er senkte seine Nase und lief schnüffelnd über das Laminat bis zur Kommode. Sein Verhalten war Zeichen genug. Jana rückte die Kommode zur Seite, was leichter ging, als sie erwartet hatte. Unübersehbar befand sich dahinter eine Tür. Sogar eine Klinke war vorhanden. Vorsichtig drückte Jana diese herunter. Es war nicht abgeschlossen. Die Tür ging nach innen auf. Jana wollte eigentlich nur ihren Kopf hindurchstecken, aber Usti drängelte sich an ihr vorbei und war bald in der dunklen Kammer verschwunden. Kein Tageslicht drang hierher und es roch muffig. Noch hatte sich Jana nicht an die Dunkelheit gewöhnt. Schritt für Schritt ging sie mit ausgestreckten Armen vorwärts, um nirgends dagegenzustoßen, als sie etwas Metallisches zu fassen bekam. Sie schreckte kurz zurück. Dann tastete sie noch einmal danach und stellte fest, dass sie einen Knauf berührte. Sie drehte daran und stand plötzlich in einem weiteren Flur. Ihrem Flur! Vorne links war ihr Zimmer. Sie war auf eine Verbindungstür zwischen dem Haupthaus und dem Nebengebäude gestoßen. Jemand, der sich hier auskannte, konnte also unbemerkt nicht nur zwischen den beiden Gebäuden hin und her laufen. Er konnte sogar unbemerkt nach draußen gelangen, sofern die Tür unten im Nebengebäude nicht abgeschlossen war. Es gab also jemanden, der sich sehr gut in diesem Weingut auskannte. Er oder sie ...

Obwohl sie momentan noch nicht verstand, was sie mit dieser Information anfangen sollte, wusste sie, dass sie damit den Schlüssel für einige wichtige Fragen in Händen hielt. Es wurde Zeit, dass sie die einzelnen ihr bislang bekannten Bausteine dieses Puzzlespiels zusammentrug und zu einem Ganzen zusammenfügte. Das musste sie schriftlich machen. Nur dann würden sich ihr die wahren Zusammenhänge erschließen – so hoffte sie.

Leise schloss sie die Tür zum Nebengebäude, horchte mit angehaltenem Atem, drehte sich um und wollte gerade wieder in den Flur zurückschlüpfen, als Usti abrupt stehen blieb und an etwas schnüffelte. Sie zog ihn weiter, denn ihr behagte die Vorstellung nicht, dass man sie hier entdeckte. Nachdem sie die Tür zugezogen hatte, rückte sie die Kommode wieder an ihre ursprüngliche Position. Glücklicherweise war ihr Ausflug unbemerkt geblieben. Ein leises Schmatzen erregte ihre Aufmerksamkeit. Usti kaute an etwas herum, das er offensichtlich aus der Kammer mitgebracht hatte. Sie bückte sich zu ihm hinunter. Als sie genauer hinschaute, erkannte sie eine alte Wollsocke zwischen seinen Zähnen. Als sie diese anfasste, um sie Usti abzunehmen, verzog Jana unwillkürlich das Gesicht. Der Stoff fühlte sich kalt und feucht an, zu feucht, als dass Usti allein ihn mit seinem Speichel so durchnässt haben konnte. An einigen Stellen entdeckte sie Anhaftungen von Schmutz oder Erde. Mit spitzen Fingern hielt sie die Socke weit von sich und überlegte, wo sie dieses unappetitliche Bekleidungsstück auf die Schnelle entsorgen konnte. Da es sich um einen mutmaßlichen Spurenträger handelte – allerdings mit ihrer und Ustis DNA daran –, packte sie die Socke kurzerhand in einen Hundekotbeutel, den sie aus ihrer Hosentasche zog.

Als sie unten ankam, war die Warteschlange nur unwesentlich kleiner geworden. Marita Bönisch und Tanja Sager erwiesen sich als gute Gastgeberinnen. Während Tanja Sager sich um jene kümmerte, die auf Einlass in den Probenraum warteten, geleitete Marita Bönisch die von dort kommenden Gäste aus dem Gebäude und versüßte ihnen den Abschied mit Fingerfood, das sie ihnen auf einem silbernen Tablett darbot. Das muntere Treiben ermöglichte es Jana, sich wieder unbemerkt unter die Leute zu mischen. Niemand schien sich um sie zu kümmern. Während sie noch ihre Planungen für den weiteren Vormittag überdachte, stieg ihr ein strenger Geruch in die Nase. Usti hatte doch nicht etwa … Nein, es waren ihre Hände, die seltsam rochen. Die Socke! Sie ließ Usti Sitz machen und ging in die Gästetoilette, um sich die Hände zu waschen. Sie war versucht, die Socke im Mülleimer zu entsorgen, als ihr Clemens' Frage durch den Kopf ging: »Ist dir heute in der zweiten Nachthälfte jemand aufgefallen, der feuchte oder schmutzige Schuhe trug?« Jemand musste also am Ahrufer Abdrücke hinterlassen haben und man vermutete, dass dieser jemand etwas mit dem Mord an Manfred Hering zu tun haben könnte. Vielleicht war dieser mit seinem Schuh so tief eingesunken, dass auch die Socken dabei etwas vom Uferschlick abbekommen hatten?

Als sie wieder in die Eingangshalle trat, ließ sich Usti gerade von einer Gruppe Frauen streicheln.

»Ist der süß«, jauchzte eine.

»Ist das Ihrer?«, fragte eine andere.

»Was ist das denn für einer?«, fragte die dritte.

»Ja, das ist meiner«, antwortete Jana, während sie versuchte, die Tüte mit der Socke hinter ihrem Rücken zu verbergen. »Usti ist ein Airedale Terrier.«

»Oh, unsere Nachbarn hatten so einen, als ich noch ein Kind war«, erinnerte sich eine.

Mittlerweile leerte sich die Halle ein wenig und von draußen kam niemand mehr nach. Es schien so, als wäre der erste große Ansturm vorbei. Die Gespräche derer, die auf dem Weg zum Ausgang waren, drehten sich um Weinsorten, Geschmack, Bouquet und Terroir. Jana ließ sich auf das Sofa fallen. Die schlaflose Nacht forderte allmählich ihren Tribut.

Sie musste wohl tatsächlich einige Minuten eingenickt sein, denn als sie das nächste Mal aufblickte, war die Halle leer. Marita Bönisch und Tanja Sager räumten die Platten zusammen, auf denen nur noch letzte Krümel des Fingerfoods lagen.

»Meinst du, wir kommen damit hin?«, fragte Tanja Sager.

»Ja, sicher, ich habe den großen Kühlschrank noch voll. Meinetwegen können noch viele Gäste kommen.«

Tanja Sager druckste herum, dann fragte sie: »Musstest du Johannes eben so anblaffen? Er tut doch wirklich viel für dich.«

»Er muss einfach schneller machen, wenn wieder eine Busladung kommt. Sonst knubbelt sich hier in der Halle alles. Am meisten stört mich aber dieser Autor …«

»Wer hatte eigentlich die Idee für eine Lesung, das passt doch nicht!«

»Dein Johannes, dachte ich!«, war Marita Bönisch überzeugt.

»Na, das wüsste ich aber!«

»Na, dann dieser Zeitungsfuzzi.«

»Pst, er ist doch tot …«, fauchte Marita Bönisch. In diesem Moment fiel ihr Blick auf Jana und sie lächelte verhalten. Jana ließ sich nichts anmerken.

»Ja, und deshalb ist er doch trotzdem ein Fuzzi!«, meckerte Tanja Sager und verschwand in der Küche.

In der Tür hinunter zum Probenkeller tauchte Johannes Bönisch auf. Er wirkte erschöpft.

»Hallo, Frau Vogt«, grüßte er Jana. »Ich muss mal eine Pause machen und etwas essen. Möchten Sie mir Gesellschaft leisten?« Er lud sie mit einer freundlichen Geste ein, ihn in die Gaststube zu begleiten. Jana war auf der Stelle hellwach, ließ die Tüte mit der Socke unbemerkt hinter das Sofa gleiten und folgte ihm. Usti trottete hinterher.

»Ich bin gleich zurück, setzen Sie sich doch einstweilen schon irgendwo hin«, sagte Johannes Bönisch und verschwand in der Küche. Sie nahm an dem Tisch Platz, an dem sie am Abend mit Clemens gesessen hatte. Von dort aus konnte sie die Straße überblicken. Als er mit einem Tablett zurückkehrte – auf einem Teller lagen leckere Häppchen –, war ihr wieder eingefallen, was sie ihn schon seit geraumer Zeit fragen wollte.

»Ich gehe recht in der Annahme, dass Sie zu dieser Uhrzeit auch lieber Wasser trinken, oder?« Er öffnete die mitgebrachte Flasche Wasser.

Sie nickte. »Ich dachte, Winzer trinken zu jeder Tageszeit Wein?«

»Ich bin nicht der typische Winzer.« Er lächelte und goss beiden ein. »Im Ernst, wenn mein Bruder damals die Marita nicht geheiratet hätte, säße ich heute kaum hier in diesem Weingut.«

»Ach, ich dachte, Sie sind der Kellermeister?«

»Na ja, ich habe es über die Jahre gelernt. Der alte Kellermeister lebte noch, als mein Bruder die Marita kennenlernte.« Er biss in ein Stück Gemüsetarte.

»Ach, das Weingut gehörte damals schon Ihrer Schwägerin?«

»Ja, richtig. – Komisch, das fragte mich der Polizist auch, dieser Herr Berger.«

»So?«

»Ja, er wollte wissen, wie das damals alles war. Aber meine Erinnerung ist nicht mehr so wirklich frisch. Wie Marita zu dem Weingut kam, weiß ich gar nicht so genau. Der alte Zerres war wohl 1993 gestorben. Ob Marita davor schon das Weingut gepachtet hatte, weil der Alte nicht mehr gesund war …? Darüber haben wir eigentlich nie gesprochen. Oder ich erinnere mich nicht mehr. Der alte Kellermeister, Hubert hieß er mit Vornamen, kümmerte sich jedenfalls um die Weinherstellung.« Er verstummte und dachte nach. »Rolf, mein Bruder, hat Marita während einer Tour an die Ahr kennengelernt. Die beiden haben recht schnell geheiratet, aber ihn hat das Weingut nicht wirklich interessiert. Sie fragten mich, ob ich nicht einsteigen möchte. Das war zu der Zeit als ich …, na ja, heute würde man wohl sagen, da weist mein Lebenslauf eine Lücke auf.« Er lächelte vielsagend. Unangenehm schien ihm dieser gedankliche Ausflug in seine Vergangenheit nicht zu sein.

»Was sind Sie denn ursprünglich von Beruf?«

»Schreiner, und das ist auch immer noch meine Leidenschaft. Ich würde lieber heute als morgen hier aussteigen.« Er schob sich ein Stückchen Käse in den Mund. »Schon merkwürdig, was heute Nacht hier passiert ist«, stellte er fest.

Jana nickte und probierte ein Gemüseküchlein.

»Dieser Weinkritiker war aber schon 'ne komische Type«, wechselte er unerwartet das Thema.

»Wieso meinen Sie?«

»Na ja, ist Ihnen das nicht aufgefallen? Bei der Weinprobe gestern?«

»Nein, was denn?«

»Er hatte nicht viel Ahnung von Weinen.«

Draußen in der Halle wurde es laut.

»Oh, die nächste Busladung kommt …« Johannes Bönisch trank sein Wasserglas leer, wischte sich den Mund ab und stand auf.

»Bleiben Sie ruhig hier, wenn sich jemand für Ihre Fotos interessiert, schicke ich die Person zu Ihnen.«

TAG 2 – 13 UHR

Jana hatte nicht mehr lange in der Gaststube gesessen, sondern war bald in den Probenraum zurückgekehrt, neugierig darauf, wie ihre Fotos ankamen. Benjamin Frost traf sie dort nicht mehr an. Wo er denn hingegangen sei, wollte sie von Johannes Bönisch wissen, als gerade wieder eine Weinprobe vorbei war und die Gäste auf dem Weg nach oben waren.

»Wir haben uns darauf geeinigt, dass er hier seine Visitenkarten hinlegt, ich auf seine Bücher hinweise und er oben in der Eingangshalle dann für Autogrammwünsche zur Verfügung stehen wird. Haben Sie ihn denn nicht dort angetroffen?«

»Nein«, antwortete Jana. Möglicherweise habe sie ihn einfach verpasst, weil er gerade auf der Toilette war oder irgendetwas, Autogrammkarten etwa, aus seinem Zimmer holen wollte.

Ihre Fotos ernteten viel Zuspruch und einige Gäste fragten sogar, ob sie diese kaufen könnten. Die unerwartete Anerkennung tat ihr gut. Jana spürte allerdings den fehlenden Schlaf, der ihr hier im Keller noch mehr zusetzte. Sie wollte eine Pause an der frischen Luft machen, um etwas Sonne und Wärme zu tanken. Draußen angekommen, glaubte sie kaum ihren Augen zu trauen. Anders als am Tag zuvor wimmelte es nun in den Straßen vor Weinfreunden, die von Weingut zu Weingut pilgerten. Sie genoss die ansteckende Fröhlichkeit, atmete die würzige

Frühlingsluft ein und seufzte. Auch wenn die letzten beiden Tage anders verlaufen waren, als sie es sich in ihren kühnsten Träumen hätte vorstellen können, so fühlte sie sich befreit. Im letzten Jahr hatte sie der Vorfall in Köln völlig aus der Bahn geworfen. Wenn sie ehrlich zu sich war, dann hatte sie sich seitdem oftmals recht widersprüchlich verhalten und ihre Handlungen waren nicht selten völlig unüberlegt gewesen. Auch vor einiger Zeit in Ahrweiler, als sie mit Clemens gemeinsam einen Fall gelöst hatte, und sich dabei nicht durch professionelles Handeln hervorgetan hatte. Wenn das ihrem Chef zu Ohren gekommen war, brauchte sie sich wirklich nicht über seinen distanzierten Umgang mit ihr wundern. Wenn sie bedachte, was Clemens ihr gestern erzählt hatte, dann verband sie ein ähnliches Schicksal. Beide hatten sich während einer Phase ihres Lebens kennengelernt, in der sie mit extremen psychischen Belastungen zu kämpfen hatten. Ihr stiegen plötzlich Tränen in die Augen. Mittlerweile hatte sie die Nepomukbrücke erreicht. Auf der anderen Seite der Ahr hielt gerade ein Bus an und spuckte eine fröhlich lachende Menge aus. Die Leute führte eine junge Frau an, die Jana kannte: Meike Jacob, die Stadtführerin, die ihr im vergangenen Jahr einiges an Kopfzerbrechen bereitet, sich jedoch als harmlose und freundliche Person entpuppt hatte. Gini, ihre Labradorhündin, hatte sie nicht dabei. Usti würde sicher enttäuscht sein. Als Meike die Brücke passiert hatte, erkannte sie Jana und ließ die Gruppe vorbeiziehen.

»Sie können nun drei Weingüter besichtigen. Wir treffen uns in einer Stunde wieder am Bus«, rief sie den Leuten zu.

»Hallo, Jana, was machst du denn hier? Und da ist ja auch Usti!« Ohne Janas Antwort abzuwarten, kraulte sie ausgiebig den vor Freude jaulenden Usti.

»Hallo, Meike. Wie geht es dir?«

»Ganz gut, danke. Ich bin heute für eine Kollegin eingesprungen. Ach, du kennst sie ja sogar, Nicole Knies. Die hat mit ihrem Freund ein Pressebüro eröffnet und ist heute als Berichterstatterin im Einsatz. Später kommt sie sicherlich noch nach Rech, um Interviews zu machen.«

Jana erinnerte sich noch gut an die junge Frau und an ihren Freund Manuel Sperber …

»Aber sag, was machst du denn hier?«

»Meine Fotos werden im Weingut Zerres ausgestellt.«

»Oh ja, ich erinnere mich noch gut, dass du viel fotografiert hast im letzten Jahr … Das ist toll, prima. Sag mal, hast du Zeit? Dann können wir uns dahinten hinsetzen und ein wenig quatschen.« Sie zeigte auf die Bänke mit Blick auf die Ahr.

»Gerne, ja, ich habe Zeit.«

»Sag mal, was ist denn das für ein Flatterband?«, fragte Meike, als sie um die Ecke gebogen waren und zwischen den Hecken hindurchmarschierten. »Ist da ein Teil der Uferböschung lose?«

Es war ja kein Geheimnis und würde sicher bald die Runde machen. Der ganze Ort wusste es, und so konnte sie Meike ruhig davon erzählen.

»Dort wurde heute Nacht ein Toter gefunden.«

Meike blieb wie vom Donner gerührt stehen. »Ach du lieber Himmel! Echt?«

»Ja.« Sie nahmen auf der Bank Platz, auf der Jana vor wenigen Stunden mit dem Ortsbürgermeister gesessen hatte.

»Davon habe ich noch gar nichts gehört.«

»Das wird sich bald ändern, wenn die Presse informiert wird. Es wundert mich, dass noch niemand was geschrieben hat, schließlich ...«, sie zückte ihr Smartphone und durchforschte die regionalen Nachrichtenportale. »Nichts.«

»Jana? Was wolltest du noch sagen?«

»Öhm, na ja ... Ach hier, guck mal. Da steht was: ›Ein Toter Weinkritiker auf der Brücke in Rech gefunden‹.«

»Zeig mal«, bat Meike, und Jana ließ sie auf ihr Smartphone blicken. »Das ist aber nicht hier, oder?« Sie zeigte auf das Flatterband am Ufer.

»Nein, das ist der Tote Nummer zwei. Auf der Brücke wurde, wie hier steht, ein Weinkritiker gefunden.«

»Ach du lieber Himmel! Zwei Tote in einer Nacht? Und du bist hier?« Sie schaute Jana ungläubig an, dann schien ihr etwas zu dämmern. »Ach so.« Sie stupste Jana von der Seite an. »Du bist hier!« Sie wartete auf eine Reaktion.

Jana wusste gerade nicht, was sie sagen sollte.

»Also doch, wir haben es uns schon gedacht. Die Kripobeamtin, die undercover ermittelt hat und den Mörder von Herbert Tewes überführt hat, das warst *du*!«

»Was? Wer hat undercover ermittelt?« Jana war die Situation sichtlich unangenehm. Wie nicht anders zu erwarten, hatten die Leute doch über sie gesprochen. Kein Wunder in einem so beschaulichen Ort. Wie konnte sie nur annehmen, dass man nicht eins und eins zusammengezählt hatte? Sie, die Fremde, die sich einmischte, Fragen stellte. Aber wie sollte sie Meike erklären, dass ihre Vermutung nicht ganz der Wahrheit entsprach?

»Die Zeitungen waren damals voll mit Berichten von der dramatischen Überführung des Mörders durch eine Kripobeamtin. Ganz schön clever, sich als Urlauberin zu tarnen. Ich hab jedenfalls keinen Verdacht geschöpft.«

Jana schwieg.

»Von mir erfährt das keiner, ehrlich. Und heute bist du auch … undercover im Einsatz?«

»Nein, ich bin hier wirklich nur zufällig. Und die Ermittlungen leitet ein Hauptkommissar von der Mordkommission.«

»Wer ermittelt undercover?«, fragte plötzlich ein Stimmenverbund.

Jana zuckte zusammen. Als sie aufblickte, standen Katja und Alexandra Güsgen neben ihnen.

»Niemand!« Jana hoffte, ihr würde blitzschnell eine plausible Erklärung einfallen. »Ähm, ich habe Meike Jacob gerade von den Krimikurzgeschichten erzählt, die Benjamin Frost geschrieben hat.« Sie hoffte, dass Meike das Spiel mitspielen würde. »Was macht ihr denn? Auch Pause?«, fragte Jana, um vom Thema abzulenken.

»Ja, aber wir gehen wieder«, sagte Alexandra Güsgen kühl.

»Ist bei dir auch so viel los?«, fragte Katja.

»Überall, ja, ganz schön anstrengend«, antwortete Jana.

»Aber ist doch gut, wir können so sicher was verkaufen. Ich habe schon etliche Visitenkarten rausgegeben«, sagte Alexandra Güsgen stolz. »Komm, wir gehen wieder.« Sie ließ Katja stehen, die noch etwas auf dem Herzen zu haben schien.

»Sag mal, hast du Benjamin gesehen?«, flüsterte sie Jana ins Ohr.

»Nein, der ist aber bestimmt im Weingut Zerres und liest irgendwo aus seinen Geschichten vor.«

»Ich hab ihn eben nicht gesehen, aber ich schau noch mal nach. Bis später!«

»Benjamin wer?«, fragte Meike, als Katja außer Hörweite war.

»Ach, ein Krimiautor, schreibt Weinkrimis«, antwortete Jana.

»Kenne ich sicher nicht«, antwortete Meike unbeeindruckt. »Und die zwei, auch Künstlerinnen?«

»Ja, ich dachte, du würdest sie vielleicht kennen.«

»Die eine, die bis zuletzt hier stand, habe ich schon mal gesehen.«

»Ja, das ist Katja, Katja Neu. Die Eltern haben ein Weingut in Ahrweiler und sie malt.«

»Ach so, daher, bestimmt.«

»Und die andere, Alexandra Güsgen, kommt aus Dernau.«

Meike schien das Interesse an den beiden Frauen verloren zu haben. Sie brütete über etwas. »Das lässt mir alles doch keine Ruhe, entschuldige, dass ich da nachfrage. Aber wie ist das denn so als Kripobeamtin?«

»Oh, was willst du wissen? Es gibt so viele verschiedene Tätigkeitsbereiche.«

»Na, du zum Beispiel, was machst du?«

»Ich bin Tatortfotografin, also richtige kriminaltechnische Fotografin.«

»Oh! Das klingt spannend, aber durchaus irgendwie gruselig«, antwortete Meike und zog dabei die Stirn in Falten.

»Spannend ist es wirklich«, bestätigte Jana und ergänzte in Gedanken: Wenn man denn nicht im Archiv geparkt wird. »Du hast natürlich recht, denn was du zu sehen bekommst, ist nicht immer schön.«

»Leichen, oder?« Meike verzog das Gesicht.

»Na ja, wir sind ja geschult und Leichen sehen wir eben nicht jeden Tag. Die Vielfalt des Jobs macht den eigentlichen Reiz aus. Das Auswerten der Spuren, die Zusammenarbeit im Team«, sie musste schlucken, »das erfüllt mich alles sehr.«

»Was machst du denn genau?«

»Das Fotografieren ist nur ein Teil der Arbeit. Das nennt sich fotografische Dokumentation und Beweismittelsicherung. Wir analysieren Bilder, um Ermittlungshinweise zu erarbeiten, und noch vieles mehr. Zum Beispiel untersuchen wir Tatortfotografen digitale Bildaufzeichnungen, schauen, ob etwas verändert wurde. Immer müssen wir auf dem neuesten Stand sein, was Technik und die modernen Medien angeht. Mich würde ein Seminar zur 3-D-Fotografie unheimlich reizen … Aber ich werde zu theoretisch für dich, oder?«

Meike hatte aufmerksam und interessiert zugehört. »Erzähle ruhig weiter.«

»Ein andermal. Aber da wir jetzt so nett zusammensitzen, hätte ich eine Frage an dich, die mich schon seit meinem ersten Besuch in Ahrweiler beschäftigt.«

»Frag!«

»Im letzten Jahr ist mir mehrfach diese alte Frau mit dem Rollator begegnet. Als ich bei dir zu Hause zu Besuch war, hatte ich dich nach ihr gefragt. Erinnerst du dich noch?«

»Ja, richtig. Das ist Irm, unser Irmchen. Die feiert demnächst ihren 95. Geburtstag.«

»Oh, ist sie doch schon so alt? Und gesund?«

»Ja, körperlich schon. Geistig, ich weiß nicht, sie ist schon manchmal etwas«, sie suchte nach dem passenden Adjektiv, »schräg, irgendwie.«

»Den Eindruck hatte ich auch, als ich mit ihr sprach.«

»Du hast mit ihr gesprochen? Normalerweise redet sie wenig, und wenn dann nur mit Leuten, die sie kennt.«

»Das wird ja immer seltsamer. Sie sagte Sätze wie: ›Der

Tod macht stille Leute‹, und so was. Als damals Herbert Tewes tot im Weinberg gefunden wurde.«

»Hm.«

»Und an einen weiteren Satz erinnere ich mich. Sie sagte: ›Eine Krähe hackt der anderen ein Auge aus.‹«

»Kein …«

»Nein, das ist es ja, sie sagte ›ein‹. Und dieser Spruch passte perfekt auf unseren Mörder.«

»Na, das ist wirklich spooky. Soll ich mich mal umhören? Anlässlich ihres Geburtstages lässt sich bestimmt etwas über sie in Erfahrung bringen.«

»Würde mich schon interessieren. Ich bin ja eher für Fakten und Tatsachen zu haben, aber ihre Aussprüche haben mich wirklich verwundert.«

»Jetzt bin ich ebenfalls neugierig geworden. Wenn ich mich recht erinnere, da gab es doch so einige Gerüchte über Irm. – Dieser Weinkritiker, von dem du eben sprachst. Kam der aus dem Ahrtal?«

»Nein, der war der Redakteur einer Zeitung namens WeinGenuss&mehr. Dieser Zeitung habe ich zu verdanken, dass ich hier bin.«

»Wie das?«

Jana erzählte Meike die Zusammenhänge.

»Deine Fotos würde ich gerne sehen. Ich flitze gleich mal schnell ins Weingut Zerres. Den Johannes Bönisch kenne ich von etlichen Weinproben. Kommste mit?«

Jana schüttelte den Kopf, während Meike aufsprang und Usti dabei mit ihrem Knie unbeabsichtigt an der Schnauze traf. »Oh, Verzeihung, Usti.« Sie lief los. »Ich sag dir nachher noch tschüss!«, rief sie.

Eigentlich war Jana ganz froh, wieder allein zu sein. Zunächst blickte sie noch für eine Weile auf den Fundort von Manfred Herings Leiche, dann schweifte ihr Blick weiter hin zur Brücke und ihren Brückenheiligen, den Nepomuk. Ihr fiel auf, dass sie während der letzten Stunden kaum fotografiert hatte. Die Brücke wirkte aus dieser Perspektive außerordentlich malerisch. Sie musste später unbedingt noch einige Aufnahmen des Ortes machen. Die Ahr floss gemächlich dahin, Spiegelungen des Wassers zauberten interessante Reflexe auf die Brückenbögen. Da sie gerade allein war, nahm sie ihr Handy und rief Clemens an. Sie musste ihm von dem alten Brief, den Verbindungstüren und dem Sockenfund erzählen. Doch diesmal meldete sich nur seine Mailbox. Sie sprach ihm in Stichworten drauf, was sie für wichtig erachtete, und hoffte, dass er sie bald zurückrufen würde. Bevor die Socke von jemandem als Müll entsorgt wurde, musste Jana sie schnellstmöglich einem Polizisten als mögliches Beweisstück aushändigen.

TAG 2 – 15 UHR

Nach ihrem Ausflug an die Ahr und der Unterhaltung mit Meike war Jana ins Weingut zurückgelaufen. Sie ließ sich eine Papiertüte geben und verstaute darin die Socke, die sie unauffällig hinter dem Sofa hervorgeangelt hatte. Der Besucherstrom riss immer noch nicht ab. Eine Weile gesellte sie sich zu Johannes Bönisch in den Probenraum, plauderte mit den Gästen und knüpfte einige recht vielversprechende Kontakte. Ein älterer Mann, der eine Wanderzeitung herausgab, hatte sie gefragt, ob sie einen Bericht über die Ahrregion schreiben wolle. Auch wenn sie die Fotografie liebte, so war ihr heute klar geworden: Niemals würde sie den Dienst bei der Kriminalpolizei quittieren. Sie würde in der nächsten Woche mit ihrem Chef sprechen. Diese lähmende Passivität musste ein Ende haben.

Für 15 Uhr hatte Benjamin zu einer halbstündigen Lesung in die Gaststube eingeladen. Jana wollte sich dieses Ereignis nicht entgehen lassen und nachdem Benjamin sie im Foyer abgepasst und persönlich dazu gebeten hatte, konnte sie nicht Nein sagen. Der Gastraum war bereits gut gefüllt. Es schien, als ob Benjamin Frost auf eine eigene Fangemeinde zählen konnte. Es stellte sich heraus, dass einige Gäste tatsächlich nur seinetwegen gekommen waren. Wie sie erfuhr, hatte Benjamin diesen Termin auf seiner Facebook-Seite angekündigt. Neben Jana saß eine Frau, die sie auf Mitte 40 schätzte, die mehrere Bände von Benjamins Büchern mit deutlichen Gebrauchsspuren aus ihrer Tasche zog.

»Nachher lasse ich mir die alle signieren«, flüsterte sie Jana zu.

Nach einer kurzen Vorstellung begann Benjamin aus der ersten Kurzgeschichte vorzulesen. Sie hieß »Mord im Weingut«.

Jana wusste nicht, ob sie die Auswahl dieser Geschichte an einem Tag wie diesem wirklich gelungen finden sollte. Zwar befand sich der Fundort der beiden Leichen nicht im Weingut selbst, dennoch hätte er eine andere Geschichte auswählen sollen, fand sie. Sie blätterte, nachdem sie um Erlaubnis gebeten hatte, in den Büchern der Mittvierzigerin. Benjamin Frost hatte zwei Romane geschrieben sowie zwei Bände mit Krimikurzgeschichten veröffentlicht. Alle Geschichten spielten tatsächlich in irgendeiner Weise im Winzermilieu. In Benjamin Frosts Fantasie wurde ausgiebig in Weingütern und Weinkellern gemordet. Nur mit einem Ohr hörte Jana dem zu, was Benjamin vorlas. Auf einmal wurde sie stutzig.

> *Dieter sagte: »Wir können nicht länger warten. Uns bleibt nicht mehr viel Zeit. Wir müssen ihn mit unserem Wissen konfrontieren.«*
> *Bernd antwortet: »Die Polizei wird er ja wohl kaum einschalten, dann würde er ja auffliegen!«*
> *Woraufhin Dieter zu bedenken gab: »Morgen ist hier zu viel los, wir müssen es heute noch erledigen. Er wird schon zahlen! Er muss die Zeichen beachten.«*

Sie wäre am liebsten im Erdboden versunken. Denn das, was Benjamin gerade vorlas, waren genau die Worte, die sie gestern Abend im Weinkeller gehört hatte. Kein Mordkomplott wurde vorbereitet, keine Entführung geplant. Nein. Er hatte sich nur im Weinkeller aufgehalten, um die Texte zu proben, sich für die Lesung vorzubereiten. Gut, dass Clemens nicht da war.

Doch irgendetwas störte Jana. Klar hatte Benjamin im Weingut seine Lesung geübt, aber warum ausgerechnet in diesem Teil des Gebäudes? Wollte er keine Zuhörer haben und hatte sich deshalb dorthin zurückgezogen? Sie lauschte der Geschichte, denn insgeheim beschlich sie die Vermutung, er könne in dem Text weitergehende Hinweise liefern, Hinweise, die mit den beiden realen Morden in Zusammenhang stehen könnten. Hatte sie nicht mindestens einmal von einem Krimiautor gehört, der zunächst in der Realität gemordet hatte, quasi um das, was er später zu Papier bringen wollte, auf Machbarkeit zu überprüfen? Ihr schauderte bei dem Gedanken, dass der smarte Benjamin zu einem solchen Tun in der Lage sein könnte. Sie musterte ihn ausgiebig, während er Zeile für Zeile seine Geschichte vortrug. Doch in seinem Gesicht glaubte sie keine Indizien für eine derart gelagerte Persönlichkeit zu entdecken. In der Geschichte kamen Figuren vor, die nicht im Geringsten an die aktuellen Beteiligten erinnerten, und Taten, die keineswegs auf die aktuellen Ereignisse Bezug nahmen.

Sie war so in ihre Grübeleien vertieft, dass sie zusammenzuckte, als jemand ihr von hinten auf ihre Schulter tippte.

»Kommissar Wieland bat mich, etwas bei Ihnen abzuholen«, sagte Roland Berger mit gedämpfter Stimme. Einige der Zuhörer schauten sich zu ihm um und gaben ihm zu verstehen, dass er störte. Jana erhob sich, ging mit dem Polizisten nach draußen in die Eingangshalle und übergab ihm die Papiertasche mit der stinkenden Socke darin.

Usti sprang an Jana hoch und schnappte nach der Tüte, als ob er klarstellen wollte, wer die Socke gefunden hatte. Doch er hatte keinen Erfolg. Lediglich ein Abdruck seiner feuchten Nase auf der Papiertüte zeugte von seinem Besitzanspruch.

»Was ist da drin?«, fragte Roland Berger und verzog das Gesicht, während er in die Tasche blickte.

»Eine Socke, die vielleicht dem Täter gehört.«

»Der Kommissar trug mir auf, mir bitte den Ort zu zeigen, an dem Sie dieses Beweisstück gefunden haben.«

Jana ging voran, entfernte die Kordel, ließ Roland Berger hindurch und hakte das Seil, an dem das Schild »Nur für Hausgäste« hing, wieder ein. Oben angekommen lief sie bis zum Ende des Flurs, schob die Kommode beiseite und zeigte Roland Berger den Verbindungsgang.

»Hier irgendwo muss die Socke gelegen haben. Usti hat sie herausgeschleppt.«

»Aha.« Berger leuchtete mit seiner Taschenlampe in alle Ecken des Räumchens. Die zweite Socke fanden sie nicht und auch sonst keine weiteren verdächtigen Gegenstände. Nachdem Roland Berger sich noch eine Weile umgeschaut hatte, inspizierte er die Tür, die ins Nebengebäude führte, warf einen kurzen Blick in den Gang und machte anschließend einige Fotos. Dann half er Jana dabei, die Kommode wieder an ihren Ursprungsort zu schieben. Gemeinsam kehrten sie in die Eingangshalle zurück, wo sich Berger von Jana verabschiedete.

Bevor sie zurück zur Lesung ging, wollte sich Jana die Inschrift auf der Tür von Marita Bönischs Privatbereich noch einmal genauer anschauen. Wie sie allerdings schon befürchtet hatte, war die Schrift verwischt und nur für jemanden, der von den Kreidezeichen wusste, war noch etwas zu erkennen.

Als Jana in die Eingangshalle zurückkehrte, war die Lesung beendet. Die letzten Gäste verließen gerade die Gaststube. Selbst von der Mittvierzigerin, die neben Jana gesessen hatte, war nichts mehr zu sehen. Ebenso wenig von Benjamin Frost. Durch die offen stehende Haupteingangstür drangen immer lauter werdende Stimmen, und als hätten sie nur auf ihren Einsatz gewartet, erschienen Marita Bönisch und Tanja Sager mit ihren Tabletts gerade rechtzeitig, um die nächste Busladung weininteressierter Gäste in Empfang zu nehmen und ihnen Essen anzubieten.

Jana wurde das zu viel und gemeinsam mit Usti verließ sie das Weingut durch den rückwärtigen Eingang. Usti blieb an der Türschwelle stehen und beschnupperte ausgiebig den Boden ringsum. Während Jana ihn dabei mit einem Lächeln im Gesicht beobachtete, fiel ihr aus dem Augenwinkel eine Bewegung im Hof auf. Als sie genauer hinschaute, bemerkte sie eine Gestalt, die an der äußersten Ecke des Nebengebäudes vorbeihuschte und in den Weg einbog, der zur Straße führte. Die Entfernung war allerdings zu groß, um die Person zu erkennen. Jana konnte noch nicht einmal sagen, ob es sich um eine Frau oder einen Mann gehandelt hatte.

TAG 2 – 16.15 UHR

Ein wenig unwohl fühlte sich Jana schon, als sie kurz darauf das Nebengebäude betrat. Sie konnte nicht ausschließen, dass diese Person dort gerade etwas gesucht oder vielleicht deponiert hatte. Möglicherweise sogar in ihrem Zimmer. Seitdem Jana den Zwischengang entdeckt hatte, wusste sie, dass mehrere Wege ins Nebengebäude existierten. Das ermöglichte einem potenziellen Verbrecher enormen Spielraum. Sie meinte, einen leichten Geruch nach kaltem Rauch wahrzunehmen. Usti hingegen gab sich weniger zögerlich. Er hatte sich mitsamt der Leine, die er hinter sich herschleppte, in die dunkelste Ecke des Treppenhauses geschlichen. Jana zückte ihr Handy und leuchtete mit ihrer Taschenlampe dorthin, wo sich die Umrisse von Ustis Körper abzeichneten. Mit beiden Vorderpfoten kratzte er an der alten Holztruhe, die Jana dort vor einigen Stunden entdeckt hatte und die sie sich längst hatte anschauen wollen. Das Vorhängeschloss war wohl erst kürzlich mit einem spitzen Gegenstand manipuliert worden. Jana wollte keine Spuren verwischen, weshalb sie ihrer Neugier nicht nachgab. Anstatt zu versuchen, die Truhe zu öffnen, machte sie ein Foto und schickte es an Clemens. Der Text, den sie als Erklärung verfasste, lautete: »Truhe im Nebengebäude unter der Treppe. Usti interessiert sich dafür! Schloss vermutlich manipuliert. Inhalt Indizien?«

Sie kannte Clemens, er würde dem nachgehen.

Jana überkam jetzt wieder, da sie sich für einige Minuten hingesetzt hatte, eine enorme Müdigkeit. Auch Usti hatte sich ohne Umschweife auf seine Decke gelegt, hatte einige Male Schmatzgeräusche von sich gegeben und war recht schnell eingeschlafen. Wie sehr beneidete Jana ihren Hund in solchen Situationen. Er schlief ein, wenn er müde war, und dachte nicht stundenlang über etwas nach. Probleme wie sie wälzte er wohl nicht.

Jana packte ihre Sachen, um nachher, wenn die Veranstaltung zu Ende war, rasch nach Hause aufbrechen zu können. Viel hatte sie nicht in ihrer Tasche zu verstauen. Da klopfte es an der Tür. Sie hoffte, dass es Clemens sein würde, denn sie wollte endlich mit ihm sprechen. Sie hatte Informationen und er konnte sich zusammen mit den Ergebnissen, die er aus den Auswertungen der Spuren hatte, bestimmt ein vollständiges Bild der Geschehnisse der vergangenen Nacht machen. Aber er würde es bestimmt nicht sein, schließlich hatte er gerade eben Roland Berger vorbeigeschickt. Wieso sollte er jetzt persönlich zu ihr kommen?

Es klopfte erneut.

»Ja bitte?«, rief sie gespannt. Usti hob nicht einmal den Kopf. Die Tür öffnete sich langsam.

»Darf ich reinkommen?«, fragte Marita Bönisch unsicher.

»Aber ja, bitte! Ich packe gerade meine Sachen zusammen. Bevor ich nachher fahre, bezahle ich selbstverständlich noch das Zimmer.«

»Das brauchen Sie nicht, das hat Ihr – Freund«, sie schaute Jana fragend an, »übernommen. Ich würde ihm das Geld am liebsten zurückgeben, denn Sie haben sicherlich das Zimmer kaum nutzen können.«

»Ach, schon gut«, antwortete Jana.

Marita Bönisch schien irgendetwas zu bedrücken.

»Darf ich mit Ihnen sprechen? Ich brauche Ihren Rat.«

»Aber gerne.«

»Sie sind auch bei der Polizei, oder?«

»Ja, aber ich bin nicht im Dienst und außerdem hier nicht zuständig. Ich bin wirklich nur als Fotografin hier.«

»Ach so.« Marita Bönisch wirkte etwas enttäuscht.

»Aber allgemeine Ratschläge kann ich Ihnen geben. Woher wissen Sie, dass ich Polizistin bin?«

»Es war mehr eine Vermutung, weil ich beobachtet habe, wie Sie mit den anderen Polizisten gesprochen haben.«

»Ja, die kennen mich von einem früheren Fall. Geht es um das Weingut?«, ging Jana in die Offensive.

»Wie …?«, fragte Marita Bönisch und setzte sich auf die Bettkante. Ihr Blick schweifte im Zimmer umher und blieb dann auf dem Foto von Fred Zerres hängen. »Mein Vater«, sagte sie nach einer Weile.

»Ich hab's vermutet«, antwortete Jana leise.

Marita Bönisch sah sie mit geweiteten Augen an. »Tatsächlich?«

»Ja. Darf ich?«

Als Marita Bönisch nickte, setzte sich Jana zu ihr auf die Bettkante.

»Möchten Sie darüber sprechen?«

»Ja, wenn Sie Zeit haben.«

»Ja, bitte, ich höre Ihnen gerne zu.«

»Also …«, Marita Bönisch wandte sich Jana zu. »Meine Mutter war sehr in den Inhaber des Weinguts, Fred, meinen Vater, verliebt. In den 50er-Jahren ging es an der Ahr schon mal hoch her. Aber zwischen meinem Vater und meiner Mutter war das doch etwas Ernstes. Sie haben sich wirklich geliebt. Aber mein Vater hätte sich niemals scheiden lassen oder das Weingut aufgegeben. Nach dem Krieg war man froh, wenn man halbwegs Fuß gefasst hatte. Es ging aufwärts. Meine Mutter wohnte damals im Ruhrgebiet. Selbst wenn mein Vater seine Frau verlassen hätte und meine Mutter zu sich geholt hätte ... Das ging damals nicht, meine Mutter wäre hier niemals akzeptiert worden. Mein Vater hat immer wieder Briefe geschrieben, nachdem er erfahren hatte, dass meine Mutter schwanger von ihm war. Aber meine Mutter hat nicht mehr geantwortet. Nur einmal, kurz nach meiner Geburt, da hat sie ihm ein Foto von mir geschickt.«

»Warum nicht, warum hat Ihre Mutter nicht auf seine Briefe geantwortet?«, fragte Jana betroffen, als Marita Bönisch nicht weitersprach.

»Sie wollte ihm das Leben nicht unnötig schwer machen. Sie hat keine Ansprüche gestellt. Ich hatte es gut in meiner Jugend, doch ...«

»Haben Sie Ihren Vater später kennengelernt?«

»Ja, als ich alt genug war, hat meine Mutter mir von ihm erzählt. Ich stellte Nachforschungen an und besuchte ihn dann hier im Weingut. Zunächst als Gast. Aber es war rührend. Er hat mich recht schnell erkannt. Meine Augen seien die meiner Mutter, hat er gesagt. Seine Frau war schon verstorben.« Sie hielt inne.

»Hatte er denn weitere Kinder?«

»Ja, einen Sohn. Aber er und seine Frau haben sich nie fürs Weingut interessiert. Sie hatten gute Arbeit und reisten viel in der Weltgeschichte herum. Mal kam eine Karte aus New York, mal aus Thailand, mal aus Singapur ...«

Jana schaute auf das Foto an der Wand mit der asiatischen Skyline. »Und die beiden hatten ein Kind?«

Marita Bönisch folgte Janas Blick zu den Fotos über der Kommode. Ihre Augen funkelten. »Ja, einen Sohn.«

»Der hatte dann vermutlich eine aufregende Kindheit«, überlegte Jana.

»Na ja, eher eine einsame.«

»Wieso?«

»Na ja, er lebte die meiste Zeit bei seinem Großvater, während seine Eltern Karriere machten. Nicht dass mein Vater kein guter Großvater gewesen wäre – denke ich … Aber Kinder brauchen doch ihre Eltern. Und dann passierte dieses Unglück, bei dem seine Eltern tödlich verunglückten.«

»Und wie ging der Sohn damit um?«

»So wie mein Vater es schilderte, ließ er sich äußerlich nicht viel anmerken. Er kannte seine Eltern kaum, ging ja auch hier zur Schule. Nur in den großen Ferien kümmerten sich seine Eltern um ihn, wenn überhaupt …« Sie blickte auf das Foto an der Wand und schwieg.

Jana bedrückte Marita Bönischs Schilderung. Es gab in so vielen Familien traurige Erlebnisse, so viele Geheimnisse und so viel Unverarbeitetes.

»Dann war er der Alleinerbe des Weinguts?«

Marita Bönisch zuckte zusammen. »Ja, das wäre er gewesen, wenn mein Vater nicht noch zu Lebzeiten meiner Mutter die Vaterschaft anerkannt hätte.«

»Das geht?«

»Ja. Mit dem Einverständnis meiner Mutter ging das.«

»Und davon wusste sein Enkel nichts?«

»Nein, er hatte zu der Zeit den Kontakt zu seinem Großvater weitgehend abgebrochen. Oder vielmehr sein Großvater zu ihm. Sein Enkel war nach dem Tod seiner Eltern als Jugendlicher an Kumpels geraten, die in der Bonner oder Kölner Drogenszene lebten. So genau weiß ich das nicht. Dass mein Vater, also sein Großvater, das nicht guthieß, lag an seinen strengen Prinzipien. Ich weiß nicht, ob sein Enkel wirklich Drogen nahm, aber mein Vater hat ihm verboten, das Weingut zu betreten, bis er sich wieder gefangen hatte. Das Weingut hat mein Vater mir sogar noch zu seinen Lebzeiten überschrieben. Damit es keinen Streit gibt, meinte er. Leider starb er recht bald danach. Er hatte einen schweren Herzinfarkt, als er im Hochsommer in den Weinbergen arbeitete. Der Kellermeister fand ihn erst am Abend, da kam jede Hilfe zu spät.«

»Oh, wie tragisch. Aber immerhin hattet ihr die Chance, euch noch kennenzulernen. Und es ist ja sehr anständig, dass dein Vater nach all den Jahren die Vaterschaft anerkannte. Hattet ihr denn noch einige schöne gemeinsame Jahre? Oh, Entschuldigung, ich wollte Sie nicht duzen.«

»Das ist nicht schlimm, ich bin Marita.«

»Jana.«

Bislang hatte sie Marita für eine Verdächtige gehalten, doch während der vergangenen Minuten hatte sich in Jana der Gedanke gefestigt, dass Marita nichts mit dem Tod der beiden Männer zu tun hatte. Zumindest nicht direkt. Denn allmählich begann Jana zu ahnen, worum es hier ging.

»Ja, wir hatten wirklich noch ein paar schöne Jahre. Mein Vater hat mir erklärt, wie das Leben in den 50er-Jahren war. Ich hatte Verständnis für ihn.«

»Und dieser Enkel, was war mit dem? Hat der nie auf sein Erbe gepocht?«

»Nein, seltsam. Ich habe immer damit gerechnet, dass er sich einmal meldet. Nun, es war ja alles mit rechten Dingen zugegangen, ich meine, mein Vater hat mir das

Weingut zu Lebzeiten überschrieben. Vielleicht hat es ihn einfach nicht interessiert?«

»Ob er wusste, dass du die Tochter seines Großvaters warst?« Jana musste an das Zeichen an Maritas Tür denken.

»Keine Ahnung. Aber gestern Abend, als mich dieser Detektiv angesprochen hat, da habe ich gleich vermutet, dass es etwas mit dem Erbe zu tun haben könnte. Und dann dieses Zeichen an meiner Tür!«

»Du kennst die Bedeutung?«

»Ja, vor Jahren habe ich mich mit der Erforschung der Familie Zerres befasst, und dann stößt man bei der Lektüre von Büchern zur Ahnenforschung auf diese genalogischen Zeichen.«

»Genealogisch«, verbesserte Jana leise.

»Ach so, ja, genealogisch.« Marita schmunzelte.

»Sorry. Hast du eine Ahnung, wann dieses Zeichen auf deine Tür gekritzelt wurde?«

»Nein, ich weiß es nicht!«

»Noch bevor der Detektiv ermordet wurde?«

»Wann war das eigentlich genau?«

Jana überlegte. »Das wird wohl gegen 5 Uhr gewesen sein.«

»Da schlief ich. Aber als ich morgens aufgestanden bin, um Frühstück zu machen, da war da nichts!«

»Also kann es auch nicht der Privatdetektiv geschrieben haben«, schlussfolgerte Jana.

Marita schüttelte den Kopf. »Wohl nicht.« Sie wurde bleich im Gesicht.

»Wie heißt eigentlich der Enkel?«, fragte Jana.

»Benedikt.«

»Hast du denn ein Foto von ihm?«

»Ne, doch, nur eines, da ist er noch ganz klein.« Sie ging zur Kommode und nahm eines der Fotos vom Haken. Sie zeigte es Jana. Es war das Foto, das die beiden Eltern vor einer asiatischen Skyline zeigte, in deren Mitte ein Kleinkind.

Dass ihr das nicht vorher aufgefallen war. Jana und Marita sahen einander an.

»Denkst du, was ich denke?«, fragte Marita.

»Die Augen, oder?«

Marita nickte. »Ja, die Augen, dieser etwas melancholische Blick, der ist mir gestern gleich aufgefallen. Aber da hatte ich diese Beziehung noch nicht herstellen können.«

»Benedikt klingt doch ganz ähnlich wie Benjamin, oder? Und Autoren schreiben nicht selten unter einem Pseudonym«, sagte Jana.

TAG 2 – 17 UHR

»Wusstest du, dass er es war, der das Zimmer für den Detektiv gebucht hat?«, fragte Marita, nachdem beide eine Weile schweigend da gesessen hatten.

»Wer, Benjamin?«, fragte Jana, während sie Usti betrachtete. Er wirkte so müde. Ob er etwas ausbrütete?

Marita nickte.

»Und sein eigenes Zimmer hat er dann auch selbst bestellt, oder wurde das vom Weinkritiker oder seiner Zeitung gebucht?«

»Nein, Tanja, die Freundin meines Schwagers meint, das habe er selbst gebucht.«

»Dann hat Benjamin offensichtlich einen Plan gehabt, als er hierherkam. Nur welchen?«

»Ob diese Zeichen an meiner Tür von ihm geschrieben wurden?«

»Ist wohl anzunehmen. Er kennt jedenfalls die Familiengeschichte«, antwortete Jana.

»Ob er gekommen ist, um mir das Erbe streitig zu machen?«, fragte Marita besorgt. Und als Jana nicht sofort antwortete, fügte sie hinzu: »Warum hat er mich nicht direkt angesprochen, sondern diese Zeichen an die Tür geschrieben – vorausgesetzt, er war es überhaupt?«

»Weil die Morde dazwischengekommen sind«, sagte Jana. Aber irgendetwas kam ihr merkwürdig vor. Irgendeine Bemerkung, irgendein Indiz, eine Spur, irgendwas hatte sie übersehen oder für unwichtig erachtet. »Vielleicht besprichst du dich mit Hauptkommissar Wieland. Du hast doch seine Kontaktdaten, oder?«

»Ja, du meinst …«

»Ich denke, es wäre gut. Vielleicht weiß er etwas und diese Tatsache ist der letzte Baustein, der ihm noch fehlt.«

Marita stand zögerlich auf, während Jana weiter nachdachte.

»Du meinst, Benjamin könnte etwas mit den Morden zu tun haben?«, fragte Marita besorgt.

Jana konnte es nicht ausschließen, aber noch lag in ihren Augen kein Motiv auf der Hand. Warum hätte er den Weinkritiker ermorden sollen? Hatte Clemens nicht davon gesprochen, dass es womöglich ein Unfall mit Todesfolge war? Die beiden könnten eine Auseinandersetzung gehabt haben, nur worüber? Hatte der Weinkritiker auch Benjamin über den Tisch gezogen?

»Jana?«

»Oh, entschuldige, ich habe nachgedacht. Hast du etwas gefragt?«

Marita stand bereits an der Tür und hielt etwas in den Händen. Einen Brief.

»Darf ich dir noch etwas zeigen? Hier«, sie hielt ihn Jana hin, »das ist der Brief meiner Mutter, in dem sie meinem Vater, also Fred Zerres, ankündigt, dass sie schwanger ist.«

Also hatte Marita den Brief aus dem Zimmer geholt. Sollte Jana sagen, dass sie den Inhalt kannte? Eigentlich gehörte es sich nicht, in ein Zimmer zu gehen, das gerade vermietet war, außer man wollte die Betten machen oder die Minibar auffüllen, die es allerdings hier nicht gab. Aber Jana verzieh ihr.

Als Jana zögerte, zog Marita ihre Hand zurück.

»Es ist ja sehr privat und interessiert dich nicht«, sagte sie ein wenig enttäuscht.

»Doch, es interessiert mich, aber es sind deine Erinnerungen, es ist deine Familiengeschichte. Bewahre den Brief gut auf.«

»Ja, das werde ich«, sagte sie leise und verließ den Raum.

Jana hatte vorhin beim Hereinkommen nicht darauf geachtet, aber jetzt, da sie unmittelbar daneben stand, fiel es ihr auf: An einem Haken neben der Tür hing ein Schlüssel. Sie nahm ihn von der Wand und probierte ihn aus. Er passte ins Schloss ihres Zimmers. Jemand war in der Zwischenzeit hier gewesen und hatte den vermissten Zimmerschlüssel wieder aufgehängt. Jemand, der sich auskannte.

»Marita?«, rief Jana in den Flur hinein.

»Ja?«, klang es aus dem Treppenhaus.

»Warte mal bitte!« Sie lief ihr hinterher. Usti folgte ihr die Treppe herunter.

Marita war ihr etwas entgegengekommen und so trafen sie sich auf halbem Weg.

»Hast du …« Jana war ein wenig außer Atem und musste einmal Luft holen. »Hast du den Schlüssel wieder ins Zimmer gehängt?«

»Nein, du meinst den Zimmerschlüssel, den wir vermisst haben?«

»Ja, der hängt neben der Tür an einem Haken.«

»Du bist sicher, dass er da nicht schon die ganze Zeit hing?«

»Ja, bin ich. Ich hatte gestern alles abgesucht.«

»Oh, langsam wird es mir unheimlich«, gestand Marita.

»Sag mal, wer kennt denn den Verbindungsgang zwischen den beiden Gebäuden?«

Marita wurde bleich im Gesicht. »Du …?«

Jana nickte.

»Du weißt davon?«

»Na ja, so schwer zu entdecken ist er ja auch nicht«, räumte Jana ein.

»Dann liegt das daran, dass jemand hindurchgegangen ist. Denn wir haben ihn lange Zeit nicht benutzt und er war von der Seite des Hauptgebäudes aus übertapeziert.«

»Oh, das wirft ein ganz neues Licht auf alles. Wer wusste denn von dem Verbindungsgang?«

Marita hielt sich am Treppengeländer fest. »Hm, lass mich überlegen. Mein Schwager und vielleicht seine Freundin. Das sind eigentlich alle.«

»Und der Enkel deines Vaters, was ist mit dem?«

»Gut möglich, Kinder lieben solche Geheimgänge …«

Benjamin hätte sich also fast frei im Weingut bewegen können. Er hätte sich einfach aus dem Haus schleichen, sich mit Radwahn treffen und ungesehen in sein Zimmer im Hauptgebäude zurückkehren können. Und später war er dann vermeintlich schlaftrunken in der Eingangshalle erschienen. Ein neuer Gedanke durchzuckte Jana.

»Marita, noch eine Frage. Weiß dein Schwager, dass du Fred Zerres' Tochter bist?«

»Nein … nicht von mir.«

»Du meinst, er hat es irgendwie herausbekommen?«

»Nun, er fragte mich schon öfter, warum ich diesen Raum nie renovieren wollte«, sie zeigte auf die Zimmertür am Ende des Flurs. Dann seufzte sie tief. »Er wurde in der letzten Zeit immer unleidlicher. Er war unzufrieden und wollte wieder in seinem alten Beruf als Schreiner arbeiten. Ich weiß nicht, ob seine Freundin ihn dazu ermutigt hat. Aber er wollte aussteigen aus dem Weingut …«

»Wäre das denn ein Problem für dich?«

»Na ja, seine Kenntnisse über den Weinanbau, die Verarbeitung, seine praktischen Fähigkeiten würden mir schon fehlen.«

»Und in finanzieller Hinsicht? Hat er irgendetwas verlauten lassen, dass er eine Abfindung möchte oder etwas in der Art?«

»Nein, ich glaube auch nicht, dass es ihm darum geht. Ich habe ihn ja immer anständig bezahlt.« Sie überlegte. »Du meinst, dass er mich erpressen wollte und vielleicht selbst die Weinflaschen weggeschafft hat?«

Nein, das wollte Jana wirklich nicht unterstellen, womit hätte er sie außerdem erpressen können? Sie hätte nachfragen können, entschied sich jedoch, Marita vorerst in Ruhe zu lassen, jetzt, da sie ihr Vertrauen erlangt hatte. Aber da war er wieder, dieser eine Gedanke. Es ging um Wein, aber in welcher Hinsicht nur?

»Oh, Marita, ich wollte keinesfalls deinen Schwager verdächtigen. Bitte, nicht so etwas denken. Ich möchte nicht, dass du ihm misstraust. Wir werden bald alles aufklären, bestimmt!« Hatte sie eben »wir« gesagt?

TAG 2 – 17.30 UHR

»Redet mit mir!«, murmelte Jana vor sich hin und betrachtete die Fotos an der Wand. Maritas Worte über ihre Kindheit gingen ihr noch durch den Kopf. Auf dem Bett sitzend, das Maritas Vater gehört hatte, im Zimmer, in dem er gewohnt hatte, fühlte sich Jana traurig. Wieso hatte Fred Zerres eigentlich nicht im Haupthaus gewohnt? Das hätte sie Marita unbedingt fragen müssen. Vielleicht hatte er das Zimmer hier als einen Rückzugsort empfunden?

Jana wusste nicht genau, welche Antworten sie von den Fotografien an der Wand erwartete. Die Familiengeschichte hatte sich zum großen Teil aufgeklärt, wenn auch einige Ungereimtheiten nicht zu leugnen waren. Aber stand die Familiengeschichte überhaupt in einem Zusammenhang mit den beiden Todesfällen? Warum mussten Radwahn und Hering sterben?

Das Telefon klingelte. Endlich meldete sich Clemens. Viel hatte er ihr nicht zu berichten. Er klang gehetzt und hatte es mal wieder eilig. Er konnte ihr immerhin mitteilen, dass Benjamin Frost den Privatdetektiv angeheuert hatte. Das hatte sie sich schon gedacht, da er laut Maritas Auskunft Herings Zimmer im Weingut gebucht hatte. Außerdem konnten Clemens' Kollegen einen großen Teil der Dateien auf Herings Speicherchip auswerten. Nicht jedoch die Datei, die Informationen über Kai-Uwe Radwahn beinhalten musste, denn diese hatte Hering zu gut verschlüsselt. Er musste einige brisante Informationen über den Weinkritiker zusammengetragen haben. An was war Hering dran, dass er Informationen über Radwahn gesammelt hatte? Lange würde es nicht mehr dauern, so versprach Clemens, bis sie auch auf diese Datei Zugriff haben würden. Bevor Jana Clemens jedoch von den neuesten Entwicklungen erzählen konnte, hatte er aufgelegt. Hoffentlich würde sich Marita bei ihm melden.

Zurück ins Weingut mit den Gästen des offenen Weinkellers zog es Jana überhaupt nicht und so blieb sie im Zimmer und versuchte, Informationen über Kai-Uwe Radwahn im Internet ausfindig zu machen. Das Bild, das sie von ihm hatte, war sehr unvollständig. Wenn man sich lediglich an der Oberfläche bewegte, so ergab sich zunächst der Anschein eines seriösen Weinkenners, der viel Wert auf seine Reputation legte. Er umgab sich gerne mit Koryphäen, Weinfachleuten, Restaurantkritikern. Je tiefer sie einstieg, desto mehr bröckelte die wohlinszenierte Oberfläche. In einem Forum fand sich ein erster Hinweis auf seine Betrügereien mit Weinen, deren Inhalt nicht hielt, was das Etikett versprach. Jana wunderte, dass dieser Betrug keine größere Welle geschlagen hatte, zumindest nicht medial. Je genauer sie die Einträge las, desto mehr begriff sie, dass ein großer Teil kritischer Posts gelöscht worden sein musste. Ein Kommentar unter dem Onlineartikel einer Tageszeitung ließ sie stutzig werden: »Radwahn betrügt und das nicht nur in finanzieller Hinsicht. Er versteht einfach nichts von Weinen.«

Sie überlegte, was das zu bedeuten haben konnte, als ihr eine Bemerkung von Johannes Bönisch wieder einfiel. Er hatte seine Zweifel über Radwahns Kennerschaft ihr gegenüber deutlich zur Sprache gebracht. Und ihr kam sein Verhalten ebenfalls mitunter etwas seltsam vor. Sie hatte das Gefühl, er wäre bei der Weinprobe nicht bei der Sache gewesen. Es warf natürlich ein ganz anderes Licht auf alles, wenn Radwahn seine Weinkenntnisse nur vorgetäuscht hatte. War das überhaupt möglich?

Wenn es Jana jetzt noch gelänge, eine Verbindung zu Benjamin Frost, alias Benedikt Zerres, herzustellen, wäre sie dem Täter vielleicht endlich auf der Spur. Die beiden Männer hatten sich nicht gemocht, das hatte sie gleich bemerkt. Also kannten sie sich näher, vielleicht sogar von früher? Beim Versandriesen entdeckte sie eine Rezension zu Benjamin Frosts aktuellem Buch, eine Ein-Sterne-Rezension:

»Unsagbares Machwerk. Der Autor kann keine Geschichten erzählen. Was man dort zu lesen bekommt, ist billigstes Groschenheftniveau. Welcher Verlag druckt nur solche Texte? Bitte keine Fortsetzung!«

Sie suchte den Namen des Rezensenten: ›Uwe R.‹

Na bitte, wenn das nicht Kai-Uwe Radwahn geschrieben hatte! Aber mordet man wegen einer schlechten Rezension? Wenn viele Autoren dazu vielleicht insgeheim Lust verspürten, so ließen sie einen unliebsamen Kritiker wohl eher in einer ihrer nächsten Geschichten eines unnatürlichen Todes sterben. Die Spur war heiß, aber noch nicht valide genug.

TAG 2 – 18.10 UHR

Als sie auf die Uhr schaute, bemerkte sie, dass sie viel länger im Internet recherchiert hatte, als sie vorgehabt hatte. Sie legte ihr Handy zur Seite. Usti schlief tief und fest. Sie packte ihre Sachen, sah sich noch einmal im Zimmer um und hätte beinahe ihr Handy auf dem Bett liegen lassen. Während sie es in ihre Jackentasche steckte, tippte sie Usti vorsichtig mit der Fußspitze an. Er reagierte kaum, so fest schlief er. Sie bückte sich zu ihm hinunter, streichelte ihn, ruckelte sanft an seinem Körper und nur mit Mühe gelang es ihr schließlich, ihn wach zu bekommen. Er taumelte mehr, als dass er neben ihr herlief. Jana machte sich ernsthafte Sorgen. Sie packte seine Decke ein und ging hinüber zum Weingut.

Da niemand mehr in der Eingangshalle anzutreffen war, legte Jana ihre Sachen hinter den Tresen und stieg mit dem müden Usti die Treppen zum Probenraum hinab. Sie wollte nur rasch ihre Fotos einsammeln und dann nach Hause fahren. Wenn es Usti bis dahin nicht besser ging, würde sie zur Sicherheit noch ihren Tierarzt anrufen und ihn um Rat fragen. Der hatte für sie immer Zeit, auch am Wochenende.

Im Probenraum traf sie auf Benjamin Frost. Mit ihm hatte sie nicht mehr gerechnet. Ganz wohl fühlte sie sich nicht, so allein mit ihm. Denn nachdem, was sie von Marita erfahren hatte, ließ sie der Verdacht nicht mehr los, er könnte doch etwas mit den beiden Tötungsdelikten zu tun haben. Ihr fiel vor Abgeschlagenheit keine plausibel klingende Ausrede ein, warum sie auf dem Absatz kehrtmachen sollte. Je unbedarfter sie sich verhielt, desto weniger würde sie sein Misstrauen erregen. Sie ahnte, dass das ein Fehler sein würde. Manchmal entschieden Millisekunden darüber, ob man das Richtige tat oder nicht. Es kostete sie einiges an Selbstbeherrschung, die Unwissende zu spielen.

»Na, Jana?«

»Hallo, Benjamin. Wie war dein Tag?«, antwortete sie vielleicht ein wenig zu engagiert.

»Nicht so, wie erwartet«, antwortete er.

Jana sagte nichts und nahm stumm ihre Bilder von den Staffeleien herunter in der Hoffnung, er würde gleich gehen. Dann könnte sie Clemens anrufen, der, so hoffte sie, schon Bescheid wusste. Über Benjamins Pseudonym, seine familiäre Beziehung zum Weingut, vielleicht sogar über seine Verbindung zu Kai-Uwe Radwahn. Bestimmt hatten sie längst die Computerdatei von Manfred Hering entschlüsselt.

»Jana, es tut mir leid, aber du weißt mir einfach zu viel und ich brauche Zeit.«

Sie blickte zu ihm auf, während sie das vorletzte Foto zu den anderen auf den Boden stellte. »Was meinst du?«

»Ich habe euch vorhin belauscht, dich und meine ... Ja, was ist sie eigentlich?«

Janas Knie fingen an zu zittern. Sie ging zur letzten Staffelei und ließ ihn kurz aus den Augen. Plötzlich stand Benjamin direkt hinter ihr und fasste ihre Handgelenke. Er drehte ihre Arme auf den Rücken.

»Usti!«

»Dein Hund kann dir nicht helfen.«

Usti lag schlaff auf dem Boden und schlief.

»Du hast meinen Hund vergiftet?«

»Ich dachte, dann kümmerst du dich um den Hund und stehst mir hier nicht im Weg rum.«

»Was hast du ihm gegeben?«

»Nur ein wenig Schlafmittel in einem Stück Fleischwurst.«

»Mann, was hast du ihm gegeben?«, schrie sie ihn an. »Du kannst ihn damit umbringen!« Jana wehrte sich, wollte sich befreien, doch seine Hände umschlangen noch fester ihre Handgelenke.

»Lass mich los, du tust mir weh, du Arsch.« Sie versuchte erneut, sich zu befreien.

»Dann hör auf zu schreien!«

Er hatte wohl nicht mit ihrer Gegenwehr gerechnet, denn er griff nach einem Gegenstand, der auf einem gemauerten Sims lag: ein Winzermesser!

Nicht schon wieder!, dachte sie.

»Hör auf, sonst –!«

Er hielt ihr das Messer an die Kehle. Jede Bewegung konnte ihre letzte sein. Erst jetzt begriff sie, dass ihre Sorgen nicht nur ihrem Hund zu gelten hatten.

»Was hast du meinem Hund gegeben? Wann? Ich will nicht, dass er stirbt!«

»Von dem einen Tablettchen Noxodorm wird er schon nicht sterben.«

»Noxodorm?« Jana wurde ganz merkwürdig zumute.

»Ja, kennste, oder? Ich habe die Tabletten ja auch in deiner Tasche gefunden.«

»Du warst also in meinem Zimmer …«

»In *deinem* Zimmer … Aber nun sei still, sonst gibt es doch noch einen weiteren Toten.«

»Du bist also für die zwei Todesfälle verantwortlich!«

»War so nicht geplant, aber … Nun haben andere halt mal Pech gehabt. Und ich bin der Gewinner in dem Spiel! Endlich mal!«

»Spinnst du komplett?«

Jana versuchte, sich freizustrampeln, aber mit dem Messer an ihrem Hals war das lebensgefährlich. Sie musste versuchen, sich ihm zu entwinden, und ging in Gedanken die erlernten Selbstverteidigungsgriffe durch. Doch sie fühlte sich wie gelähmt. Für einen Moment lockerte er den Griff um ihre Arme, ließ sogar das Messer sinken, nur um dann mit beiden Händen fester zuzupacken. Er zog sie rückwärts durch den Raum bis zu der Stelle, an der das Messer gelegen hatte. Mit der einen Hand hielt er ihre Handgelenke, mit der anderen nahm er sich etwas vom Sims. Sie hatte kurz die Chance, sich von ihm loszureißen, aber da war es schon zu spät. Sie spürte, dass er ein Seil um ihre Handgelenke band. Sie fand sich damit ab, dass Gegenwehr nichts mehr brachte, und redete sich ein, dass er ihr nichts tun würde. Was er wollte, war ein Zeitvorsprung.

»Wieso bist du überhaupt noch hier?«, fragte sie, so ruhig sie nur konnte.

Er drehte Jana um, sodass sie ihn anblicken konnte. »In einer sentimentalen Anwandlung hatte ich gehofft, Katja würde vielleicht doch noch kommen und wir könnten gemeinsam …«

»In den Sonnenuntergang reiten? Du spinnst doch!«

Er lachte. Aber sein Lachen war nicht böse, sondern unendlich traurig. Er verlor sich in seinen Gedanken.

»Benedikt Zerres …«

Er zuckte zusammen. Der Name schien etwas in ihm zu bewegen. »Du weißt es, sag ich doch.«

»Vermutlich nicht alles, aber was ich weiß, ist, dass du dich gerade immer tiefer in die Scheiße reitest. Gib auf, stell dich, stehe dafür gerade, was du getan hast ...«

Er warf ihr einen traurigen Blick zu. Jana hatte schon die Hoffnung, er würde aufgeben.

»Ich würde gerne mit dir weiterplaudern, aber es drängt ein wenig die Zeit. Dein Handy kannst du ruhig behalten, hier im tiefen Weinkeller hast du sowieso keinen Empfang.«

Blitzschnell schubste er Jana in die kleine Abstellkammer neben dem Probiertisch, in der es nach Wein und Putzmitteln roch. Die Tür fiel zu. Es wurde mit einem Schlag dunkel. Sie lauschte. Benjamin war noch vor der Tür, sie hörte seinen Atem.

»Ach, noch was, es könnte sein, dass du bald ein wenig Probleme beim Atmen bekommst, so viel Sauerstoff gibt es da drinnen nicht. Vielleicht gebe ich deinem Polizeifreund doch einen Tipp, mal sehen ...«, rief er. Dann fiel auch die Tür zum Probenraum ins Schloss.

»Usti, bist du noch da?«, rief sie aufgeregt. Es kam keine Antwort, natürlich nicht. Sie hoffte, dass er aus dem Schlaf aufwachen und überleben würde. Wann hatte er überhaupt die Fleischwurst gefressen? Sie kannte sich nicht wirklich mit der Wirkung von Medikamenten bei Hunden aus, hoffentlich war die Dosis nicht zu hoch und das Mittel nicht tödlich.

Jana merkte langsam, dass das Seil nur locker gebunden war. So stümperhaft dazu, dass sie es mit wenigen Bewegungen und einiger Anstrengung sogar über ihre Hände abstreifen konnte. Das wäre also schon einmal geschafft! Nun tastete sie in dem Räumchen nach einem Lichtschalter. Auch den fand sie nach kurzer Suche.

Und dann klingelte ihr Handy!

Das kann doch nicht wahr sein, dachte Jana. Wieso klingelte ihr Handy, obwohl es hier unten angeblich keinen Empfang gab? Egal, sie nahm das Gespräch schnell entgegen, ohne auf die angezeigte Rufnummer zu blicken.

»Hallo?«

»Hallo, Jana, du klingst so komisch. Hier ist deine Mutter.«

»Oh, Mama. Das ist jetzt ganz schlecht, können wir bitte später telefonieren? Jetzt geht es gerade wirklich nicht. Tschüss, Mama.« Sie drückte das Gespräch weg. Morgen würde sie die Wogen glätten, aber nicht jetzt.

Sie rief Clemens an. Zunächst erklang die ihr bereits wohlbekannte Mailboxansage, doch dann nahm er selbst ab.

»Jana? Wo bist du?«

»In einer Kammer neben dem Probenraum. Benjamin Frost hat mich eingesperrt. Und Usti geht es schlecht, ich brauche einen Tierarzt. Komme hier aber nicht raus. Er liegt im Probenraum. Und Benjamin Frost ist gar nicht Benjamin Frost …«

»Schon gut, Jana. Ich weiß Bescheid, meine Männer suchen ihn bereits. Ich bin direkt vor dem Weingut und komme jetzt runter.«

»Was, wo bist du?«

»So, ich bin auf der Treppe. Jetzt, ah, die Tür ist nicht verschlossen. So, wo bist du?«

»Hinter der Tür rechts neben dem großen Tisch!«

Sie hörte seine Schritte, dann drehte sich der Schlüssel im Schloss. Die Tür öffnete sich.

»Hi, Clemens. Bist du Benjamin nicht begegnet?« Sie rannte an ihm vorbei zu dem am Boden friedlich schlafenden Usti.

»Nein, nicht auf dem Weg hierher.«

»Aber ihr könnt euch nur um Sekunden verpasst haben.«

»Dann haben wir ihn auch bald. Er entkommt uns nicht.«

Jana streichelte Usti, der ihr gerade wichtiger war als Benjamin Frost.

»Jana?«

»Wenn ich nur wüsste, was das Noxodorm bei Hunden anrichtet. Das hat der Arsch Usti gegeben und seitdem pennt er, hoffentlich stirbt er nicht …«

Clemens tippte auf seinem Handy herum. »Warte mal kurz«, sagte er zu Jana und gab seinen Kollegen telefonisch einige Anweisungen. In dem Moment erschien Johannes Bönisch in der Tür. »Na, was ist denn los hier? Überall wimmelt es von Polizei. Ach herrje, ist was mit dem Hund?«

»Dieser Benjamin Frost, der eigentlich Benedikt Zerres heißt, hat meinen Hund betäubt oder was auch immer diese Tablette mit ihm macht.«

»Oh, das tut mir leid. Aber was ist los? Frost heißt eigentlich Benedikt Zerres?«

»Sie wissen es gar nicht?«, fragte Jana verblüfft. Sie schaute zu den beiden Männern auf. Clemens telefonierte immer noch. Als er das Gespräch beendet hatte, wirkte er erleichtert.

»Habt ihr Benjamin?«

»Noch nicht, aber die Fahndung läuft und meine Leute sind ihm auf den Fersen. Das gerade war die Giftnotzentrale. Usti wird es bald besser gehen. Das Mittel scheint für Hunde nicht gefährlich zu sein, vorausgesetzt die Dosis war nicht zu hoch. Könnten Sie sich um einen Tierarzt kümmern?«, wandte er sich an Johannes Bönisch.

»Und mit dir ist so weit alles in Ordnung? Hat Frost

dir etwas getan?«, fragte Clemens fürsorglich, nachdem Johannes Bönisch den Raum verlassen hatte.

»Ne, nur gefesselt, ein Messer an den Hals gehalten und mich eingesperrt«, brummelte sie.

»Du hörst dich ziemlich gut an, wenn ich da an Ahrweiler denke ...«

»Na ja, das war ja auch was anderes, du weißt schon ... Ich bin drüber hinweg.« Sie rieb ihre Handgelenke, die etwas schmerzten.

»Ich habe einen Tierarzt verständigt, der schaut sich Ihren Hund gleich einmal an«, sagte Johannes Bönisch, der wieder zu ihnen gestoßen war. »Aber könnte mich vielleicht bitte jemand aufklären, wer dieser Benedikt Zerres nun eigentlich ist?«

»Das erkläre ich dir später«, sagte Marita, die mittlerweile ebenfalls im Türrahmen aufgetaucht war.

»Ich will es aber jetzt wissen. Von wem redet ihr?«

»Von Benjamin Frost, dem Autor ...«

»Was? Frost oder Zerres? Ich verstehe gar nichts.«

»Benjamin Frost ist sein Pseudonym«, mischte sich Jana ein. Als Johannes Bönisch fragend die Stirn über seiner Nasenwurzel in Falten legte, fügte sie erklärend hinzu: »Sein Künstlername.«

»Aha. Ist dieser Bengel also mit Fred Zerres verwandt?«

»Ja, sein Enkel. Aber nicht nur der ist mit ihm verwandt«, sagte Marita.

»Wer denn noch?«, fragte Johannes Bönisch ungehalten.

»Meine Herrschaften«, unterbrach Clemens die beiden. »Das können Sie wirklich später und vor allem woanders klären. Vielleicht bei einer Flasche Wein. Ich würde jetzt gerne meine Arbeit zu Ende bringen.« Er machte eine scheuchende Handbewegung.

»Gut, dass das Handy hier funktioniert hat. Ich dachte schon, ich hätte wegen der dicken Mauern keinen Empfang«, sagte Jana erleichtert.

Johannes Bönisch drehte sich noch einmal um.

»Das war meine Idee. Vor einem Jahr habe ich einen Signalverstärker einbauen lassen. Man weiß ja nie, was mal passiert, schon allein wegen der Gäste, und dann kann man schnell Hilfe holen.«

»Das haben Sie gut gemacht«, erwiderte Clemens. »Aber nun darf ich bitten …« Er schloss hinter den beiden die Tür und nahm Jana in den Arm. Sie standen eine Weile eng umschlungen da, ohne etwas zu sagen.

»Ist das also Arbeit für dich?«, frotzelte Jana und sah ihn dabei keck an.

»Mach du nur Witze. Ich müsste dir den Hintern versohlen.«

»Diesmal kann ich wirklich nichts dafür. Ich habe nur Informationen gesammelt. Und ich bin ihm nicht hinterhergeschlichen, sondern wollte nur meine Fotos zusammenpacken, wie du siehst.« Sie zeigte auf die am Boden stehenden Bilder. »Vielmehr hat er mich beobachtet. Aber dass er mich überfallen und fesseln würde, das konnte doch keiner ahnen.«

In Clemens' Hand machte sich sein Handy bemerkbar, er löste seine Umarmung. »Sehr gut«, antwortete er nur und legte dann rasch auf. »Wir haben den feinen Herrn Autor übrigens gerade geschnappt.«

»Wo?«

»Am Wohnmobil der Familie Devrient.«

Als Jana gerade zu einer Frage ansetzte, kamen zwei Polizisten in den Probenraum.

»Gibt es etwas zu tun für uns?«

»Ja, einer von Ihnen beiden sichert die Spuren, bitte ein paar Fotos von den Räumlichkeiten und der andere klemmt sich bitte die Fotos unter den Arm und bringt sie nach oben. Wo stehen deine restlichen Sachen, Jana?«

Sie sagte es ihm. Ob Usti laufen konnte? Er schnarchte vor sich hin, seine Atembewegungen waren ruhig und gleichmäßig.

»Was machen wir mit ihm?«, fragte Jana.

Clemens hockte sich neben ihn und streichelte ihm sanft über seinen Kopf. Da öffnete Usti erst sein rechtes, dann auch noch sein linkes Auge, gähnte herzhaft und stand auf. Etwas wackelig zwar, aber eben auf den eigenen vier Beinen ging er neben ihnen die Treppe hoch.

»So, Jana, du fährst dann nach Hause und wir sprechen uns später.«

Jana tippte mit ihrem Zeigefinger gegen ihre Stirn. »Jaja, das glaubst aber auch nur du.«

»Bitte?«

»Wo ist der Typ?«

»Frost? Äh, Zerres?«

»Ja.«

»Wieso?«

»Weil ich ihm sein blödes Buch zurückgeben will und zwar persönlich.«

Clemens warf ihr einen Blick zu, der nur eine Interpretation zuließ: Er fand ihr Verhalten mal wieder ganz typisch.

»Also gut. Komm! Und Sie passen auf den Hund auf«, wandte er sich an den Kollegen.

Der Einsatzwagen stand direkt vor dem Weingut. Jana ließ sich auf den Beifahrersitz fallen.

»Doch erschöpft?«, fragte Clemens und trat aufs Gaspedal.

»Eigentlich schon, aber noch stehe ich ein wenig unter Strom. Mir geht gerade sehr vieles durch den Kopf. Außerdem wüsste ich zu gerne, was in der Truhe ist.«

»Du meinst die unter der Treppe, von der du in der Nachricht geschrieben hast? Oh ja, da fahren wir schnell noch hin, gute Idee. Meine Kollegen müssten schon dort sein.«

»Wie viele Leute hast du denn im Einsatz?«, wollte Jana wissen, während Clemens von der Hauptstraße in die Nebenstraße abbog, um von hinten an das Weingut zu gelangen.

»Eine ganze Menge. Bei einem Doppelmord …«

»Ich weiß, Clemens …«, unterbrach Jana ihn müde.

Clemens fuhr mit dem Einsatzwagen bis fast vor den Eingang des Nebengebäudes. Die Tür stand offen. Drinnen waren tatsächlich zwei seiner Kollegen an der Truhe beschäftigt. Gerade barst das Vorhängeschloss mit einem lauten Krachen. Quietschend öffnete sich der Deckel. Einer der Polizisten beugte sich darüber, leuchtete mit seiner Taschenlampe ins Innere und kratzte sich am Kopf.

»Herr Hauptkommissar, ich weiß nicht, ob das wirklich was Wichtiges ist …«

»Lassen Sie mal sehen.« Clemens hatte sich mittlerweile ein paar Handschuhe übergestreift und griff hinein. Schließlich beförderte er einen rechteckigen Gegenstand heraus.

»Lass uns zum Licht gehen«, forderte er Jana auf.

»Was ist das?«

»Du kennst das nicht mehr?«, fragte er.

»Doch, ein Walkman.«

Clemens drückte auf einen der Knöpfe, sodass sich das Kassettenfach öffnete. Zum Vorschein kam eine Audiokassette.

»Guck mal, Jana. Kannst du lesen, was drauf steht?«
»Ja, Michael Jackson und dann noch ein Name von Hand geschrieben. Moment, jetzt kann ich es lesen: Kai-Uwe.«

TAG 2 – 19.10 UHR

»Wo steht denn das Wohnmobil«, fragte Jana, als sie gerade die Nepomukbrücke überquerten.

»Im nächsten Ort«, antwortete Clemens und betätigte den rechten Blinker.

Noch hatte sich das Adrenalin in ihren Adern nicht abgebaut. Obwohl sie letzte Nacht nicht geschlafen hatte, fühlte sie sich ganz gut. Sie war erleichtert, dass Usti offensichtlich nichts Schlimmeres passiert war.

»Dieser Radwahn und Benjamin alias Benedikt, die kannten sich von früher, oder?«

»Du meinst wegen der Kassette im Walkman?«, fragte Clemens.

»Na ja, liegt ja nahe, dass sie als Kinder Kontakt miteinander hatten. Ob sich da eine Feindschaft zwischen den beiden entwickelt hat? Warum hat er denn Radwahn umgebracht? Wegen des Weinbetrugs? Hat er etwa auch in Weine investiert?«

»Jana, du plapperst zu viel!«, lachte Clemens. Gerade fuhren sie auf freier Strecke, links von ihnen ragten die Weinberge in die Höhe. Rechts konnte Jana in einiger Entfernung einen Turm erkennen, der bald wieder aus ihrem Blickfeld verschwunden war.

»Investiert haben nur die Devrients. Benjamin hat Hering engagiert, damit er etwas über Radwahn herausfinden sollte, womit er diesen erpressen konnte.«

»Aber warum?«

»Das muss uns Frost beziehungsweise Zerres noch sagen.«

»Ich habe eine Rezension gelesen, die ziemlich unterirdisch war. Über das letzte Buch von Benjamin. Ich denke, die hat Radwahn geschrieben. Vielleicht hat das Benjamin wieder auf die Spur seines alten Freundes gebracht. Sie hatten noch eine alte Rechnung offen, was meinst du?«

»Klingt plausibel.«

»Aber wie kamen die Devrients mit in die Geschichte?«

»Aus Herings Dateien geht hervor, dass Benjamin zusammen mit ihnen Radwahn erpressen wollte. Aber die haben einen Rückzieher gemacht, weil sie sich doch nicht darauf einlassen wollten.«

Gerade lenkte Clemens nach rechts und verließ die Durchgangsstraße. Sie überquerten einen Bahnübergang, bogen dahinter nach rechts ab, ließen den Dernauer Winzerverein links liegen und fuhren immer weiter entlang der Ahr.

»Dahinten ist es!«

Außer zwei Polizeiwagen und einem Wagen der Spurensicherung sah Jana nichts.

»Und wo ist das Wohnmobil?«

»Hinter dem Holzstapel soll es stehen. Der Sägewerksbesitzer hat es entdeckt.«

»Aber wie kam Benjamin wieder zurück?«

»Vermutlich mit dem Rad, ganz einfach. Die Devrients hatten Räder mit und am Ahrufer entlang kann man über den Ahrtalweg fahren, ohne die Nepomukbrücke benutzen zu müssen. Ginge natürlich auch zu Fuß, würde aber länger dauern. Du hattest recht mit deinem Hinweis, dass man mit dem Rad die Absperrung umfahren konnte …«

Beim Holzstapel angekommen, brachte Clemens den Wagen zum Stehen. Jana sprang als Erste hinaus.

»Herr Hauptkommissar!«, rief einer der Polizisten, während er ihnen entgegengelaufen kam. »Im Wohnwagen liegen haufenweise Weinflaschen.«

»Die geklauten!«, meinte Jana. »Wie ist er denn da schon wieder dran gekommen? Das Weinregal war doch abgeschlossen.«

»Ich denke, der wusste, wo er die Schlüssel finden würde. Und Ersatzschlüssel gibt es bestimmt auch«, schlussfolgerte Clemens.

Inzwischen hatten sie das Wohnmobil erreicht. Direkt daneben parkte ein Ford Fiesta mit Bonner Kennzeichen.

»Ist das Benjamins Auto?«, fragte Jana.

»Ja, diesmal hat er es vorgezogen, mit dem Auto hierher zu fahren.«

»Wo ist er?«

»Im Einsatzwagen. Sollen wir eine Gegenüberstellung machen?«, fragte Clemens und zwinkerte Jana zu. Sie verstand, es war eine gute Möglichkeit, noch einmal mit Benjamin zu sprechen. Denn eigentlich hatte sie hier nichts zu suchen.

»Lassen Sie bitte Herrn Frost alias Zerres aussteigen«, bat er einen der Kollegen. »Seine Rechte haben Sie ihm bereits verlesen?«

Der Kollege nickte.

Aus dem Polizeiwagen quälte sich ein sichtlich zerknirschter Benjamin Frost.

»Jana, du schon hier?«, fragte er betreten.

»Ja, Benjamin. Dinge verändern sich, auch in einem alten Weingut geht man mit der Zeit und baut zum Beispiel einen Signalverstärker ein.«

»Dinge verändern sich, aber Menschen nicht«, bemerkte Benjamin bedrückt. Fast tat er Jana ein wenig leid, wenn er nicht ein Mörder wäre.

»Wie geht es deinem Hund?«

»Ich hoffe, er behält keine Schäden zurück. Wie konntest du nur ein wehrloses Geschöpf da mit reinziehen? Aber das ist hier jetzt nicht das Thema. Sag mir lieber, warum du Radwahn und Hering auf dem Gewissen hast.«

Neben ihr räusperte sich Clemens. »Jana, überlass das uns«, flüsterte er ihr zu.

»Ich will es doch nur verstehen!«

Benjamin ließ sich erschöpft auf die Motorhaube des Einsatzwagens fallen.

Betretenes Schweigen ringsum.

»Könnte ich bitte eine Zigarette haben?«, fragte er matt.

»Von uns raucht keiner«, antwortete Clemens.

»Ihr Kollege hat mir meine Kippen eben abgenommen, als ich meine Taschen ausleeren musste.«

»Aha, okay.« Clemens gab seinem Kollegen ein Zeichen. Benjamin machte keine Anstalten weiterzureden und blickte ins Leere. Jana und Clemens ließen ihm die Chance, sich zu sortieren. Nachdem ihm der Kollege eine brennende Zigarette gebracht hatte und Benjamin mehrmals tief den Tabakrauch inhaliert hatte, schien es ihm besser zu gehen. Mit müder, aber dennoch fester Stimme begann er zu erzählen.

»Kai-Uwe hat mich immer gehänselt. Ich könne dies nicht, könne das nicht. Ich sei ein Verlierer. Wir hatten uns aus den Augen verloren und dann taucht er wieder in meinem Leben auf und macht mich dermaßen nieder mit seinen Kritiken. Ich hatte gerade wieder … Fuß gefasst.« Er stützte sich mit den Händen auf der Motorhaube ab.

»Ist Ihnen nicht gut, brauchen Sie etwas?«, fragte Clemens.

»Nein, geht schon ... Dann hat dieser Detektiv rausbekommen, dass Kai-Uwe die Leute beschissen hat. Ich wollte ihm doch nur einen Denkzettel verpassen und vielleicht eine kleine Entschädigung rausschlagen für das, was er mir als Kind angetan hat. Aber dann ...«, seine Augen glänzten plötzlich. »Dann hat dieser Detektiv etwas geradezu Geniales herausgefunden. Also genial für mich und für meine ... Verhandlungsposition.« Er schien sich die Worte zurechtzulegen. »Ich wusste immer schon, dass Kai-Uwe einen komischen Geschmack hatte.« Er lachte leise. »Hering fand heraus, dass Kai-Uwe, der sich wie ein Weingott aufführte, so gut wie nichts riechen konnte. Denkbar ungünstig für einen Weinkritiker. Hering traf sich mit einem von Kai-Uwes ehemaligen Freunden, der von ihm ebenfalls über den Tisch gezogen worden war. Freundschaft ist für ihn, war für ihn, ein dehnbarer Begriff.«

Er blickte bekümmert in die Ferne.

»Und stellen Sie sich vor, dieser Freund hatte ihm jahrelang dabei geholfen, Weine zu verkosten, machte ihm Spickzettel mit den Aromen, die Kai-Uwe dann auswendig lernte. Als mir das der Detektiv heute Nacht, als wir uns im Weinberg trafen, steckte, da erinnerte ich mich auch wieder daran, dass Kai-Uwe früher mal eine schlimme Grippe hatte und seitdem hatte er das wohl: diese Riechstörung.«

Janas Blick wanderte zu Clemens, der konzentriert zuhörte. Die untergehende Sonne zauberte ein warmes Licht auf sein Gesicht. Bevor Benjamin weiterredete, nutzte Clemens die Pause.

»Sie wissen, dass Sie sich nicht selbst belasten müssen.«

»Ja, aber mir geht es besser, wenn ich darüber rede. Also.

Ich dachte immer schon, dass ihm seine Überheblichkeit und seine Geltungssucht irgendwann mal das Genick brechen würden. Dass das dann passieren würde, das habe ich nicht geplant, nicht gewollt, ehrlich … Unser Streit ist völlig aus dem Ruder gelaufen. Und dann hat der Detektiv wohl alles mit angesehen und mich später gebeten, zur Polizei zu gehen, mich zu stellen. Aber das ging nicht, dann hätte Kai-Uwe doch wieder gewonnen …« Er rieb sich die Augen so, als wollte er nicht wahrhaben, dass er zwei Menschen auf dem Gewissen hatte.

»Sie geben es also zu, dass …«

»Ja, natürlich …«

»Womit haben Sie den Detektiv getötet?«

»Oh, man, das wollte ich doch gar nicht. Aber ich sah keinen Ausweg. Als er sagte, er würde dich anrufen …« Er blickte Jana an.

»Woher hatte er denn meine Nummer?«

»Er hatte einen Zettel in der Hand und fing gerade an, die Ziffern einzutippen …«

Das musste der Zettel gewesen sein, den Jana eigentlich für Marita Bönisch auf dem Tresen hinterlegt hatte.

»Da musste ich ihn stoppen. Und in meiner Tasche hatte ich noch einen Rest vom Draht, mit dem ich die Weinflaschen zusammengebunden hatte, damit sie nicht so in den Kisten klappern, und dann ging irgendwie alles ganz automatisch …«

»Wir nehmen das alles später zu Protokoll. Ich denke, das reicht nun. Lassen Sie uns fahren«, sagte Clemens zu seinen Kollegen.

Benjamin nickte und stand auf, um sich in den Einsatzwagen bringen zu lassen. »Tut mir echt leid, Jana«, sagte er zu ihr im Vorbeigehen.

»Was war denn in der Truhe drin?«

Er blieb stehen. »Ach ja, die Truhe. Da habe ich zwischenzeitlich ein paar von den Weinflaschen deponiert. Die gehörten doch mir, irgendwie.«

»Und sonst nichts?«

»Doch, Erinnerungen an meine Kindheit auf dem Weingut meines Opas. Gute und schlechte Erinnerungen. Der Schlüssel dazu lag immer unter einem Briefbeschwerer auf dem Schreibtisch meines Opas.«

»Und das Gekritzel auf dem Weinfass und der Tür deiner … Stieftante?«

»Ach, zunächst wollte ich damit, also mit den Zeichen auf dem Fass, nur meine Lesung illustrieren. Ich hatte vor, lesend durchs Weingut zu ziehen. Aber das wollte Maritas Schwager ja nicht …«

»Ich denke, wir wissen nun genug. Wir bringen Sie jetzt erst einmal zur Vernehmung in die Dienststelle.« Clemens gab seinen Kollegen ein Zeichen, dass sie Benjamin Frost wegbringen sollten. Dann begleite er Jana zu seinem Wagen, fuhr aber nicht gleich los, sondern besprach sich noch eine Weile mit seinen Kollegen, während Jana im Auto sitzend gegen die Müdigkeit ankämpfte.

TAG 2 – 20 UHR

»Ich habe vergessen, ihm sein Buch zurückzugeben ...«, stellte Jana fest, als sie von Dernau aus zurück zum Weingut fuhren.

»Welches Buch denn eigentlich?«, fragte Clemens.

Jana erklärte ihm, wie der Band mit den Krimikurzgeschichten in ihren Rucksack gekommen war.

»Wollte der deine Meinung dazu hören?«, fragte Clemens mit einem Anflug von Skepsis in der Stimme.

»Woher soll ich das denn wissen?«, fragte Jana ein wenig gereizt. »Ich habe Hunger!«, schob sie hinterher.

»Wir sind gleich da. Außerdem wolltest du unbedingt mitkommen.«

Im Westen ging die Sonne unter und tauchte das Tal in ein magisches Licht. Einen wirklichen Blick für die Schönheit der Landschaft hatte Jana gerade nicht. Nun, da alle Anspannung von ihr abgefallen war, fühlte sie sich nur noch müde und erschöpft.

Als sie das Weingut an Clemens' Seite betrat, hoffte sie inständig, dass es Usti gut ginge. Ihr Hund lag mittlerweile auf dem Sofa im Eingangsbereich und schnarchte.

Marita stand in der Tür zur Gaststube.

»Ich habe ihn zusammen mit meinem Schwager da drauf gelegt. Ich dachte, das ist bequemer so.«

»Was hat der Tierarzt gesagt? Er war doch hier, oder?«, fragte Jana und betrachtete sorgenvoll ihren Hund.

»Ja, er hat sich ihn angesehen. Er meint, seine Vitalwerte

sind in Ordnung. Falls sich sein Zustand verschlechtert, können Sie ihn anrufen.« Sie reichte Jana eine Visitenkarte.

»Möchtet ihr, möchten Sie eine Kleinigkeit essen?«

Obwohl Clemens dringend zurück zur Dienststelle musste, sagte er zu. »Ich weiß nicht, wann ich das letzte Mal etwas gegessen habe«, flüsterte er.

»Frau Bönisch, Sie müssten später die Weinflaschen identifizieren, die wir sicherstellen konnten.«

»Was, die Weine meines Vaters sind wiederaufgetaucht?«

»Ja, es scheint so zu sein.«

Jana und Clemens folgten der erleichtert wirkenden Inhaberin in die Gaststube. Sie hatten den Raum für sich allein und machten es sich an einem der Tische gemütlich. Marita Bönisch brachte ihnen schon bald einige Kleinigkeiten, die von der Verköstigung übrig geblieben waren.

»Ich wollte Ihnen nur noch etwas sagen, bevor ich Sie allein lasse«, sagte sie, während sie eine Kerze anzündete. »Beim Durchschauen der Buchungsunterlagen habe ich entdeckt, dass Benjamin oder Benedikt, wie er ja eigentlich heißt, im vergangenen Jahr schon einmal hier war. Also hier übernachtet hat. Vielleicht ist das wichtig für Sie?«

»Danke«, sagte Clemens, während Marita Bönisch sich leise davonmachte.

»Also doch nicht alles so spontan, wie er es uns glauben hat lassen«, meinte Jana.

»Na ja, vielleicht doch. Mal hören, was er nachher dazu zu sagen hat. Aber jetzt lass uns was essen.«

»Du, was ich mich die ganze Zeit frage: Wie ist Benjamin an den Schlüssel fürs Wohnmobil gekommen?«, fragte Jana, die sich trotz des Hungers noch nicht aufs Essen konzentrieren konnte.

»Die Männer haben sich am Wohnmobil getroffen, um

zu besprechen, wie es nun wegen des Weinbetrugs weitergehen sollte. Vorher hat Devrient wohl seine Jacke ans Wohnmobil gehängt. Nach dem Streit ist er zurück ins Weingut, und Frost hat die Chance ergriffen und den Schlüssel mitgehen lassen.«

»Immer dieses Schlüssel-Hin-und-Her«, sagte Jana, dann ließ sie sich das Essen schmecken.

Immer wieder äugte sie allerdings dabei zu Clemens hinüber, denn sie spürte, dass er etwas auf dem Herzen hatte. Nachdem er seinen Teller geleert hatte und sich zufrieden über seinen Bauch rieb, schaute er Jana an. Wieder zogen seine grün-braunen Augen sie in ihren Bann.

»Also, ich weiß, dass du unglücklich auf deiner Dienststelle bist. Ich weiß auch, dass es nicht wirklich gute Voraussetzungen sind, da wir beide, also …«, er kam ins Stottern. »Mensch, ich sag's jetzt einfach. Also. Ich wurde zum Jahresanfang befördert und werde demnächst außerdem eine Dozentenstelle in der neu gegründeten Landespolizeischule auf dem Hahn innehaben. Ich möchte ein ganz neues Team aufbauen. Und als Thema meiner Dozentur möchte ich Altfälle anhand der heutigen forensischen Kenntnisse neu bewerten. Möchtest du in meinem Team mitarbeiten? Willst du dich versetzen lassen?« Er atmete erleichtert aus. Aus seinem Mund klang dieses Angebot fast wie ein Heiratsantrag.

Jana musste lachen.

»Was?«

»Ja, Clemens, ich will …«

ENDE

NACHWORT

Liebe Leserinnen und Leser,

nun wurde auch der zweite Kriminalfall erfolgreich gelöst. Diesmal habe ich Sie nach Rech an der Ahr mitgenommen. Lassen Sie sich überraschen, an welchen Ort Jana, Usti und Clemens der nächste Kriminalfall führt.

Für die großartige Resonanz auf meinen Debütroman »Krähenzeit« möchte ich Ihnen von ganzem Herzen danken. Im Laufe der ersten Wochen nach Erscheinen habe ich viele, viele Bücher signieren dürfen – mit der Unterstützung meiner Lieblingsbuchhandlung in Ahrweiler. Die Gespräche mit Ihnen, liebe Leserinnen und Leser, gehörten zu den Highlights meines Debütauftrittes.

Der neue Krimi »Bittertrauben« spielt im Ahrtal, doch da es eine fiktive Geschichte ist, die ich erzähle, habe ich einige Anpassungen vornehmen müssen, vor allem um die Handlung plausibler gestalten zu können. Das Weingut Zerres gibt es in Rech nicht und keines der dort anzutreffenden Weingüter stand in irgendeiner Weise dafür Pate. Ebenso frei erfunden ist die Familiengeschichte. Auch die Recher Hauptstraße werden Sie in keinem Stadtplan finden. Die Namen der Weine, die im Probierraum verkostet werden, sowie die Weinlagen sind ebenfalls meiner Fantasie entsprungen. Die beschriebenen Rebsorten allerdings wachsen im Ahrtal. Landeskundliche und historische Fakten wurden sorgfältig recherchiert und sind auf dem aktuellen Stand. Sollten sich Fehler eingeschlichen haben, so freue ich mich über Ihre Hinweise.

Auch dieser Band wäre ohne die Unterstützung meiner Freundinnen und Freunde so nicht denkbar.

Ausdrücklich danken möchte ich meinen Testleserinnen und Testlesern, ganz besonders Heinz, Ina, Sandra und Jo für eure Zeit und euer Engagement! Für die Hilfe bei speziellen Sachinformationen standen mir Eddi und Diana zur Seite. Stellvertretend für die vielen Unterstützer möchte ich meiner Mutter sowie Dagmar und Werner danken und natürlich Jessica Bälz von der Buchhandlung am Ahrtor. Und last but not least gilt mein Dank dem Gmeiner-Verlag, bei dem ich mich sehr gut aufgehoben fühle, und seinen Mitarbeiterinnen und Mitarbeitern, allen voran meinem Lektor Sven Lang.

Ich hoffe, dass Ihnen dieser neue Fall beim Lesen genauso viel Freude bereitet hat wie mir beim Schreiben. Wir Autorinnen und Autoren »leben« vom Austausch mit unseren Lesern. Lassen Sie mich gerne an Ihren Leseeindrücken teilhaben, die Sie mir persönlich schicken oder in einer Rezension ausdrücken können.

Herzliche Grüße aus dem »kriminellen« Ahrtal und bis demnächst …

Karin Joachim

Das Neueste aus der Gmeiner-Bibliothek

Unser Lesemagazin

Bestellen Sie das kostenlose Krimi-Journal in Ihrer Buchhandlung oder unter www.gmeiner-verlag.de

Informieren Sie sich …

www … auf unserer Homepage:
www.gmeiner-verlag.de

@ … über unseren Newsletter:
Melden Sie sich für unseren Newsletter an unter www.gmeiner-verlag.de/newsletter

f … werden Sie Fan auf Facebook:
www.facebook.com/gmeiner.verlag

Mitmachen und gewinnen!

Schicken Sie uns Ihre Meinung zu unseren Büchern per Mail an gewinnspiel@gmeiner-verlag.de und nehmen Sie automatisch an unserem Jahresgewinnspiel mit »mörderisch guten« Preisen teil!

WWW.GMEINER-VERLAG.DE
Wir machen's spannend

Zeitfracht Medien GmbH
Ferdinand-Jühlke-Straße 7
99095 Erfurt, Deutschland
produktsicherheit@kolibri360.de